Hans Ernst

Die Stuffners

Hans Ernst

Die Stuffners

Roman

rosenheimer

6., überarbeitete Auflage

Titelfoto: Studio von Sarosdy, Düsseldorf
Satz: Buch-Werkstatt GmbH, Bad Aibling
Druck und Bindung: Ueberreuter Buchproduktion,
Korneuburg
Printed in Austria

ISBN 3-475-53613-7

Im Gasthof »Zur Post« in Miesbach saß der Stuffnerbauer Thomas Niederegger am langen Bauerntisch. Bei ihm hockten der Viehhändler Raggl aus Elbach, der Asam von Wengberg und der Dollinger von Parsberg.

Vor den vieren lagen Schreibtafel und Kreide, in der Mitte stand ein halbgeleerter Maßkrug. Sie frönten an diesem sonnigen Maiennachmittag dem »Watten«, und auf der Rückseite der Tafel standen bereits acht Striche, von denen jeder eine Maß Bier bedeutete.

Es war drei Uhr nachmittags. Sonst war niemand in der Gaststube. Kathi, die Kellnerin, ein junges, frohgemutes Ding, putzte hinter der Schenke mit Bimsstein und Sand die Bestecke vom Mittag. Manchmal hob sie gähnend die Hand vor den Mund und schaute dann zu den Kartenspielern hinüber, ob der Krug schon leer sei, oder sie wog bedachtsam ab, wer von den vier Mannsbildern ihrem Geschmack am nächsten käme. Natürlich gar keiner, denn sie waren alle verheiratet. Aber wenn es drauf ankäme – der Stuffner, das war schon einer, bei dem es sich lohnte, länger hinzuschauen. Ein Bauernmensch voll üppiger Kraft, mit einem schmalen, braungebrannten Gesicht. Das dunkle, volle Haar war in der Mitte gescheitelt und zeigte noch keinen grauen Schimmer, obwohl der Stuffner schon nahe am Fünfziger stand.

Soeben hob er seine dunkle, sonore Stimme und sah den Asam drohend an.

»Tu den Welle rauf, sonst werd' ich ungemütlich!«

»Der muß mir tatsächlich 'nuntergerutscht sein«, verteidigte sich der Asam und legte den Schellensiebener gehorsam ins Spiel zurück.

»Dein 'nunterrutschen kenn' ich schon!« antwortete der Stuffner und schaute scharf auf die Hände des Asam, der die Karten für ein neues Spiel mischte.

Der Maßkrug war wieder einmal leer, und der Dollinger lärmte:

»Sind wir vielleicht was schuldig, weil wir kein Bier mehr kriegen?«

»Ja, bis jetzt noch alles«, antwortete die Kathi und holte den Krug.

»Mir bringst eine Tasse Kaffee, Kathi«, verlangte der Stuffner.

»Ist recht, Herr Niederegger.«

So groß war die Scheu und die Ehrfurcht der Kathi vor diesem Mann, daß sie ihn mit »Herr« ansprach, obwohl in diesem Kreis alles geduzt wurde.

»Kuchen auch, Herr Niederegger?«

»Für mich nicht. Aber wenn du ein Stückl willst, das geht dann auf meine Rechnung. Mir bringst ein Salamibrot. Im übrigen – zwei Maß spiel' ich noch mit, dann mag ich nicht mehr.«

Es blieb aber nicht bei den zwei Maß. Wenn der

Asam und der Dollinger getrunken hatten, blieb für den Raggl bloß mehr ein kleiner Rest. Der Stuffner aber trank in kleinen Schlucken, ganz bedächtig, seinen Kaffee aus einer großen, bauchigen Tasse.

Und draußen blaute der schöne Maientag. Durch die geöffneten Fenster hörte man den Lärm vom Oberen Marktplatz her. Zuweilen verirrte sich ein Blütenblatt und taumelte herein.

So um vier Uhr herum öffnete sich die Tür, und ein großer, weißhaariger Alter betrat die Gaststube, zog bedächtig seinen dunklen Mantel aus und hängte ihn dann an den eisernen Kleiderständer. Dann nahm er bescheiden am hintersten Ecktisch Platz und fragte die Kathi, ob es noch was Warmes zu essen gäbe.

»Um die Zeit? Höchstens warme Würstl, oder kann sein, daß noch Lüngerl und Knödel da ist.«

»Das wär' mir recht.«

»Ich schau' gleich nach. Was zu trinken auch?«

Der Alte griff zuerst in seine Hosentasche und brachte ein paar Münzen zum Vorschein. Dann schüttelte er den Kopf.

»Geht nicht, wird grad' zum Lüngerl reichen.«

Der Stuffner hatte, obwohl er spielte, alles genau verfolgt und sagte zur Kathi, als sie vorbeikam:

»Stell ihm eine Maß Bier hin auf meine Rechnung.« Dann fragte er den Dollinger: »Was ist das für einer?«

»Der Hias. Kennst ihn nicht?«

»Noch nie gesehen.«

»Das wundert mich aber. Der Hias ist doch weit und breit bekannt. Der ist ein ganz hervorragender Zimmermann. Bei uns hat er auch schon g'arbeit', letztes Jahr im Herbst.«

»So einen könnt' ich auch einmal brauchen. – Was hört man denn? Eichelachter? Gut, sag' ich! Raus kommst du, Raggl!«

Vom Kirchturm schlug es bereits halb fünf, als der Stuffner die Karten hinwarf.

»Kathi, zahlen! Ich hab' jetzt zwei Spielmaß, dann mittags den Sauerbraten, eine Tasse Kaffee, deinen Kuchen, die Maß für den da hinten und nichts mehr.«

»Das Salamibrot noch.«

»Ganz richtig! Ja, wenn's halt leicht ging'! Was macht das zusammen?«

»Dreiundzwanzig Mark siebzig.«

Der Stuffner rechnete genau nach, zweimal sogar, dann griff er in die Hosentasche, legte sechsundzwanzig Mark hin und sagte:

»Rechne dem sein Lüngerl auch noch dazu, und was übrigbleibt, das gehört dir! Und dann werd' ich's langsam packen! Oder halt, ich muß noch schnell in die Apotheke!«

»Kann ich mitfahren mit dir?« fragte der Raggl.

»Von mir aus gern«, antwortete der Stuffner und blieb dann beim Hinausgehen vor dem Alten in der Ecke noch stehen. »Wenn du grad' einmal in unsere Nähe kämst – ich bin der Stuffner vorm Wald. Bei uns wär' einmal die Tenne zu sanieren, und da bräucht' ich einen, der etwas von der Sach' versteht.«

Der Zimmermann hob das hagere Gesicht mit den weißen Bartstoppeln. Er hatte ganz helle Augen und buschige Brauen darüber.

»Wenn ich in die Gegend komme«, sagte er, »erfragen werde ich dich dann schon.«

»Wenn du in Feilnbach fragst, kann es dir jedes Kind sagen.«

Der Stuffner tippte mit zwei Fingern an den Hutrand und ging hinaus.

Über dem Oberen Marktplatz lag die Sonne noch warm. Vom Waitzingerbräu her wehte ein süßlicher Duft von Hopfen und Malz, und vor dem Michaelsbrunnen saßen ein paar Rentner und bliesen den Rauch ihrer Pfeifen in die Luft.

Sie fuhren auf der Straße nach Parsberg dahin. Still und feierlich standen die Bäume auf der Straße nach Wörnsmühl, und die Leitzach plätscherte munter ihr Lied daneben her. Manchmal tat der Raggl einen Rülpser und meinte dann: »Das ist gut, wenn sich 's Bier so umdreht im Magen.«

Dann kam einmal eine kleine Lichtung, in der ganz einsam, aber reich an weißen Blüten, ein wilder Kirschbaum stand. Der Stuffner betrachtete ihn im Vorbeifahren und sagte tiefsinnig:

»Bloß einmal noch auch so in der Blüte stehen!«

»Geh«, lachte der Raggl. »Seien wir froh, daß wir die Blütezeit hinter uns haben! Das ganze Leben wird ruhiger, wenn man das alles hinter sich hat.«

»Ja, bei dir ist die Blühzeit schon längst vorbei,

und soweit ich mich erinnern kann, den Teufel hast du auch nicht zerrissen, als du jung warst.«

Der Raggl fuchtelte mit seiner kleinen Gerte, die er immer bei sich trug, umeinander und sagte verschnupft:

»Die Chancen hab' ich freilich nicht gehabt wie du. Dir sind ja die Weiber nachg'rennt wie dem Rattenfänger von Hameln.«

»Aber als ich geheiratet hab', war Schluß. Außer meiner Mirl hab' ich keine mehr angeschaut.«

»Das wär' dir auch grad' noch abgegangen! So eine wie deine Bäuerin findet man auch nicht leicht.«

Sie kamen jetzt aus dem Wald heraus, es war alles wieder viel heller und freundlicher. Schmeichlerisch vergoldete das Abendrot die fernen Häuser und den Kirchturm von Hundham. Überall in den Gärten standen in üppiger Pracht die blühenden Bäume.

»Wenn nichts mehr darüberkommt, gibt es viel Obst heuer«, nahm der Stuffner wieder das Wort.

»Brennst du noch allweil Schnaps?« wollte der Raggl wissen.

»Seit zwei Jahren darf ich wieder. Haben mir doch die Konzession gesperrt damals, als die Moarin mich beim Zoll verdächtigt hat, ich hätte schwarz gebrannt.«

»Ja, ja, die Moarin!« kicherte der Raggl. »Die hat Haar' auf den Zähnen! Und die Laus schindet sie um den Balg. Hab' ich ihr kürzlich ein Stierl abgekauft – mit knapper Not, daß ich nicht draufzahlt hab'.«

»Und das will bei dir was heißen.«

Im abendlichen Frieden lag nun das Dorf Elbach vor ihnen. Auf einer Hausbank saß ein altes Mutterl mit einem Kind auf dem Schoß. Ein Hofhund schoß kläffend auf die Straße, daß der Stuffner bremsen mußte. Mit dem Brevier in den Händen stand der Pfarrer an der Kirchhofsmauer und schaute in die untergehende Sonne.

»Wo möchtest denn aussteigen?« fragte der Stuffner.

»Am besten ist's, du hältst beim Wirt. Ich hab' schon wieder Durst. Kauf dir halt auch noch eine Halbe.«

»Menschenskind«, überlegte der Stuffner, »ich bin schon seit früh um fünf Uhr auf dem Weg!«

»Ah geh, was versäumst denn heut' noch! Deine Buben sind ja schon groß, und du gehst ja gar nimmer ab daheim.«

»So schaust du grad' aus! Aber eigentlich hab' ich auch Durst.«

Sie hielten vor dem Wirtshaus, und weil so ein warmer Abend war, blieben sie gleich im Freien sitzen.

»Daß wir nochmals darauf zurückkommen«, begann der Raggl, nachdem er getrunken hatte. »Wegen was bist du eigentlich mit deiner Nachbarin zerkriegt?«

Der Stuffner blies bedächtig den Schaum von seinem Krügel und nahm einen kleinen Schluck.

»Das wäre eine lange Geschichte. Aber so richtig losgegangen ist es erst, als ich bei ihr über die Mark gekommen bin.«

»Hat sich's da nicht um etliche Bäum' gedreht?«

Der Stuffner nickte.

»Sechs Stück waren es. Ich weiß es noch gut, am siebten Dezember ist es gewesen. Ich wollt' in der Früh mit meine Knecht in den Wald 'nauf zum Holzschlagen, dann bin ich aufgehalten worden, weil eine Kuh nicht kälbern konnte. Und ich selber war auch nicht recht beieinander. Sie sollen derweil allein anfangen, hab' ich gesagt. Und wie es der Teufel haben will, kommen sie über die Mark und schneiden beim Moar sechs Bäum' um. Es hat auch schon alles zusammengepaßt damals. Am Nachmittag haben sie mich nach Aibling gebracht, den Blinddarm 'rausschneiden. Und wie ich nach vierzehn Tag wieder heim'kommen bin, liegt eine Anzeig' da wegen Holzdiebstahl. Kannst dir denken, wie blöd ich geschaut hab'.«

»Hätte sich das nicht anders regeln lassen?«

»Freilich hätte man das anders abmachen können! Zunächst hätte man mich überhaupt zu der Sache einmal einvernehmen müssen. Ich hab' ihnen dann sechs gleichwertige Bäume aus meinem Wald angeboten. Aber er, der Moar, hat ja nichts zu reden gehabt, und sie ist grad' drauf versessen gewesen, mich zu ärgern. Ich hab' dann den Schaden ersetzen müssen, und die Gerichtskosten haben sie mir auch noch aufgebrummt.«

»Ja, ja, wenn man einmal mit dem Gericht was zu tun hat«, sagte der Raggl und rief nach der Kellnerin, weil er schon ausgetrunken hatte. Bei der Gelegenheit fragte er auch, was es zu essen gäbe.

»Mir bringst auch einen weißen Preßsack in Essig und Öl«, schaffte der Stuffner an und fuhr dann in der Unterhaltung fort: »Grad' gesucht hat sie allweil, ob sie mir nicht eins auswischen könnt. Als dann der Moar gestorben ist, vor acht Jahren, da hat sie sich's verbeten, daß wir den Sarg hinunterfahren zum Friedhof, wie es von jeher nachbarlicher Brauch ist.«

»Ja, ja, ich kenn' sie«, sagte der Raggl wieder. »Wie sind denn ihre Töchter?«

»Die Christa wär' nicht unrecht und hat sich bildsauber zusammengewachsen. Aber die Monika ist ein Dotschen und genauso bissig wie die Alte.«

»Die Monika ist die ältere«, wußte auch der Raggl. »Die soll ja auch einmal den Hof kriegen, hab' ich gehört. Und das wird gut sein, weil die sonst zu keinem Mann käm'.«

Die Kirchenglocke läutete zur Maiandacht, und auf der Straße wurde es lebendig. Kinder und größtenteils alte Leute eilten der Kirche zu.

Der Preßsack kam und auch die Milzwurst für den Raggl. Die Kellnerin stand eine Weile unter der Haustür und strich über ihren Kropf. Von einer Weide her kam sanftes Herdengeläut, und aus der geöffneten Kirchentür hörte man die Stimmen der Betenden.

Als die Kellnerin wieder verschwunden war, sagte der Stuffner:

»Und da soll man keine Feindschaft haben, heißt es allweil. Aber was willst denn machen, wenn dir die Feindschaft aufgedrängt wird!«

»Feindschaft ist ja keine Sünde«, meinte der Raggl.

»Sag das nicht! Als vor zwei Jahr in Au die Mission war, da hab' ich bei einem Pater 'beicht' und –«

»Bei dem Langhaxerten, der so scharf gepredigt hat?« unterbrach der Raggl.

»Nein, bei dem Kleinen mit dem Schneckerlhaar. Als ich alles gesagt hatte, fragte er mich, ob ich auch eine Feindschaft hätte. Ja, sag' ich, mit der Moarin, meiner Nachbarin. ›Düse müssen Sü aufgeben‹, hat er gesagt, ›sonst kann ich Ihnen keine Absolution geben.‹ Wie hat er jetzt gleich gesagt? ›Feindschaft ist ein Stachel im Herzen der Menschen, und der muß heraus!‹«

»Hättest ihn gefragt, ob er die Moarin kennt.«

»Düse müssen Sü aufgeben«, wiederholte der Stuffner, und in seiner Stimme schwang schon wieder Ärger.

Der Raggl tunkte mit einer Semmel die Soße aus seinem Teller und sagte salbungsvoll:

»Weil sie ein Schtachel im Härzen der Mönschen ist.« Dann wechselte er das Thema: »Wie alt sind jetzt eigentlich deine Buben?«

»Der Markus ist jetzt vierundzwanzig, die Margret zwanzig und der Alois zweiundzwanzig.«

»Kannst stolz sein auf deine Buben.«

»No ja, ich bin soweit recht zufrieden mit ihnen. Sparsam sind sie, und in der Arbeit ist ihnen auch nichts nachzusagen.«

»Und im Raufen auch nicht.«

»Wenn es sein muß, werden sie sich schon wehren. Wär' ja noch schöner, wenn sie nicht ein bissel mitmischen täten!«

»Ein bissel mitmischen ist gut! Ich hab's schon gesehen voriges Jahr bei dem Trachtenfest in Bayrischzell. Der Markus, der hat sie aufgestemmt und zurückgeworfen, dem Alois in die Händ' hinein, daß der bloß mehr zuzudreschen brauchte.«

»Und genau das Zudreschen hat mich tausend Mark Schmerzensgeld gekostet«, lachte der Stuffner. »Aber ich hab's ihm nach und nach vom Taschengeld abgezogen, daß er das nächstemal drandenkt und weniger zuhaut. – Ruf die Kellnerin, ich möcht' jetzt zahlen.«

Inzwischen war die Nacht gekommen. Sterne flimmerten am Himmel, und als der Stuffner den steilen Berg hinauffuhr, kam der Mond hinter den Bergen hervor und überschüttete alles Land mit seinem Silber.

So eine schöne Nacht möcht' ich einmal beim Tag sehen, dachte er und lächelte über die Torheit dieses unmöglichen Wunsches. Nein, dachte er weiter, man soll nie das Unmögliche begehren. Das hatte er auch nie getan. Seine Wünsche waren immer in Grenzen gewesen. Aber wenn er sich einmal was vorgenommen hatte, dann hatte er stets seinen ganzen Willen dahintergesetzt, den schon so mancher zu spüren bekommen hatte. Nur der Moarin hatte er nie seinen Willen aufzwingen können. Die hatte einen genauso harten Schädel wie er. Hier prallte Eisen gegen Eisen. Das gab einen bösen Klang, aber es hinterließ nirgends eine Scharte.

Freundlich und hell blinkten da und dort von einem Einödhof die Stubenlichter. Auf der Stuffnerhöhe brannten die Lichter matt und mit rötlichem Schein. Dort hatten sie noch keinen elektrischen Strom, sondern es brannten noch Petroleumlampen, und daran war auch wieder die Moarin schuld. Die Überlandwerke hatten für ihn allein einen so gepfefferten Kostenvoranschlag geliefert, daß es Frevel gewesen wäre, den Vertrag abzuschließen, zumal anzunehmen war, daß die Moarin bloß darauf wartete, daß er es täte, damit sie später dann viel billiger anschließen könnte, wenn erst einmal die Leitung da war. Außerdem hätte man mit den Masten durch ihr Grundstück müssen. Eine wunderbare Gelegenheit, es zu verweigern und den Stuffner wieder einmal zu ärgern! Lieber nahm sie selber die Unannehmlichkeit einer Petroleumbeleuchtung auf sich, als ihrem Feind einen Gefallen zu tun.

Endlich kam der Weiler Stuffen in Sicht, ein paar freundlich erhellte Fenster und weiter droben die breiten Schattenrisse des Moarhofs, in dem kein Licht mehr brannte.

Der Stuffner hielt genau vor der Stalltür. Die Stuffnerin stand auf der Gred, groß und schlank, vom Mondlicht umflossen.

»Bist schon da, Thomas?«

Sein Schritt hallte auf den Klinkersteinen. Dann stand er vor ihr und griff in seine Joppentasche nach einer kleinen Tüte mit Minzenplätzchen, die sie so gern mochte.

»Der Raggl hat mich in Elbach noch mal aufgehalten, sonst wär' ich schon früher gekommen.«

Die Stuffnerin hatte auf der Hausbank Platz genommen und schob eins von den Minzenplätzchen in den Mund.

»Hast schon gegessen, Thomas?«

Er nickte und setzte sich zu ihr. Die Nacht war so hell, daß man die Blüten an den Bäumen schimmern sah. Das Plätschern des Bachs war das einzige Geräusch, das die Stille brach. Der Breitenstein stand wie ein Wächter über dem dunklen Wald, und einmal hörte man von Lippertskirchen herauf eine Glocke anschlagen. Zwei Schläge nur, es mußte wohl schon halb elf Uhr sein. Der Stuffner stand auf und streckte sich.

»Gehen wir jetzt schlafen, Mirl.«

Schweigend erhob sich auch die Stuffnerin. Die leere Tüte raschelte in ihren Händen. Sie war schon fertig mit den Minzenplätzchen. Es waren ja nicht viele. Immerhin, andere Bauern dachten überhaupt nicht daran, ihren Frauen etwas mitzubringen, wenn sie einmal nach Miesbach oder Aibling mußten.

Der ganze Mai war so schön. Traurig daran war nur, daß man zusehen mußte, wie die Blüten so nach und nach abfielen, wie dieser weiß-rosa Traum zu Ende ging. Zuletzt hielt allein der alte Kastanienbaum bei der Bachbrücke seine Kerzen wie zum Trotz noch steil in die leise wehende Luft und gab sein Blühen erst auf, als das erste Gewitter über die Stuffnerhöhe niederbrauste.

Die Stuffner Margret war mit etwa vierzig Stück Vieh auf die Alm gezogen. Daheim standen nur mehr zwei Kühe für den Milchbedarf des Hauses. Beim Moar war die Monika zur Alm hinauf mit nicht viel weniger Vieh, wie sich die beiden Höfe überhaupt in nichts nachstanden. Bloß äußerlich unterschieden sie sich grundsätzlich. Der Stuffnerhof war nach einem Brand vor fünfzehn Jahren neu und solid mit Ziegelsteinen aufgebaut worden, während der Moarhof noch ganz aus Holz gefügt war und ganz breit und geduckt auf seiner Höhe lag.

Es war die stille Zeit vor der Heuernte. Die Stuffners waren in der Waitfilze und kastelten Torf um, zwanzigtausend Stück, wie jedes Jahr. Die Moarleute waren in der Willinger Filze. Manchmal begegneten sie sich, aber man sprach nicht miteinander, man fuhr aneinander vorüber und schaute auf die andere Seite. Zwei feindliche Stoßtrupps, die den Auftrag hatten, einander nicht anzugreifen.

Ja, es war eine schöne, stille Zeit jetzt. Die Wiesen standen voller Dotterblumen, leuchteten rot und gelb von Ampfer und Hahnenfuß. Sie würde nicht mehr lange dauern, diese Pracht, und eines Abends sagte der Stuffner:

»Morgen früh fangen wir die Heuernt' an.«

Morgen früh, das hieß um vier Uhr, womöglich schon um halb vier Uhr, denn es ging ja nicht, daß die Moarleut' vielleicht schon früher dran gewesen wären. Über aller Feindschaft wucherte nämlich wie Brennesselkraut der Ehrgeiz, ein stummer, verbissener Ehrgeiz sogar. Eins wollte dem anderen nicht nachstehen.

Es war schon sonderbar mit dieser Feindschaft, die alle erfaßte, die gar keine Feinde sein wollten, aber doch erbarmungslos hineingezogen wurden in diesen Haß. Den Moartöchtern war es zum Beispiel schon in die Kinderseelen hineingeimpft worden, niemals mit denen da unten ein Wort zu reden.

Anders war es beim Stuffner. Dort wurde der Haß nicht gepredigt, dort überging man die Moarin mit Stillschweigen. Auf gar keinen Fall wurde in Anwesenheit von Dritten über die Moarin gelästert. Die Stuffnerkinder waren sogar angehalten worden, die Nachbarin zu grüßen, wenn sie ihnen begegnete. Erst, als ihnen niemals dafür gedankt wurde, gewannen sie von selber Abstand und Scheu vor der düsteren Frau, die sie noch niemals hatten lachen sehen, ja der nicht einmal ein Lächeln zuzutrauen war.

Und es war gar nicht denkbar, daß sich dies jemals ändern würde. Diese Feindschaft hing über den beiden Höfen wie ein grauer Himmel, der sich niemals zu einem kleinen Spalt öffnen konnte für einen freundlichen Sonnenstrahl.

Der Alois fuhr mit einem Fuder Heu von der Hohnerwiese heim. Er fuhr auf dem schmalen Feldsträßlein, das knapp unterhalb des Moarhofs vorbeiführte, und auf dem die Stuffners schon seit eh und je das Heu von der Hohnerwiese heimfuhren, weil sie sonst einen Umweg von fast einer dreiviertel Stunde hätten machen müssen. Es war ein recht steiniger Weg, mit vielen Wassergräben, so daß der Alois ganz langsam fahren mußte. Plötzlich sah er, daß in der Wegbiegung die Straße versperrt war. Als er vor zwei Stunden hinaufgefahren war, war diese Sperre noch nicht gewesen. Jetzt aber hatte jemand zwei dicke Pfosten eingeschlagen und eine Stange quer darübergenagelt. Für einen jungen Menschen wie den Alois mit seinen Bärenkräften war das an sich kein Hindernis, es war ihm mehr eine boshafte Andeutung, daß er hier nicht mehr durchfahren dürfte. Und so eine Maßnahme konnte der Alois zunächst nur spöttisch belächeln. Er schloff also mit dem Buckel unter die Stange, stemmte seine Hände auf die Schenkel und richtete sich langsam auf. Die Pfosten gaben bereits nach, als eine scharfe Stimme über ihm rief:

»Laß das sein!«

Alois richtete sich auf und sah die Moarin etwa drei Meter über sich auf dem Hang stehen. Er konnte sich nicht erinnern, sie jemals so nahe vor sich gesehen zu haben, und einen Augenblick zogen sich seine Brauen verwundert in die Höhe, denn was da vor ihm stand, von der Sonne umflossen, das war kein düsterer Racheengel, sondern eine hochgewachsene, schlanke Frau, im Mittag des Lebens zwar schon, aber doch noch von einer berückenden Schönheit. Das pechschwarze Haar war in der Mitte gescheitelt und dann im Nacken zu einem dicken

Knoten verschlungen. Das Gesicht war ebenmäßig, nur leicht gebräunt, der Mund voll und üppig, der Hals schlank und schmal. Sie trug einen langen dunklen Faltenrock, darüber nur eine weiße Bluse mit Puffärmeln.

»Was soll denn der Blödsinn?« fragte jetzt der Alois, bereit, sich auf keinen Streit einzulassen, aber vom Trotz besessen, hier durchzufahren, auch wenn die Moarin noch so drohend vor ihm stand und eine Axt in den Händen hielt, mit der sie wahrscheinlich die Stempen eingeschlagen hatte.

»Wenn du nicht begreifst, was das bedeuten soll, dann hör zu«, sagte jetzt die Bäuerin. »Ich will nicht, daß ihr durch mein Grundstück fahrt.«

Nun schaute der Alois doch ein bißchen verblüfft drein.

»Was heißt dein Grundstück? Solang ich denken kann, sind wir hier gefahren.«

»Das wäre noch gar nicht lange, denn ich bezweifle, ob du schon ganz trocken hinter den Ohren bist. Aber sei es, wie es will – ihr seid die ganzen Jahre widerrechtlich hier gefahren. Die Straße gehört zum Moarhof, und es paßt mir einfach nicht mehr, daß hier durchgefahren wird.«

»Das fällt dir aber spät ein«, meinte der Alois.

»Es ist gleich, wann einem etwas einfällt, Hauptsache, es fällt einem ein.«

»Was Gescheites ist dir da zwar nicht eingefallen, und daß du es weißt, das Zeugs da werde ich jetzt wegräumen und durchfahren, ob es dir paßt oder nicht.«

Einen Augenblick sah es so aus, als zucke die Moarin zusammen vor dieser scharfen Stimme. Aber dann hob sie langsam den Arm im weißen Puffärmel, die Axt gleißte im Sonnenlicht.

»Ich hab' dir gesagt, du sollst das sein lassen!«

Der Alois fuhr herum, schüttelte den Kopf, als begriffe er nicht, daß die erhobene Axt als Drohung gedacht sein sollte. Aber er hatte keine Angst und auch keine Wahl, denn umkehren konnte er auf dem engen, steilen Weg nicht. Blitzschnell machte er einen Sprung auf die Frau zu, entriß ihr die Axt und schleuderte sie den Hang hinunter. Dann riß er die Sperre vollends heraus und fuhr wieder an.

Das Heufuder rumpelte zum Stuffnerhof hinunter und polterte über die Tennbrücke zum Tor hinein.

Die Moarbäuerin Therese Hellmayer aber stand wie ein Steindenkmal immer noch da oben und sah mit schmalen Augen in die flimmernde Luft. Sie stand noch da, als der Alois mit dem leeren Wagen wieder herauffuhr. Dann erst ging sie, holte die Axt und schlug die Sperre von neuem ein.

Wahrscheinlich würde dieser ungestüme Bursche sie wieder wegreißen, aber an diesem Abend noch sollte sie so massiv gebaut werden, daß seine Kraft nicht mehr ausreichte, sie nochmals zu entfernen.

In der großen Bauernstube versammelten sich die Stuffnerleute zur Abendsuppe. Die Schüssel mit der dampfenden Milch stand bereits auf dem Tisch. Daneben lag der Brotlaib, von dem in die Milch geschnitzelt werden sollte. Aber niemand wußte so recht, was los war, sie standen so bedrückt umeinander.

»Bet«, sagte endlich der Stuffner, und das Hannerl, eine entfernte Verwandte, die auf dem Hof wohnte, sprach ein Tischgebet. Dann schoben sie sich hinter den Tisch. Wurde schon sonst nicht viel gesprochen während der Mahlzeiten, heute lag es wie ein Hexenbann über allen. Der Stuffner schwieg mit dünnem Mund, langte kaum einmal in die Schüssel, stand dann plötzlich auf und ging hinaus.

Als die Bäuerin ihn hernach suchte, fand sie ihn in der kleinen Stube neben der Küche, tiefe Falten auf der Stirn und einen Stoß von Katasterpapieren vor sich. Die Stuffnerin setzte sich neben ihn und legte ihre Hand auf seinen Arm.

»Ärgere dich doch nicht, Thomas.«

»Soll man sich da vielleicht nicht ärgern? Schau doch 'naus zum Fenster!«

»Ja, ich hab's schon gesehen.«

Droben auf dem Sträßlein hatten die Moarknechte ein tiefes Loch gegraben, in das sie gerade ein dickes Vierkantholz eingelassen hatten. Nun stampften sie den Boden ringsum zu.

»Und so was soll ich mir bieten lassen!« stöhnte der Stuffner und begann wieder in den Papieren zu lesen.

»Was suchst denn, Thomas?«

»Es muß doch irgendwo geschrieben stehen, daß wir das Fahrrecht auf dem Weg haben.«

»Und wenn nichts geschrieben steht?«

»Das glaub' ich nicht. Dann hätte mein Vater mir das sicher gesagt.«

»Es kann ja auch bloß eine mündliche Vereinbarung bestanden haben?«

»Nein, da muß schon was Geschriebenes vorhanden sein. Stell dir bloß vor, wenn sie ihren Schädel durchsetzt und wir müßten jedesmal einen stundenweiten Umweg machen, wenn wir zu unseren Grundstücken hinauf wollen!«

»Ja mei, was kann man denn machen? Gar nichts.«

»Das werde ich dir sagen, wenn ich zurückkomme.« Der Stuffner stand auf und griff nach seinem Hut, band den blauen Schaber ab und knöpfte seine Weste zu.

»Du wirst doch nicht –«

»Doch, ich werde!« unterbrach er sie. »Ich werde 'naufgehen und ihr einmal anständig die Leviten lesen. So kann das nicht mehr weitergehen. Gebe ich diesmal wieder nach, läßt sie sich in einem halben Jahr eine andere Schikane einfallen. Nein, jetzt mag ich nicht mehr!«

Die Stuffnerin, immer auf Stille und Ausgleich bedacht, versuchte auch jetzt wieder einzulenken.

»Thomas, schlaf doch einmal über die Angelegenheit. Morgen siehst du dann alles mit anderen Augen.«

»Vielleicht steht dann morgen da droben ein Betonklotz und sperrt mir die Fahrt! Nein, Mirl, das mach' ich nicht mehr mit!«

»Also gut«, gab sie nach, weil sie ihren Mann kannte. Wenn er einmal einen Entschluß gefaßt hatte, war er nicht mehr davon abzubringen. »Aber bitte, Thomas, laß dich zu nichts hinreißen, versuch es im guten.«

»Das tät' der grad' so passen, wenn ich mich hinreißen ließe! Man wird doch einmal vernünftig mit ihr reden können!«

»Das hoffe ich auch. Und mußt immer denken, Thomas, wie man in den Wald hineinruft, so hallt es daraus zurück.«

»Bis jetzt war immer sie Schrei und Echo zugleich. Jetzt will ich grad' einmal sehen, ob die gar nicht mit sich reden läßt.«

»Ziehst keine Joppe an?«

»Nein, bei der Hitz' brauch' ich keine.«

»Mein Gott, mein Gott, ich hab' Angst!«

Begütigend strich er ihr übers Haar.

»Brauchst keine Angst zu haben, Mirl. Aber schau, ich würde ja zum Gespött bei den Dienstboten und unseren Kindern, wenn ich mir das stillschweigend gefallen ließe.« Er schob die Papiere wieder in das große Kuvert, verschloß es im Wandschränkchen, dann ging er.

Der Abend stand still über den Hügeln. Im Westen hatte der Himmel noch dunkelroten Glanz. Herbsüß lag der Geruch des frisch gemähten Heus in der Luft. Es war so still ringsum, daß man den Bach plätschern hörte. Auf der Brücke blieb er einen Augenblick stehen. Hier war noch sein Grund und Boden. Der Bach bildete die Grenze.

Drohend stand das dicke Vierkantholz mitten im Weg. Der Stuffner rüttelte daran, es rührte sich nicht, es war wie einzementiert.

Das wird nicht so einfach werden, dachte er und wußte zugleich, daß er es morgen unweigerlich versuchen würde. Der Pflock mußte wieder heraus. Wäre ja noch schöner!

Als er sich dem Pflanzgarten näherte, sah er die Moarleute auf der Hausbank sitzen. Nur die Bäuerin war nicht dabei. Als er aber dann näher kam, stand eins nach dem anderen auf und verschwand im Haus.

Der Stuffner lächelte nur über soviel Unverstand. Er lächelte auch, als der struppige Wolfshund aus der Haustür schoß und kläffend auf ihn zusprang. Ohne Zweifel hatte man den Hund auf ihn gehetzt. Er fürchtete sich aber nicht, trat vielmehr dicht vor das Tier und sah ihm mit scharfem Blick in die Augen, worauf sich der Hund heftig zitternd und geifernd auf den Boden legte.

»Na also«, sagte der Stuffner und trat auf die Haustür zu. In diesem Augenblick kam die Christa heraus, jung und frisch, von hohem Wuchs, eine auffallende Schönheit. Der helle, geblümte Spenzer saß wie angegossen, der Faltenrock, knapp über die Knie gehend, schlug bei der raschen Wendung ein Rad um die nackten Waden. Barfuß stand sie da, eine steile Falte zwischen den schöngeschwungenen Brauen. Ihr Mund war hart geschlossen, das ganze Mädel war eisige Abwehr. So stand sie da, schwankend zwischen Hilflosigkeit und mühsam unterdrückter Feindseligkeit, denn es war noch niemals passiert, daß dieser Mann hier heraufgekommen war. Und Christine wußte auch, warum er kam. Sie war ihm entgegengeschickt worden, um ihn abzuweisen. Aber der Stuffner ließ sich nicht abweisen, sondern fragte scharf:

»Wo ist deine Mutter?«

Christa gab keine Antwort, stellte sich nur jetzt so breit unter die Tür, daß er nicht hinein konnte.

»Kindskopf, verhetzter«, sagte der Stuffner fast mitleidig, schob sie mit dem Ellbogen beiseite, trat in den dämmerigen Flur und rieb sich die Stirn, weil er sich an dem niederen Türstock gestoßen hatte. Dann bückte er sich nach seinem Hut und drehte sich noch mal zurück. Die Christa stand wie ein Schatten neben der Türlücke. Für einen Augenblick standen nachdenkliche Falten auf der Stirn des Stuffners, als bedrücke ihn eine Erinnerung. Dann räusperte er sich.

»Mädel, ich hoffe, daß du vernünftiger bist als deine Mutter. Sag selber, das ist doch reine Bosheit, was sie da auf dem Sträßlein wieder macht.«

Die Christa schaute ihn nur unverwandt an. Dann zuckte sie mit den Schultern.

»Ach so, du darfst keine Meinung haben. Na schön. Aber du kannst mir doch sagen, wo deine Mutter ist.«

Das Kinn ein wenig vorstreckend, deutete Christine auf eine Tür kurz vor der Treppe, die nach oben führte.

Der Stuffner klopfte an und trat ein, ohne einen Anruf abzuwarten.

Der Raum war klein und nieder. Das einzige, schmale Fenster reichte nicht mehr aus, um genug Licht in dieses Zimmer zu lassen, darum schien die Moarin gerade die Lampe angezündet zu haben, weil die Flamme noch etwas unruhig über dem Docht züngelte.

Unter dieser Lampe stand die Moarin und sah ihn aus schmalen Augen an. Kein Verwundern über sein Kommen, nur Haß im Blick. Einmal atmete sie ganz tief auf, dann verschränkte sie die Arme über der Brust. Es schien ihr Genugtuung zu bereiten, ihn so vor sich stehen zu sehen, den Hut in der Hand und wahrscheinlich an den Worten kauend, die er sagen wollte. Sie hätte ihm leicht zu Hilfe kommen können, indem sie ihn gefragt hätte, was er hier wolle. Aber er sollte sich nur abmühen, und schließlich setzte der Stuffner auch zu ein paar Worten an, stockte, reckte den Hals ein wenig und sagte dann geradeheraus, warum er hergekommen war.

»Du hast das Sträßlein gesperrt«, begann er.

»Das ist mein gutes Recht.«

»Das muß sich erst erweisen.«

»Das wird sich erweisen. Oder hast du was Schriftliches in der Hand?«

Der Stuffner sah an ihrem forschenden Blick vorbei zur Wand hin, an der ein Jagdgewehr hing, eingerahmt von ein paar Rehgewichtln. Das Licht der Lampe war gerade hell genug, daß man alle Dinge in diesem Raum erkennen konnte.

»Hat das sein müssen?« versuchte es jetzt der Stuffner, eingedenk dessen, daß seine Mirl ihn ersucht hatte, es mit Güte zu probieren. Aber er erkannte sofort, daß hier der Güte nicht der kleinste Spalt zum Einlaß aufgetan wurde.

Jetzt nahm sie die verschränkten Arme herunter und umfaßte die Lehne eines der geschnitzten Stühle.

»Ja, das hat sein müssen«, sagte sie mit einer solch scharfen Betonung, daß es den Stuffner erschreckte. Dann sah sie ihn zum erstenmal voll an. »Woher nimmst du eigentlich die Frechheit, hier 'raufzukommen?«

Also war es nichts mit der Güte. Aber der Stuffner wollte sich nicht herausfordern lassen.

»Weil ich nicht glauben kann, Resi, daß die Vernunft dich ganz verlassen hat.«

Ihr Gesicht flammte ganz rot.

»Wie sagst du zu mir? Resi? Für dich bin ich immer noch die Moarin, merk dir das!«

»Aber einmal hat es eine Zeit gegeben, da warst du noch nicht die Moarin.«

Der Stuhl bekam einen Stoß, daß er umstürzte. Mit einer raschen Bewegung drehte sie sich um und starrte zum Fenster hinaus in die aufziehende Nacht. Erst nach einer langen Weile drehte sie sich um. Ihre Stimme war jetzt nicht mehr so mitleidlos hart, es hörte sich eher an, als schwängen leise Erinnerungen mit.

»Wie du dich nur getraust, die Vergangenheit heraufzuzerren!«

Nur ganz flüchtig senkte er die Augen.

»Vielleicht ist das der einzige Weg, auf dem man zusammenfinden und allen Haß begraben könnte.

Ein ganzes Leben lang in Feindschaft so nah nebeneinander leben, das ist ja wie ein Fluch.«

»Ich hab' dir ja geflucht damals.«

»Ohne Grund. Jawohl –« Er bückte sich, hob den Stuhl auf und stellte ihn ziemlich nachdrücklich neben den Tisch. »Es war gar kein Grund dafür vorhanden. Sei still, jetzt rede ich! Was hab' ich denn Unrechtes getan, daß du mich von der ersten Stund' an, wo du hier als Bäuerin aufgezogen bist, als du den Ludwig geheiratet hast, mit einem solchen Haß verfolgst?«

Wieder klemmten sich ihre Augen zu einem ganz kleinen Spalt zusammen. Durch diesen kleinen Spalt aber glühte etwas wie ein gleißendes Licht.

»Das fragst ausgerechnet du? Du müßtest es doch wissen. Aber ihr Mannsbilder habt ja in solchen Sachen eine Haut wie ein Elefant. Du hast dich für einen andern ausgegeben und hast das genommen, was ich dem Moar niemals hätte geben können, wäre er statt deiner zu mir gekommen.«

»Laß doch die alten Geschichten! Wenn man jung ist, da macht man halt oft was, das man im gesetzten Alter nimmer tun würd.«

»Lumpereien taugen auch in der Jugend nichts.«

»Du machst um etwas große Worte und hast eine Feindschaft aufgebaut, als wenn ich deinen nächsten Verwandten umgebracht hätte. Wir sollten uns eigentlich vor unseren Kindern schämen.«

»Du, aber ich nicht. Meine Mädel wissen Bescheid. Wenn sich eine untersteht, mit deinen Kindern zu reden, die schmeiß' ich aus dem Haus!

Diese Sorg' brauch' ich zwar nicht zu haben. Meine Mädel sind schon so erzogen –«

»Im Haß«, unterbrach er sie. »Ob es besonders ehrenwert ist, wenn man seine Kinder zum Nachbarschaftshaß erzieht, das möcht' ich bezweifeln. Du bist ja sonst auch so gescheit und schlägst Stempen ein, wo es dir gar nicht zusteht.«

»Ich hab' dir ja gesagt, das wird sich schon zeigen, ob mir das nicht zusteht.«

»Kann man denn mit dir nicht vernünftig reden?«

»Du nicht.«

»Dann laß es bleiben!«

»Ich bin so frei.«

Der Stuffner setzte jetzt seinen Hut auf, als lohne es sich nicht mehr, barhäuptig vor dieser Frau und ihrem Haß zu stehen. Als er sie so von der Seite noch mal anschaute, mußte er sich eingestehen, daß sie auch heute noch eine sehr schöne Frau war. Nur der Haß mußte sie so versteinert haben, daß sie immer etwas wie eine Wolke auf der Stirn trug, dünne Falten, die nie vergingen. In diesem Augenblick wußte er auch, was ihn vorhin so frappiert hatte. Die Christine sah genauso aus, wie die Therese ausgesehen hatte, als sie noch jung war und bevor sie den Moar geheiratet hatte, der doch ein unbedeutendes Mannsbild gewesen war, klein von Gestalt, mit dünnem Haar und mager wie eine geräucherte Chiemseebrachse.

Der Stuffner ging zur Tür, nahm den Griff, öffnete aber noch nicht.

»Ich habe es im guten versuchen wollen, aber es hilft ja nichts.«

»Den Weg hättest du dir sparen können«, sagte sie und sah dabei zur Decke hinauf, wo sie ein Spinnwebhäutchen entdeckt hatte.

»Daß du dir darüber klar bist, die Sperre wird morgen wieder weggerissen.«

Zum erstenmal lächelte sie jetzt.

»Wenn du mir schriftlich bringst, daß du das Durchfahrtsrecht hast, dann lass' ich sie morgen selber entfernen.«

Gerade das konnte er aber nicht. Er suchte, daheim angekommen, noch einmal die Papiere durch. Alles war da, was seine Vorfahren jemals gekauft, verbrieft und sonst getan hatten. Nur ein Schriftstück über das Durchfahrtsrecht war nicht da. Das mochten die Vorfahren einmal mündlich unter sich abgemacht haben. Auf Handschlag vielleicht, der damals wie eine verbriefte Abmachung gegolten hatte. Unter Männern natürlich. Aber mit so einem verstockten Frauenzimmer war ja beim besten Willen nichts anzufangen.

Wie sie bloß dagestanden war! Seine Mirl könnte niemals so selbstbewußt und herrisch dastehen, sie hatte eine ganz andere Art, war weich und fraulich, anschmiegsam und voller Geduld. Die Moarin aber war vom weißen Strich ihres korrekt gezogenen Haarscheitels bis hinunter zu den schmalen Fesseln geballte Kraft und Selbstherrlichkeit.

Ärgerlich sperrte er das Wandschränkchen wieder ab und suchte die Schlafkammer auf. Hatte er vergessen, daß die Mirl bereits schlief, oder war der Zorn nun so in ihn hineingeschloffen, daß er wütend die Schlafkammertür zuschmiß? Auf alle Fälle erwachte die Frau. Da die Mirl ihren Mann liebte und ihm alles nachsah, verzieh sie ihm auch sogleich die Heftigkeit, mit der er die Tür zugeworfen hatte, und richtete sich im Bett auf.

»Was war jetzt, Thomas?«

Er setzte sich auf den Bettrand, schnürte seine Schuhe auf und stellte sie weg. »Gar nichts hab' ich ausrichten können. Die ist ja so bockbeinig, daß es höher nimmer geht!«

»Was willst dann jetzt tun?«

»Was ich tun muß! Morgen früh wird der Stempen herausgerissen!«

Die Mirl ließ jetzt einen schweren Seufzer hören.

»Dann geht es wieder von vorne an!«

Der Stuffner zog seine Armbanduhr auf, stellte den Wecker auf drei Uhr früh und löschte das Licht aus. Ein paar Schläge mit der flachen Hand auf das Deckbett und ein herzhaftes Gähnen. Dann sagte er:

»Es hat ja noch nie aufgehört, seit die da ist. Also kann gar nichts wieder von vorn anfangen. Reden wir nicht mehr davon.«

»Das sagst du so! Glaubst denn du, daß diese Feindschaft mich nicht bedrückt? Wenn ich wenigstens den Grund dafür wüßte! Hast denn du ihr vielleicht einmal Ursach' dazu gegeben? Unbewußt vielleicht?«

»Ich kann mich nicht erinnern«, meinte der Stuffner und zog die Decke zu den Ohren herauf.

»Sogar ihre Töchter hat sie aufgehetzt. Keins darf mit den unseren reden.«

»Ja, das hat sie mir auch gesagt heute. Wenn eins von ihren Mädeln sich untersteht, mit einem von uns zu reden, die schmeißt sie 'naus, hat sie gesagt. Schlaf jetzt, Mirl, und ärgere dich nicht. Wir leben so, daß wir vor niemandem den Nacken beugen müssen, und wenn die Moarin meint, sie müßte uns hassen, dann lassen wir ihr die Freud'.«

»Ja, Thomas, da hast recht, mach dir nichts draus und laß den Stempen stecken.«

Schon halb im Einschlafen richtete er sich noch mal auf.

»Du hast mich falsch verstanden, Mirl. Die Sperre muß weg! Schau, wir müßten von unseren oberen Gründen jedesmal einen Umweg von einer dreiviertel Stund' machen. Und wenn ich diesmal nachgebe, läßt sie sich was anders einfallen. Nein, was ich gesagt hab', bei dem bleibt es.«

Um drei Uhr früh weckte er seine beiden Buben, hieß sie den schweren Traktor aus der Garagae fahren und suchte nach einer Kette. In wenigen Minuten war die Sperre beseitigt. Aber sonderbarerweise hatte er jetzt keine Befriedigung darüber, denn so wie er die Nachbarin kannte, sann sie bereits darüber nach, was sie jetzt tun würde. O ja, er hatte genau bemerkt, wie sich an einem Fenster zu ebener Erde der Vorhang bewegt hatte und daß ihm zugesehen wurde bei seinem Werk, das er nicht um drei

Uhr früh hätte zu tun brauchen, so als hätte es das helle Taglicht zu scheuen.

Und tatsächlich, am Nachmittag dieses Tages ließ die Moarin eine metertiefe Grube ausheben und eine Schalung darüber errichten. Am Abend stand eine solide Betonwand da, so daß der Stuffner den weiten Umweg machen mußte, um die etwa zwanzig Fuhren Heu von den oberen Wiesen in seine Tenne bringen zu können.

Zufrieden betrachtete die Moarin ihr Werk und sagte zu ihren Leuten: »Daran kann er sich jetzt die Zähne ausbeißen!«

»Ich weiß nicht, Mutter«, sagte die Christine.

»Was weißt du nicht?«

Die Christine wollte eigentlich fragen, ob denn das richtig wäre, was die Mutter da machte, verdrehte die Frage aber dann zu einer verlegenen Ausrede: »Du wirst schon wissen, was du tust, Mutter.«

»Darauf kannst du dich verlassen!«

Die Zähne biß sich der Stuffner an dieser Betonmauer allerdings nicht aus. Er nahm nun drei Pfund Schwarzpulver zu Hilfe, und in der Nacht vom Samstag auf Sonntag gab es einen solch fürchterlichen Krach, daß man es bis ins Tal hinunter hörte.

Die Betonmauer war wieder weg, nur Hunderte von Brocken lagen umeinander. Aber die Moarin hatte jetzt endlich einen Grund zur Anzeige.

Das Heu war bis auf einige Fuhren gut unter Dach gebracht worden. Nach einem heftigen Gewitter blieb der Regen drei Tage über dem ausgetrockneten Land. Das tat allen gut, dem nachwachsenden Grummet, den Kartoffeln und den Obstbäumen. Das Korn stand in seinen Halmen schon hoch genug, um sich selber genügend Schatten zu geben, und hätte des Regens weniger bedurft.

Große Getreidefelder gab es da oben sowieso nicht mehr. Es wurde nur soviel an Korn und Weizen angebaut, wie man zum Hausgebrauch benötigte, dazu noch Kartoffeln und Hafer für die Pferde, die beim Stuffner standen.

Als nach diesen drei Tagen Regen so Ende Juli die Sonne wieder über einem blanken Himmel aufstieg, schien sie zunächst in Tausende von kleinen Wasserspiegeln, die dann im Laufe des Tages schnell verdunsteten. Auch der Bach ging bis zum Abend wieder zurück, der schon gedroht hatte, über die Ufer zu quellen.

So kam wieder einmal ein Sonntag heran.

Die Jakobiäpfel leuchteten schon gelb in ihrem Laub, und die Moar Christine hatte sich gerade ein halbes Dutzend vom Baum geholt, saß nun damit auf der Hausbank und biß herzhaft hinein.

Kein Mensch war daheim. In Aibling war Markt, und alles war ausgeflogen. Die Mutter wollte zwar um fünf Uhr wieder daheim sein, aber das ließ sich nie so genau einhalten. Dort traf man immer eine Menge Bekannte, man verplauderte sich, vergaß auf die Zeit.

Ach, es war so schön, dieses Alleinsein. Wann kam es denn schon mal vor, daß man sich so ganz seinen Gedanken hingeben konnte. Arbeit von früh bis spät und dazwischen das schadenfrohe Geplapper der Mutter, die nun endlich ihren Prozeß mit dem Stuffner bekommen sollte.

Christine empfand zuweilen einen heftigen Widerwillen gegen die Feindschaft, die sie mit aufrecht erhalten mußte, obwohl sie sich nicht erinnern konnte, daß ihr jemals von den Stuffners ein böses Wort zugeworfen worden war. Sie durfte nicht reden mit den Menschen, die ihr nichts getan hatten, und dadurch war ihr schon die ganze Kindheit getrübt worden. Kein gemeinsamer Schulweg, keine gemeinsamen Spiele. Niemand wußte, wie sehr sie oft darunter gelitten hatte. Nur in den letzten Jahren war es etwas leichter geworden. Das Immerwährende dieser Feindschaft, die wie eine Wand aufgebaut war, hatte auch sie eingesponnen in die Vorstellung: Es gibt nichts anderes für dich, du mußt diese Stuffners hassen, du darfst niemals ein Wort mit ihnen sprechen, höchstens ein abfälliges, ein beleidigendes Wort. Hieltest du es anders, es käme einem Treubruch gleich.

Ein Jahr ist lang, und wenn man es Tag für Tag so eingetrichtert bekam wie die Moartöchter, dann trug es einmal Frucht, wenn auch eine bittere Frucht, zumal besonders Christine keinen Sinn dahinter erkennen konnte. Aber sie standen ganz einfach unter dem Einfluß ihrer willensstarken Mutter. Der gutmütige Vater war schon darunter gestanden und die Kinder erst recht. Sich gegen die Mutter aufzulehnen, wäre gleichbedeutend mit einem Verbrechen gewesen.

Unter diesem Willen war Christine aufgewachsen, war nun zwanzig Jahre alt, und es kam ihr gar nicht in den Sinn, daß sie sich dagegen auflehnen könnte.

Da saß sie nun auf der Hausbank. Der Wind spielte über ihr schwarzes Haar, wehte weiter und ließ das Kornfeld drunten in der Tiefe sich in leichten Wellen bewegen. Wie ausgestorben lag auch der Stuffnerhof unter ihr. Anscheinend war auch dort alles ausgeflogen bis auf die alte Maria, die sie vorhin vom Pflanzgarten ins Haus hatte gehen sehen.

Christine biß einen neuen Apfel an und spuckte das Speitel aus. Der Apfel war wurmig unter dem seidigen Glanz seiner Schale.

In diesem Augenblick horchte sie auf. Ihr war, als hätte sie vom Waldrand herunter das Knacken von Ästen vernommen und dann jagende Schritte den Hang herunter. Gerade, als sie aufstehen wollte, um nachzuschauen, hetzte ein junger Bursch um die Hausecke, ein Gewehr in der Faust, das Haar wirr in die Stirn hängend.

Der Markus! durchzuckte es sie, und sie war nicht fähig, sich vom Platz zu rühren, so sehr saß ihr der Schreck in allen Gliedern. Zum Überlegen kam sie überhaupt nicht, es ging alles so schnell. Sie hätte sich wohl wehren und schreien können, als der Markus sie jetzt am Arm faßte, sie ins Haus zerrte und die Haustür schloß. Erst als sie in dem kühlen Flur standen, brachte sie mühsam heraus:

»Was fällt dir ein? Weißt du gar nicht, wo du bist?«

»Ich bitt' dich, Christa, sei still. Der Förster ist hinter mir her!«

»Das geht doch mich –«

Er preßte ihr die Hand auf den Mund. Über den Hof hörte man Schritte gehen.

Markus hatte nicht mit der Kraft des Mädchens gerechnet. Sie schlug ihm den Arm nieder und stand drohenden Blickes vor ihm. Da ließ er den Kopf sinken und flüsterte: »Mach die Tür auf und verrat mich.«

Minuten heißen Schreckens verrannen. Abgehetzt und nach Atem ringend, lehnte der Stuffner Markus an der Wand. Sein stierer Blick haftete auf dem Mädchen.

Draußen ging der Schritt vorüber. Die Nagelschuhe klirrten auf den Betonbrocken, die immer noch auf dem Sträßlein lagen, dann entfernten sie sich. Vorsichtig spähte der Markus nach einer Weile durch das kleine Gangfenster und lächelte. Drunten am Stuffnerhof setzte sich der Förster neben die alte Maria auf die Hausbank.

Als er sich hernach wieder umdrehte und sich bedanken wollte, war die Christine verschwunden und mit ihr der Stutzen.

Was sollte nun das bedeuten? War sie heimlich zur Hintertür hinaus mit dem Gewehr und wollte es dem Förster ausliefern und damit ihn? Natürlich, wie hätte er ausgerechnet hier auf Hilfe hoffen können!

In diesem Augenblick kam Christine vom Stall herein, und noch niemals hatte er so stark wie in diesen Sekunden das Gefühl gehabt, hilflos einem Menschen ausgeliefert zu sein. Er kam sich vor wie eine Maus, die vor den schillernden Augen einer Katze keinen Ausweg mehr findet.

Christine Augen jedoch waren nicht schillernd und nicht lauernd, sondern ganz ruhig hatte sich ihr Blick gesammelt und auf ihn gerichtet, als wollte sie fragen: Was hast du denn angestellt?

»Mein Gewehr?« fragte er zögernd.

»Im Stall hab' ich es versteckt«, antwortete sie, und es sah gerade so aus, als schwebe ein verstecktes Lächeln um ihre Mundwinkel. »Du kannst jetzt nicht hinaus«, sprach sie weiter. »Der Förster sitzt drunten bei euch auf der Hausbank.«

»Hoffentlich geht er bald, daß ich dir nicht länger zur Last fallen brauche. Warum hast du mich eigentlich nicht verraten?«

»Das kann ich immer noch tun«, sagte sie. »Aber was hätt' ich denn davon?«

»Du könntest deinen Haß ein bißchen abkühlen.«

Da sagte Christine in die Stille hinein, ohne es sich eigentlich bewußt zu sein: »Wer sagt dir denn, daß ich dich hasse?«

»Das mußt du ja zwangsläufig, oder?«

Sie gab keine Antwort, schaute jetzt auch zu dem kleinen Fenster hinaus. Der Förster saß immer noch drunten, zündete sich gerade seine kurze Pfeife an, und es hatte ganz den Anschein, als hätte er die Verfolgung aufgegeben.

»Hat er dich erkannt?« fragte jetzt die Christine.

»Das weiß ich eben nicht. Ich wollte eigentlich bloß auf ein paar Bisamratzen ansitzen, derweil –«

»Das glaubst du doch selber nicht! Bisamratzen fängt man doch mit der Falle, und dazu hättest auch keinen Rucksack gebraucht. Und überhaupt – es ist noch keine vier Wochen her, da hab' ich dich um drei Uhr in der Früh hier vorbeischleichen sehen!«

Markus erschrak heftig, brachte lange kein Wort heraus. »Weiß das auch deine Mutter?«

Christine schüttelte den Kopf.

»Dann ist's gut! Sie jedenfalls würde mich unweigerlich anzeigen.«

»Wahrscheinlich.«

»Obwohl ich ihr noch nie was getan habe.«

»Das ist gleich. Die Mutter sucht immer einen Grund.«

»Und hat uns mit ihrem Haß schon so viel zerstört.«

»Uns? Wen meinst du da?«

»Uns Kinder. Haben wir jemals miteinander spielen dürfen? Nicht einmal reden durften wir miteinander!«

»Stimmt«, sagte die Christine und senkte den Kopf. »Aber jetzt sind wir ja keine Kinder mehr. Und wir müßten uns auch nichts zerstören lassen.«

Markus horchte auf, obwohl er nicht ganz begriff, was sie damit meinte: »Wir müßten uns nichts zerstören lassen.« Was wollte sie damit anderes tun? Es war überhaupt alles so sonderbar auf einmal. Als sei etwas durchbrochen worden, eine große Wand des Schweigens. Es sah sich alles ganz anders an auf einmal, nicht mehr so fremd und kalt war alles, eine scheue Vertrautheit wollte herankommen und stieß aber noch auf Hemmungen.

Sie standen immer noch im dämmrigen Flur, und beide dachten wahrscheinlich das gleiche: Wenn die Moarin daheim wäre, könnten wir nicht einmal hier stehen. Gerade wollte Markus fragen, wo denn die Moarin stecke, als Christine von selber berichtete:

»Die Mutter ist heute nach Aibling zum Markt. Komm doch ein bissel in die Stube rein.«

Die Stube war ziemlich groß, mit schweren Balken, die die Decke trugen. Markus sah sich überrascht um, so freundlich und einladend war alles hier. Die Möbel waren aus Eichenholz, über dem Lederkanapee hing ein alter Stich, etliche Fotografien daneben, darunter auch ein Bild des verstorbenen Moar.

»Setz dich«, forderte Christine ihn auf. »Hast Durst?«

»Und wie! Bloß einen Schluck Wasser wenn du mir gibst.«

Sie verließ die Stube und brachte ihm ein Krügel Bier. Er trank es in einem Zug aus, stellte es auf den Tisch und sah das Mädchen dankbar an.

»Wenn mir noch gestern jemand erzählt hätte, daß ich heute bei euch in der Stube säße und Bier tränke, zu dem hätte ich gesagt, daß er ins Irrenhaus gehört!«

Die Christine lächelte. »Du vergißt bloß, warum du hergekommen bist.«

Markus hatte inzwischen seinen Schrecken schon überstanden und konnte scherzen: »Die Hauptsache ist, daß ich jetzt da bin und – daß wir allein sind.«

»Aber vielleicht nimmer lang?« Christine schaute zum Fenster hinaus. »Müßte eigentlich schon bald kommen.«

»Darum laß uns noch reden, Christa, was ausgeredet werden muß.«

»Ich wüßt' nicht, was.«

»Zunächst muß ich dir recht herzlich danken, Christa, daß du mich – in Schutz genommen hast.«

»Was hätte ich denn sonst tun sollen?«

»Na eben! Vielleicht kann ich dir auch einmal einen Gefallen tun.«

»Das glaube ich weniger.«

»Sagen kann man da gar nichts. Oft ergeben sich über Nacht Situationen, und dann ist man froh, wenn man einen Menschen weiß, der einem hilft.«

»Du glaubst doch wohl selber nicht, daß es dann ausgerechnet einer vom Stuffnerhof sein müßte!«

»Nicht ausgerechnet, aber es könnte immerhin sein.«

So wörtelten sie dahin, immer noch zutiefst betroffen, sich plötzlich gegenüberzusitzen. Es war ja auch zu unverhofft gekommen, und der Markus mußte sich eingestehen, daß Christines dunkle

Schönheit ihn verwirrte. Einmal ließ er sogar einen tiefen Seufzer von sich und sagte:

»Das ist schon ein Kreuz und ein Elend!«

»Was denn?«

»Daß wir so nah beieinander wohnen, und eins weiß vom andern soviel wie nichts.«

Da lachte sie zum erstenmal. Ganz hell und fröhlich, wie er es ihr gar nicht zugetraut hätte. »Sag das nicht! Ich weiß von dir eine ganze Menge.«

»Tatsächlich? Zum Beispiel?«

»Zum Beispiel wie du gerauft hast, voriges Jahr in Bayrischzell beim Trachtenfest. Und bloß wegen der Stiegler Doris.«

»Angefangen haben die andern«, verteidigte er sich.

»Aber wegen der Stiegler Doris ist es doch hergegangen?«

»Na ja«, gab er zu. »Wenn es sein müßt', tät' ich mich auch deinetwegen schlagen. Aber dazu gibst du mir ja keine Gelegenheit.«

»Ich komm' ja kaum einmal wohin.«

»Leider, leider! Offen gestanden, ich versteh' eure Mutter nicht. Ihr seid doch auch jung, und bloß arbeiten und werkeln, was habt ihr dann schon vom Leben?«

Die Christine hob nur die Schultern und ließ sie wieder sinken.

»Wir können unsere Mutter nicht ändern«, sagte sie dann. »Manchmal hab' ich das Gefühl, als wenn sie sich selber nicht mag. Meinst du, daß mir das so paßt, der Prozeß jetzt wieder?«

»Den verliert sie!« versicherte Markus.

»Daran darf ich gar nicht denken!«

Christine hatte die Ellenbogen auf den Tisch gestützt und ihr Gesicht in die Hände gelegt. Langsam griff Markus hinüber und wollte über ihr Haar streicheln. Erschrocken zuckte sie zurück.

»So zuwider bin ich dir?« fragte er, stand auf und sah zum Fenster hinaus. Die Hausbank drunten war jetzt leer. Die Maria sah er mit einer Schüssel Hühnerfutter im Stall verschwinden.

»Du bist halt leider vom Stuffner«, sagte die Christa ein wenig kläglich hinter ihm.

»Und? Ist das ein Verbrechen?« Er drehte sich um und sah sie an. »Sag einmal, Christa, weißt du überhaupt, was Lieb' ist? Zu einem Menschen gut sein, nicht bloß hassen?«

»Wir sind so aufgezogen worden«, sagte sie.

»Ja, aber jetzt bist du doch erwachsen, Christa, hast eine eigene Meinung. Mußt du dich denn immer bloß unter den Willen deiner Mutter ducken?«

»Ach«, jammerte sie, »den möchte ich kennen, der sich gegen sie auflehnen könnte!«

»Ich könnte es, Christa! Wär' das eine Wohltat, ihr einmal richtig die Meinung sagen dürfen! Runterschreien möchte ich mir einmal alles von der Seele, was sie uns schon angetan hat mit ihrer ewigen Feindschaft!« Er war wieder nahe an sie herangetreten. Wärme und Güte war nun in seiner Stimme. »Christa, versuch es einmal und gib mir die Hand. Laß wenigstens uns keine Feinde sein. Was hab' ich dir denn schon getan? Und ich fühl' es, Christa, daß du in deinem Innern ganz anders denkst, sonst hättest du mir heute nicht geholfen. Du bist doch so ein sauberes Mädel, dich könnte man gernhaben. Und es müßte doch nicht sein, Christa –«

Er verstummte, denn auf einmal war ihr Kopf an seine Schulter gesunken, und ein hartes Schluchzen erschütterte ihren ganzen Körper. Hilflos legte er seine Hände um ihr Gesicht und hob es empor.

»Geh, Christa, wer wird denn weinen! Ich hab' doch nichts Unrechtes gesagt.«

»Nein. Bloß, daß man mich gernhaben könnt. Das hat mir noch nie jemand gesagt und – ich glaub' es dir auch nicht.«

»Doch, Christa, du mußt es mir glauben. Schüttel doch alles von dir ab, was dich bedrückt. Denke, daß du ein Recht hast auf Liebe und Glück. Ach, wenn wir zwei nur öfters zusammenkommen könnten, es könnte vieles anders werden. Geht es denn gar nicht, Christa, daß wir uns am Abend einmal irgendwo treffen?«

»Nein, das geht nicht.«

»Siehst du, du sperrst dich ganz allein gegen alles, was zu dir will. Du hast jetzt gar nicht einmal überlegt, ob das geht oder nicht. Dabei geht alles, wenn man bloß will! Paß auf, Christa, ich mach' dir einen Vorschlag. Am Mittwochabend, wenn es finster geworden ist, dann warte ich auf dich bei der Bachbrücke droben.«

»Ausgerechnet am Mittwoch, wo der Prozeß ist!«

»Daran hab' ich jetzt gar nicht gedacht. Aber vielleicht ist es gerade an dem Tag richtig. Vielleicht brauchst du gerade da einen Menschen, der es gut mit dir meint.«

»Ich weiß nicht, Markus, ob das geht und ob es gut ist.«

Zum erstenmal hatte sie ihn bei seinem Namen genannt. Es berührte ihn ganz eigenartig. Schon war er nahe daran, seinen Arm um ihre Schultern zu legen und sie ganz einfach zu küssen, da fuhr sie auf.

»Die Mutter kommt!«

Auch er blickte jetzt zum Fenster hinaus. Die Moarin fuhr gerade das letzte Stück des Steilweges herauf.

»Komm!« sagte Christine hastig. »Ich führ' dich zur Tenne hinauf, und wenn die Mutter im Haus ist, springst du hinunter und verschwindest. Zur Haustür kannst du jetzt nicht mehr hinaus.«

Sie führte ihn die Stiege hinauf und öffnete die eiserne Tür, die zur Tenne führte. Hastig hielt er sie nochmals am Arm fest.

»Bitte, Christa, komm am Mittwoch!«

»Ich weiß es nicht.«

Sie schob ihn hinaus, schloß die Eisentür und schob den Riegel vor. Dann ging sie hinunter und kam gerade recht, als die Moarin vor der Stalltür hielt.

»Bist schon da?« fragte die Christine unschuldig und ging auf ihre Mutter zu.

»Ja, es ist ein bissel später geworden. Hab' einen

Haufen alte Bekannte getroffen. Ist daheim was los gewesen?«

»Nein, was soll hier schon los sein?« fragte Christine und ging neben der Mutter her, die langsam die Gred entlanggging und im Haus verschwand.

Am Mittwochvormittag um viertel nach neun dann standen die verfeindeten Parteien im Gang des Gerichtsgebäudes in der Kreisstadt.

Die Moarin stand vor dem Anschlagzettel und las ihn: »9.30: In Sache Hellmayer gegen Niederegger.«

Der Stuffner stand am Fenster und schaute in den Gefängnishof hinunter, wo ein halbes Dutzend Gefangener Holz machte. Schwere Brüder saßen ja hier nicht ein, so Sechswochenhocker, und der Stuffner wollte gerade das angebrochene Packel Schweizerstumpen in den Hof hinunterwerfen, als er aufgerufen wurde.

Nach der ersten Viertelstunde war bereits abzusehen, daß der Stuffner hier freigehen würde. Der Richter war nur in einer Sache ein bißchen hartnäckig und fragte dreimal hintereinander, woher der Stuffner das Dynamit habe, um den Zementblock zu sprengen. Und der Stuffner sagte zum drittenmal, daß es kein Dynamit gewesen sei, sondern Schwarzpulver.

Aber seines Wissens müsse man auch zum Bezug von Schwarzpulver eine Genehmigung haben, meinte der Richter.

Die habe er eingeholt im vergangenen Winter, als sie die Stöcke im Schoberwald gesprengt hätten. Und da sei noch einiges übriggeblieben.

Der Richter blätterte einige Zeit im Strafgesetzbuch, dann rückte er die Brille zurecht und sah die Moarin an.

»Weshalb haben Sie die Sperre eigentlich errichtet, Frau Hellmayer?«

»Weil der ganz einfach nicht durch meinen Grund zu fahren braucht! Das sehe ich durchaus und überhaupt nicht ein, daß der durchfahren muß.«

»Seit wann fährt er durch?«

»Die ganze Zeit schon.«

»Seit einem Jahr, seit zwei Jahren?«

»Allerweil halt schon«, antwortete die Moarin.

»Hundert Jahr' schon, wenn nicht länger«, sagte der Stuffner.

Ob das Fahrrecht verbrieft sei?

»Finden hab' ich nichts können. Aber so lange ich denke, sind wir den Weg gefahren, weil wir anders gar nicht können, es sei denn, wir machen einen Umweg von einer dreiviertel Stunde.«

»Und es wurde niemals dagegen Einspruch erhoben?«

»Überhaupt nie. Ihrem verstorbenen Mann wäre es gar nicht eingefallen, uns die Durchfahrt zu verwehren. Aber sie sucht ja die ganzen Jahre schon, was sie uns antun könnte.«

Der Richter putzt seine Brillengläser, sehr umständlich und sehr lange. Dann wendet er sich an die Moarin.

»Was sagen Sie dazu, Frau Hellmayer?«

»Was soll ich dazu sagen? Das Sträßl geht durch meinen Grund, und wenn ich nicht mag, daß der da durchfährt, dann ist das durchaus meine Sache.«

»Ja, Frau Hellmayer, hier täuschen Sie sich einmal.«

»Inwiefern? Wo steht das geschrieben, daß der da durchfahren darf?«

»Nirgends – und das ist in solchen Fällen immer bedauerlich. Da aber die Durchfahrt, beziehungsweise die Benützung des Weges, schon von alters her besteht, ist dadurch ein Gewohnheitsrecht entstanden, und dagegen können Sie gar nichts machen.«

Es waren nicht allzu viele Leute im Verhandlungsraum, aber die wenigen kicherten nun doch recht vernehmlich. Die Moarin wandte das zorngerötete Gesicht, bevor sie dann ein paar Schritte näher an den Richtertisch machte.

»Dann wär' das also so, daß der da weiterhin mein Sträßl benutzen darf, ohne daß ich was dagegen machen kann?«

»Es tut mir leid, Frau Hellmayer, die Bestimmungen lauten nun mal so.«

»Sauber, muß ich sagen! Und da soll man Vertrauen haben zum Gericht!«

»Wenn es um eine berechtigte Sache geht, dürfen Sie wohl Vertrauen haben zu unserer Justiz. Aber hier – wegen so einer Lappalie einen Prozeß aufziehen –«

»Ja freilich, das wär' dann eine Lappalie, wenn

der durch meinen Grund fährt! Das sind ja saubere Gesetze!«

Der Richter wurde ungeduldiger, warf seinen Bleistift ziemlich energisch auf den Tisch und blätterte in dem Akt.

»Herr Niederegger – eine Frage noch. Auf welche Strecke hin benützen oder müssen Sie die Straße benützen?«

»Höchstens zwanzig Meter.«

»Ach so? Und ich habe gedacht, ein paar Kilometer! Aber, Frau Hellmayer, Sie sind doch sonst eine so vernünftige Frau und, wie man weiß, eine tüchtige Bäuerin. Und hier ziehen Sie wegen zwanzig Meter so ein Theater auf! Nicht einmal ein Flurschaden entsteht dabei! Ich kann mir nicht helfen, Frau Hellmayer, aber das ist doch reine Bosheit.«

»Das sagen Sie! Ihnen kann man ja kein Wegrecht streitig machen. Aber Bosheit hin, Bosheit her! Ich möchte jetzt klipp und klar wissen, ob der da durchfahren darf oder nicht?«

»Sie haben doch gehört, daß es sich um ein Gewohnheitsrecht handelt, und Sie hätten sich die heutige Verhandlung sparen können.«

Die Moarin stand aufrecht da, ganz stolz, obwohl sie soeben moralisch eine Ohrfeige bekommen hatte. Mit diesem Stolz antwortete sie jetzt trocken:

»Bei Ihnen hätte ich mir die Verhandlung sparen können. Aber Sie sind ja nicht die letzte Instanz.«

»Ach so! Bitte, wenn Sie so viel Geld übrig haben, das steht Ihnen frei. Ich würde Ihnen nur anraten, besprechen Sie sich zuerst noch mit einem Rechtsanwalt.«

»Ja, das werde ich tun, darauf können Sie sich verlassen!«

»Ich kann Sie nicht daran hindern. Die Verhandlung ist geschlossen.«

Die Moarin rauschte hinaus, hocherhobenen Kopfes, mit schweren, weiten Schritten. Die breiten Bänder ihres Audorfer Hutes fluderten leicht hinter ihrem Rücken. Ihr Gesicht war von einer leichten Röte überzogen, kaum wahrzunehmen bei der sommerlichen Bräune ihrer Wangen.

Der Stuffner ließ sich ein bißchen Zeit, aber als er das Gerichtsgebäude verließ, sah er, daß die Moarin nicht die Steintreppe benützte, die zum Totengaßl hinunterführte, sondern mit einem Ruck nach links abbog und in die Pfarrkirche hineinging.

Dem Stuffner war so froh zumute, daß er ihr am liebsten nachgerufen hätte: »Bet für mich auch ein Vaterunser!« Doch dann schüttelte er nur den Kopf und dachte: Wie kann man denn bloß so verbohrt sein! War sie denn nicht wie ein Rätsel, diese Frau, nicht aufzulösen? Ein anderer, wenn er einen Prozeß verliert, so wie ihn heute die Moarin verloren hatte, ging ins Wirtshaus und trank über den Durst. Die Moarin aber ging in die Kirche, obwohl doch der liebe Gott an so viel Feindschaft und Bosheit kein Wohlgefallen haben konnte.

Na ja, jedem das Seine. Der Stuffner schlenderte langsam zum Marktplatz hinunter, kaufte beim Faul ein paar Schraubenschlüssel, dann ging er zum Wirt und bestellte sich vier Weißwürste und eine Maß Weizenbier. Um diese Zeit war nicht viel los, nur ein paar Bauern aus der Schönauer Gegend saßen am langen Ofentisch. Der Stuffner kannte sie nicht, aber da es in bäuerlichen Kreisen nicht üblich ist, sich vorzustellen, fragte der Stuffner geradewegs:

»Wo seids denn ihr her? – Soso, von Schönau? Ich bin der Stuffner vorm Wald.«

»Du bist der Stuffner?« fragte der eine. »Gehört hab' ich schon viel von dir, aber kennt hab' ich dich noch nicht. Geschäfte gehabt herin?«

»Wie man's nimmt«, antwortete der Stuffner und griff nach einer knusprigen Laugenbrezel. Er kannte die beiden zu wenig, um ihnen seinen Triumph zu erzählen. In diesem Augenblick aber kam der Viehhändler Raggl herein, sein Hütl schief auf dem Kopf, sein Gertlein in der Hand.

»Ja, wen seh' ich denn da wieder einmal! Den Herrn von Stuffner! Grüß dich, Hafner, und wo muß ich jetzt dich gleich hintun? Bist du nicht der Stangl von Öd?«

»Ja, den du mit der Kuh ausgeschmiert hast! Fünfzehn Liter, sagt der Sprüchmacher, gibt sie, dann waren es knapp zehn!«

»Du wirst schon 's Melken nicht gescheit können«, lachte der Raggl und setzte sich an den Tisch. »Wie ist es dann dir gegangen heut' mit deinem Prozeß?«

»Gut«, lachte der Stuffner. »Verloren hat sie.«

»Gut, sag' ich! Ja, dann derfst gleich eine Maß zahlen!«

»Möchst wieder zu einem billigen Rausch kommen? Aber ich weiß ja, wo du hinauswillst! Wenn ich meine Weißwürst gessen hab', können wir ein paar Maß ausspielen.«

Aus den paar Maß wurden zehn, und gegen Abend nahm der Stuffner den Raggl wieder mit, wie damals an jenem schönen Frühlingsabend, als sie von Miesbach heimfuhren.

Die Moarin kam an diesem Tag mit einem solch versteinerten Gesicht heim, daß niemand wagte, sie anzusprechen. Sie ließ das Gespann mitten im Hof stehen, ging ins Haus, sperrte sich in ihre Kammer ein und kam erst gegen Abend wieder zum Vorschein. Und weil es so schien, als habe sie die Stunden der Abgeschlossenheit gebraucht, um in sich klarer zu werden – so wenigstens deutete Christine jetzt den Gesichtsausdruck der Mutter – wagte sie zu fragen:

»Wie ist es denn gegangen?«

Die Moarin stellte sich vor den Spiegel und richtete ihr Haar. Dann sagte sie über die Schulter zurück:

»Es gibt keine Gerechtigkeit mehr auf der Welt.«

»Also verloren!« stellte Christine fest.

Die Mutter fuhr mit dem Gesicht herum. Ihre Augen sprühten schon wieder jenes gefährliche Licht.

»Stell dir vor, ich kann gar nichts machen, wenn die bei mir durchfahren! Gewohnheitsrecht, hat er gesagt, der Richter, und es ist mir grad' so vor'kommen, als wenn er mir das mit Genugtuung hingerieben hätte. Das war ein Fressen für den da drunten! Ich hab' gesehen, wie es gezuckt hat in seinem Gesicht vor Schadenfreude.«

»Das hast du dir vielleicht nur eingebildet, Mutter.«

Betroffen blickte die Moarin in das Gesicht der Tochter. Hatte in Christines Stimme nicht auch etwas mitgeklungen wie satte Zufriedenheit? Zweimal mußte sie hinsehen, dann sagte sie:

»Diesmal hab' ich ihm nicht ankönnen. Aber ich finde schon was anders, wo er mir nicht so leicht davonschlüpfen kann!«

»Und finden mußt du was?«

Wieder die leise Betroffenheit. Näher ging die Moarin zur Christine hin. »Wie fragst denn du eigentlich? Ich will nicht hoffen, daß du auch bloß einen Funken von Verständnis für die da unten hast. Hier gibt es kein Verständnis, bloß Feindschaft! Und die bleibt ewig! Und jetzt gehst raus und bringst die Wasch 'rein. Die müßt' schon lang trocken sein.«

Christine war froh, entwischen zu können. Draußen in der frischen Luft atmete es sich viel leichter als in der dumpfen Küche. Hier getraute sich Christine endlich, befreit aufzulachen, und wußte eigentlich hernach gar nicht, warum sie so fröhlich sein konnte in Anbetracht der Niederlage, die ihre Mutter erlitten hatte. Sonst war es doch immer so gewesen, daß sie sich gefreut hatte über alles, was die Stuffners verletzen konnte. Und nun freute sie sich über einen Stuffnersieg, obwohl dies der Mutter bis ins Mark gehen mußte.

Ach ja, seit dem letzten Sonntagnachmittag hatte sich etwas begeben, worüber sich Christine zwar selber noch nicht ganz klar war, jedenfalls war ihr so, als hätte sich ihre Welt auf einmal grundlegend geändert. Sie lebte so ganz ohne Haß, nur dem Gedanken hingegeben, das, was an der Sache noch unklar war, möglichst bald klarzustellen. Und wenn der Markus gesagt hatte, daß man sie lieben könne, so möchte sie jetzt eindeutig wissen, ob *er* sie lieben könne. Vielleicht wüßte sie es schon, wenn damals nicht plötzlich die Mutter heimgekommen wäre.

Sie hatte drei Tage Zeit gehabt, sich alles zu überlegen und über alles nachzudenken, und vor allem hatte sie den Entschluß gefaßt, zur Bachbrücke zu gehen. Und weil sie das nicht nur aus Neugierde tun wollte, sondern von einer geheimnisvollen Macht dazu angetrieben wurde, hatte Christine das Gefühl, daß jetzt etwas begann, dessen Ausgang noch nicht zu übersehen war. Es konnte zur Wende ihres Lebens werden. Sie wollte hingehen, weil sie hingehen mußte. Was hinter diesem Muß stand, das konnte sie noch nicht erfassen. Morgen früh jedenfalls würde sie mehr wissen.

An diesem Mittwoch wollte es schon gar nicht Nacht werden. Gerade als ob sich die Stunden vom Abendrot bis zur Dämmerung endlos dehnten. Dann war es aber endlich soweit. Im Haus schlief schon alles, als Christine, zum erstenmal in ihrem

Leben, sich heimlich durch den Stall ins Freie schlich.

Die Nacht umfing sie ganz warm, wie ein weicher Mantel. Die Sterne standen an einem hohen Himmel, und manchmal war es, als ginge ein Sausen unter ihnen hin und berühre die Welt mit feinem Atem. Ganz leise hörte man den Bach plätschern, und auf einmal dachte Christine mit Erschrecken, wie das wohl wäre, wenn Markus vergessen hätte, daß er sie zu dieser Stunde an die Bachbrücke bestellt hatte. Sie spürte bei diesem Gedanken einen Stich im Herzen, war unsicher geworden und machte nun einen weiten Bogen, um von oben her zur Brücke zu kommen und um rechtzeitig zu erkennen, ob der Markus gekommen war oder nicht.

Aber Markus war da. Die Christine sah seinen Schatten auf dreißig Meter. Er stand ans Brückengeländer gelehnt und schaute talwärts, bis er ihren Schritt auf den hölzernen Bohlen hörte. Da fuhr er herum und streckte ihr beide Hände entgegen.

»Da bist du ja!« lachte er. »Ich hatte schon Angst, du kämst nicht.«

Sie stand stumm vor ihm, hatte ihre Hände in den seinen und schaute ihn immerzu an.

»Angst hast du gehabt?« fragte sie endlich. »Es wäre eher an mir gewesen, Angst zu haben.«

»Daß du vielleicht nicht wegkämst?«

»Nein, daß du nicht da wärst.«

»Aber geh! Ich hab' mich seit drei Tag irrsinnig darauf gefreut. Und weil doch – du weißt ja, wie es 'nausgegangen ist beim Gericht – da hab' ich mir gedacht –«

»Daß ich auch so wütend wäre wie die Mutter?« Sie machte jetzt ihre Hände aus den seinen los und lehnte sich über das Brückengeländer, sprach zu den Wellen hinab: »Ich weiß nicht, was mit mir los ist, Markus. Ich kann mich nicht mehr ärgern, und wenn ich ganz ehrlich bin, mich freut es, daß dein Vater recht 'kriegt hat.«

Markus war hinter sie getreten und hatte den Arm um ihre Schultern gelegt.

»Uns Junge wäre die ganze Feindschaft überhaupt nie was angegangen«, sagte er. »Aber wie es halt ist, man wird mit hineingerissen, wenn man noch keinen eigenen Willen hat.«

Christine fühlte sich nicht ganz wohl unter der Wärme seines Armes. Sie konnte immer noch nicht fassen, daß sie mit einem Mann in der warmen Sommernacht stand und daß dieser Mann einer vom Stuffner war. Markus fühlte ihre Bedrängtheit und daß sie sich gern losgemacht hätte von ihm.

Einmal hörte man vom Wald herunter einen Vogel rufen, ganz kläglich und langgezogen. Dann knurrte der Hund vom Moarhof ein paarmal. Und wieder Stille.

»Euer Hundskrüppel weiß auch oft nicht, warum er bellt«, sagte jetzt der Markus, bloß um überhaupt etwas zu sagen.

»Manchmal bellt er sogar den Mond an«, gibt ihm Christine recht.

»Ach so, den Mond. Und ich hab' mir schon

manchmal gedacht, wenn er nachts so bellt, es käm' einer zu dir ans Kammerfenster!«

»Hast du denkt?«

»No ja, sein könnt' es ja leicht.«

Sie drehte ihm langsam das Gesicht zu und sah ihn abwägend an. Dann sagte sie ehrlich:

»Ich steh' heute zum erstenmal mit einem Mann so in der Nacht. Du kannst es glauben oder nicht, aber es ist so.«

»Christine, ich glaube dir.«

»Weil ich nicht lüge. Und gerade dich möchte ich nicht anlügen.«

»Dann geht's dir grad' wie mir. Soll ich dir sagen, Christine, was ich am Sonntag alles gedacht hab'?«

»Sag mir's, Markus.«

»Müssen wir denn da auf der Brucken stehen?«

»Wo willst denn sonst hin?«

Er zog seine Joppe aus und breitete sie neben dem Bach auf den Boden. Darauf sollte Christine Platz nehmen. Die Nacht war ja so warm, sogar der Boden strömte noch Wärme aus. Und auf dem ruhig fließenden Wasser spiegelten sich die Sterne, bewegten sich mit, als zögen sie mit den Wellen davon, indessen es doch immer die gleichen Sterne waren, von denen einer sich schneuzte und einen dünnen Feuerstrahl niedersausen ließ.

»Jetzt hättest du dir etwas wünschen sollen«, sagte der Markus.

»Hast du dir was gewünscht?« fragte sie und hatte nun schon Sehnsucht, daß er den Arm wieder um ihre Schultern legte.

»Ja, Christine, ich hab' mir was gewünscht. Daß nie mehr Feindschaft wäre zwischen dir und mir.«

Sie nickte und lehnte jetzt ihren Kopf an seine Schulter.

»Das wär' mir recht. Aber du hast mir noch nicht gesagt, was du seit dem Sonntag alles gedacht hast.«

»Ganz einfach ununterbrochen an den heutigen Abend, ob du kommen wirst, und daß ich dir dann sagen muß, daß ich dich lieber hab', als du es glauben wirst. Nein, Christa – sag jetzt nichts. Das ist ganz unverhofft über mich gekommen. Du hast mich am Sonntag in deinen Schutz genommen. Aber das allein ist es nicht. Du gehst mir nicht mehr aus dem Kopf.«

»Das, meine ich, ist dir schon öfter passiert, was?«

»Wie meinst denn das?«

»Geh, man weiß doch, wie die Madel hinter euch Stuffnerbuben her sind«, antwortete Christine ohne jeden Spott, eher mit einem Unterton des Bedauerns.

Der Markus überlegte, was er darauf sagen sollte, und hatte wieder das Gefühl, daß er hier unbedingt ehrlich sein müßte.

»Schau, Christine, die Leut' reden viel, wenn der Tag lang ist. Und gar manche bildet sich was ein, was gar nicht berechtigt ist. Wenn man ein bissel Spaß macht, dann meint so manche, es wäre ernst.«

Er konnte nicht sehen, wie ihre Stirn sich umschattete. So warm die Nacht auch war, es rann ihr ganz kalt durch den Körper, und unwillkürlich nahm sie ihren Kopf von seiner Schulter und sagte mit spröder Stimme:

»Dann will ich recht vorsichtig sein und nicht vergessen, daß du gern ein bissel Spaß machst.«

Betroffen starrte er sie an, dann begriff er erst und spürte auch, wie ihre Worte ihn tief trafen, obwohl er sonst eigentlich nicht so empfindlich war.

»Ach, so meinst du, Christine!« Er nahm den Arm von ihren Schultern und verschränkte seine Hände um die aufgezogenen Knie. »Natürlich, wie könntest du mir auch alles glauben! Wir Stuffner sind boshaft, wir lügen wie gedruckt und machen bloß Spaß.«

»Das hab' ich nicht behauptet, Markus.«

»Deine Mutter hat das nicht bloß einmal behauptet.«

»Müssen wir die Mutter in unsere schöne Nacht 'reinziehen?«

»Hast recht, Christine. Die Nacht gehört uns beiden ganz allein, und was wir in ihr auch beschließen und bereden, es wird immer unsere Nacht gewesen sein. Und weil es jetzt schon gleich ist, Christa – ich hab' dich gern, wie ich vor dir noch keine gerngehabt habe.« Er riß sie plötzlich an sich und küßte sie.

Zuerst war noch Abwehr in ihr, vielleicht auch Schreck. Ihr Mund war zusammengepreßt zu einem Strich. Aber dann schlang sie auf einmal ihre Arme um seinen Hals, ihr Mund wurde weich, und das beglückte den Markus. Hernach drückte sie ihr Gesicht an seinen Hals.

»Was hab' ich jetzt bloß getan!«

»Gar nichts, du liebes Dirndl du! Keine Sünd' und kein Verbrechen.«

»Wenn das die Mutter wüßt', ich glaub', sie tät' mich erschlagen!«

Markus zärtelte über ihre Stirn, über ihre Wangen und wieder über ihren Mund.

»Erstens weiß sie es nicht, zweitens gehören zum Erschlagen zwei, und drittens werden wir es zunächst einmal recht schön geheimhalten. Der Krach kommt noch früh genug. Die Hauptsache ist, daß wir zwei zusammenhalten, Christa.«

»Auf mich, Markus – auf mich kannst du dich verlassen.«

»Das weiß ich, Christa, und ich muß doch blind gewesen sein, daß ich bis jetzt noch nicht gemerkt hab', was du eigentlich für ein bildsauberes Madel bist.«

»Ah geh, so weit ist's dann auch wieder nicht her!«

»Wenn ich es dir sag, Christa! Gestern bin ich einmal an der Tennenlucken gestanden und hab' dir zugeschaut, wie du im Pflanzgarten gearbeitet hast.«

»Ausgegrast hab' ich.«

»Und wie ich dich da so gesehen hab', zwischen den Sonnenblumen und den Rosenstöckeln, da hab' ich auf einmal so eine Sehnsucht 'kriegt, daß ich gemeint hab', ich müßt von der Stelle weg zu dir 'naufrennen.«

Zutraulich schmiegte sie sich jetzt schon an ihn, und es war doch noch gar keine Stunde vergangen von dieser sternschönen Nacht. Bis hierherauf hörte man auch keine Uhren schlagen, wenn nicht ein besonderer Wind ging. Ihnen schlug überhaupt keine Stunde, sie waren zwei junge Menschen in einer Sommernacht, ihre Herzen hatten sich weit füreinander aufgetan, die Schatten lagen so weit zurück, das Böse, die Feindschaft und das kalte Nebeneinanderleben auf zwei Höfen.

Und weil die Nacht doch verschwiegen war und man in ihrem Zwielicht doch alles ein bißchen undeutlich sah, darum fand Christine endlich selber den Mut, den Kopf des Mannes an ihre Brust zu betten und ihn zu küssen, mit solcher Zärtlichkeit, als sei sie erst in dieser Sommernacht zu einem blutvollen Wesen erwacht. Und als ob sie schon zu Beginn dieses neuen Lebens vollends begriffe, daß man so etwas Wundervolles nicht zerreden dürfe, sprach sie nicht viel oder nur zwischen ihre Liebkosungen hinein ein paar Worte wie: »Das wird doch kein Traum sein?« Oder hinterher gleich die zweite Frage voll wehender Angst: »Du wirst mich doch nicht ausschmiern?«

Das war so kindlich ausgedrückt, daß Markus ganz weich ums Herz wurde und er sie wie ein Kind in seine Arme nahm.

»Das ist erst der Anfang, Christine!«

Wenn er ihren vollen Namen aussprach, dann klang das so melodisch, wie die Anfangstöne eines Liedes. Wenn er nur »Christa« sagte, wehte eine Leere hinterher, als bliebe etwas unvollendet. Darum bat sie ihn:

»Sag immer Christine zu mir. Alle sagen nur Christa, du aber mußt mich Christine nennen. Ich sag' ja auch Markus und nicht Markl.«

Da mußte er wieder lachen und gestand ihr: »Da sucht man und sucht man, und das Schönste lebt einem ganz in der Nähe!«

Sie nahm ein Haarbüschel in ihre Finger und zog sein Gesicht heran. »Mit der Sucherei ist's aber jetzt Schluß!«

Das war der Ton ihrer Mutter.

»Auf Ehr' und Seligkeit«, versprach er. »Aber daß ich es nicht vergeß, Christine: Was ist aus meinem Gewehr geworden?«

»Ist nimmer da! Den Lauf hab' ich in die Odelgrube geworfen und den Schaft in den Ofen! Ist grad' 's Kälbertrank heiß geworden damit.«

Diesmal erschrak Markus wirklich. »Du bist schon gut! Was sag' ich jetzt zum Alois, wenn er es braucht?«

»Oh, dein Bruder wird sich schon wieder eines beschaffen, wenn er meint, daß er eins braucht. Du aber gehst mir nicht mehr 'naus!«

Nachdenklich und bedrückt schaute Markus ins Wasser, in dem sich seit einer Viertelstunde auch der halbe Mondscherben spiegelte.

»Das ist jetzt schon saudumm«, quetschte er endlich heraus. »Macht die mein Gewehr kaputt!«

»Ich kauf' dir dafür eine Falle, daß du Bisamratten fangen kannst.«

Da schau her, wie sie spotten konnte! Aber Markus versicherte ihr fast glaubhaft, daß bei dem

Fischweiher oben, der den Stuffners gehörte, tatsächlich Bisamratten bemerkt worden seien, und er habe tatsächlich am Sonntag auf diese Biester gehen wollen. Aber dann lief ihm ein Sechserböckl vor den Füßen umeinander: »Weißt ja, wie das dann geht«, schloß er.

»Nein, das weiß ich eben nicht und will es auch niemals wissen. Mir wär's grad' genug, wenn ich um dich auch noch Angst haben müßte! Am Montag ist übrigens der Förster bei uns gewesen und hat so umeinandergefragt, ob ich nichts gesehen hätte.«

»Da schau her! Hat er gar einen Verdacht geäußert?«

»Nein, das nicht, aber trauen würd' ich ihm trotzdem nicht, Markus. Während er mit mir geredet hat, hat er immer zu euch 'nuntergeschaut.«

»Meint der vielleicht, ich hätte die Rehdecke ans Scheunentor genagelt? Aber reden wir nimmer davon! Sag mir lieber, wann wir uns wieder treffen können.«

Sie zuckte die Schultern.

»Sagen wir am Samstag?« drängte er.

»Das kann ich nicht auf den Tag genau bestimmen. Es kann ja was dreinkommen auch. Vielleicht kann ich am Samstag gar nicht weg, und an einem andern Tag ging's wieder ganz leicht. Wie soll ich dich das aber wissen lassen?«

Er überlegte ganz kurz, dann wußte er, wie man das machen könnte. »Paß auf, Christine: Wenn du meinst, daß du auskannst, dann legst auf euern Balkon zwischen die Geranienstöckerl ein weißes Tücherl. Dann weiß ich genau: Heut' abend, wenn's dunkel wird, wieder hier.«

»Ja, so machen wir's, Markus! Aber jetzt muß ich heim! Weißt du, wieviel Uhr es ist?«

»Keine Ahnung, aber dem Mond nach könnte es Mitternacht sein.«

Er stand auf, reichte ihr beide Hände und zog sie hoch. Dann schloff er in seine Joppe. Sie konnten nicht weit miteinander gehen, und das Abschiednehmen fiel ihnen recht schwer. Immer wieder umschlangen sie sich, und immer wieder mußten sie sich küssen. Dann knarrte ganz leise das Tennentor, hinter dem die Christine verschwunden war, und Markus ging auf einem kleinen Umweg dem Stuffnerhof zu, griff in die Sprossen der Altane und zog sich hinauf. Auf dem Balkon streifte er seine Schuhe ab und schlich auf Zehen in die Kammer, die er mit seinem Bruder Alois teilte.

Der Alois lag laut schnarchend mit dem Gesicht zur Wand und hätte den Markus wahrscheinlich auch nicht gehört, wenn er mit den Schuhen hereingetrampelt wäre.

Es dämmerte langsam. Das Morgenrot schimmerte im Osten. Der erste Hahnenschrei vom Moarhof herunter, und sogleich gaben die jungen Hähne vom Stuffnerhof Antwort. Im Moarhof öffnete sich die Haustür, und die Moarin ging über den Hof und begann, sich dort zu schaffen zu machen. Es war ein wunderbarer Morgen, und ein klarer, immer heller werdender Himmel spannte sich über den vom Tau glänzenden Wiesen und Feldern. Die Moarin stand eine Weile bei den Sonnenblumen, hob die Hand schattend über die Augen und schaute in die Ferne. Sie wandte den Blick auch nicht, als drunten beim Stuffner die Haustür in den Angeln knarrte und der Stuffner, nur in Hemd und Hose gekleidet, auf die Gred heraustrat. Dann ging er auf den Hof hinaus, begab sich zum Maschinenschuppen und fuhr den Traktor heraus. Das mußten sie nun wohl hören, seine Leute. Bald darauf schepperten im Stall schon die Milchkübel, und der Markus fuhr, gähnend, aber auffallend fröhlich, zum Mähen auf den Kleeacker hinunter.

Eine neue Welle von Haß überkam die Moarin, als sie den Stuffner auf seinem Hof unten stehen sah, die Hände in den Hosentaschen, das Haar noch unordentlich in die Stirn hängend.

»Jetzt wird er hämisch lachen über mich«, sagte sie vor sich hin, und der ganze Zorn über die gestern erlittene Niederlage wollte sie wieder überkommen.

Der Stuffner blinzelte in der Runde umher, sah die zwei kleinen, rötlich beglänzten Wolken über der schimmernden Kuppe des Wendelsteins, und schließlich kam auch das blendende Weiß einer Bluse mit Puffärmeln zwischen gelben Sonnenblumen in sein Blickfeld.

»Ah, die Frau Nachbarin«, höhnte er mit wonniger Schadenfreude. »Die wird ja keine schlechte Wut haben jetzt!«

Im Morgenwind wehte diese klar ausgewogene Feindschaft dieser zwei Menschen. Und dabei war der Morgen so schön, als wollte er mit seinem Vogelgezwitscher den Menschen Gutsein und Verstehen zujubeln.

Eine Amsel schluchzte im alten Lindenbaum, als beklagte sie die Feindschaft dieser zwei Menschen, die doch sonst so zielbewußt und so selbstsicher im Leben standen, jeder auf seine Art.

Wie schön müßte es sein, dachte der Stuffner, wenn ich jetzt hinaufrufen könnte: Guten Morgen, Nachbarin! Ein Wetterl heut', was?

Er war in seinem Wesen nicht so verbohrt wie die Moarin, war viel verträglicher, konnte vergessen. Er hielt diese dumme Feindschaft auch für läppisch und eines Bauernmenschen unwürdig. Irgendwelche Wilden könnten in solcher Feindschaft leben, aber nicht ehrbare Bauern.

Es wurde nun rasch hell. Die Moarin war ins Haus gegangen. Der Stuffner aber stand noch drunten und sah, zum wievielten Male wohl schon so bewußt, wie die Sonne nun heraufstieg. Hell und breit flutete der neue Tag über das Land. Der Morgenstern verblaßte, Lerchen jubilierten in den Lüften.

Heute wollte man, wenn der Tau abgetrocknet war, mit der Kornmahd beginnen. Ganz hell leuchtete der Kornacker aus der Tiefe herauf. Hoch stand es, und die Ähren waren schon geneigt. An seinem Rande schimmerten roter Mohn und blaue Kornblumen. Zwei Stunden vielleicht noch oder drei, dann kam der Tod in diese leuchtende Blumenpracht und über das Kornfeld. Und doch kein Tod, denn das Brot, aus dem Korn gewonnen, gereichte den Menschen zum Leben.

Heute aber blieb der Tau ungewöhnlich lange, und es war schon nach neun Uhr, als der Stuffner mit seinen Leuten zum Kornacker hinunterzog. Stillschweigend arbeiteten sie bei stetig steigender Hitze. Besonders dem Stuffner, der am Tag zuvor beim Duschl in Aibling, in der Freude seines Sieges, ziemlich viel Bier und Wein genossen hatte, troff der Schweiß in dicken Strömen von der Stirn.

Der Markus dagegen wirkte leicht und beschwingt, obwohl ihm drei Stunden Schlaf abgingen. Der Alois pfiff vergnügt vor sich hin und klopfte schon einmal dem Hannerl auf das Hinterteil, wenn es gerade niemand sah. Dieser etwas kleiner gewachsene, stämmige Kerl steckte überhaupt voller Faxen, im Gegensatz zu seinem Bruder Markus. Wenn es ihm gerade einfiel, konnte er über seinen eigenen Schatten lachen, und was die Mädel anbetraf, so hatte er dank seines sprudelnden Mundwerks viel mehr Chancen als sein älterer Bruder Markus. Hemmungen kannte er in dieser Hinsicht gar nicht. Er konnte ein wildfremdes Mädchen so treuherzig anreden, daß es unsicher wurde, wenn er behauptete: »Und das lass' ich mir nicht nehmen, wir zwei haben uns schon einmal gesehen ...«

Weiter drüben lag die Kornbreite des Moarhofs, das noch nicht in voller Reife war, weil zuviel Schatten vom Wald darauf fiel. Die Moarin ärgerte sich darüber maßlos, weil die Stuffners ihr wieder mal voraus waren. Den ganzen Vormittag nörgelte sie umeinander, und während sie im Haus und im Hof arbeitete, flog so mancher unschuldige Besen oder Kübel mit Geschepper in die nächste Ecke. Erst am Nachmittag wurde sie etwas gnädiger und eröffnete der Christine, daß demnächst der Schober Jakob von Tretting käme, den sie am Sonntag auf dem Aiblinger Markt getroffen habe. Sein Anwesen sei nicht schlecht, etwa hundertzwanzig Tagwerk seien dabei und das Haus renoviert. Er hätte nur eine Schwester auszuzahlen, und die Alten seien kreuzbrave Leut'.

Christine nahm dies zur Kenntnis und hätte am liebsten gelacht, so absurd fand sie dieses Ansinnen, da sie doch den Markus liebte. Sie kannte den Schober Jakob nur flüchtig von einer Hochzeit her. Aber sie war doch überrascht, daß die Mutter so plötzlich die Angel nach einem Mann für sie ausgeworfen hatte, ohne daß darüber vorher einmal geredet worden wäre. Daß die Monika einmal den Hof kriegen sollte, stand längst fest. »Und für dich«, so war gelegentlich gesagt worden, »für dich, Christa, da werden wir schon den Richtigen finden ...«

Nun hatte aber Christine von selber, wie sie meinte, den Richtigen gefunden. Aber im Laufe dieses Nachmittags wurde sie plötzlich unsicher, wurde von Zweifeln hin und her gerissen. Meinte der Markus es wirklich ehrlich? Bei diesem Gedanken geriet sie in eine arge Wirrnis, und um sich davon freizumachen, vergegenwärtigte sie sich alles von der gestrigen Nacht, was er gesagt hatte, seine Zärtlichkeiten, seine Küsse.

Kein Zweifel, sie war entflammt. In ihrem Herzen blühte etwas so Wunderschönes, sie hätte den ganzen Tag lachen und singen können. Zwar hatte sie sich auch zuweilen Gedanken gemacht über die Liebe und darüber mit der Schwester gesprochen. Aber die Monika, du liebe Güte, die hatte davon eine Vorstellung, daß man erschrecken konnte.

»Parieren muß bei mir einer«, pflegte die Monika zu sagen. »Sonst gibt es Tachteln.«

Nein, die Christine mußte das nun schon selber erleben und durchleben. Das Glück schien ihr wie ein Märchen zu sein, das man behutsam in einer Goldschale auf den Händen tragen mußte. Und wie sie das so dachte, wuchs die Sehnsucht und der Drang, sich mit Markus auszusprechen, so stark, daß sie um vier Uhr nachmittags zum Söller hinaufstieg und ein weißes Handtuch zwischen die blutroten Geranien legte. Dabei schaute sie nach dem Himmel aus, der von seinem hellen Blau schon so manches verloren hatte.

So schwül lag der Tag über dem Tal.

Gegen fünf Uhr trieben eilig Wolken über die Stuffnerleute auf dem Kornacker hin, deren eiliges Mühen darauf bedacht war, noch fertig zu werden, bevor ein Gewitter kam, denn die glühende Schwüle stach unbarmherzig auf die Menschen nieder.

Gerade, als sie soweit waren, zuckte der erste Blitzstrahl aus einer Wolkenwand. Ein Donner, fern zwar noch, murrte nach, und die Luft schien auf einmal stillzustehen. Doch dann kam es sehr schnell, von einem Sturm hergetrieben, der wie ein Räuber über die Landschaft fiel. Fast im gleichen Augenblick prasselte der Regen nieder, Bäche von Regen, in breiten Würfen hergeschleudert wie Weizen aus einer säenden Hand.

Durch diesen strömenden Regen beeilten sich die Stuffnerleute heimzukommen und wurden bis auf die Haut durchnäßt. Dann standen sie, zunächst heftig atmend, unter dem breiten Vordach des Hofs und starrten in das Grau, das so nieder daherzog, daß man den Moarhof droben kaum sehen konnte. Wie in eine Nebelwand gehüllt lag er droben, und vielleicht war es nur Markus allein, der zwischen den vom Wind bewegten Geranien etwas Weißes leuchten sah. Ganz gewiß aber war es nur er allein, der wußte, was das zu bedeuten hatte.

Nach drei Stunden erst hob das schwarze Gewölk einen Saum am westlichen Horizont. Ein heller Streifen wurde erkennbar, und für kurze Zeit wurde die Sonne selber noch einmal sichtbar und beschien freundlich das triefende Tal. Und dann senkte sich im Osten ein Regenbogen voll leuchtender Schönheit über die Weite hin. Dann begannen auch die Vögel wieder zu jubilieren, ganz zerzaust und naß zwitscherten sie aus den Bäumen und Sträuchern.

Eine gereinigte Welt war aus dem Gewitter aufgestanden, wie eben neu aus des Schöpfers Hand erschaffen und frisch in allen Farben.

Der Stuffner Alois saß im Stall, als der Markus von draußen hereinkam und sich zu ihm setzte. Es war schon duster im Stall, und die beiden Kühe auf der anderen Seite des Futterganges lagen da und sahen sich an.

Der Alois rauchte eine Zigarette, hielt auch dem Bruder die Schachtel hin und ließ ihn anzünden. Dabei fragte er flüsternd: »Wo ist denn eigentlich unser Büchsel?«

Markus, der dem Bruder sein Mißgeschick vom Sonntagnachmittag noch nicht gebeichtet hatte, wurde verlegen.

»Warum fragst?«

»Weil ich es am Samstagabend wieder einmal knallen lassen möcht'.«

Markus zog heftig an seiner Zigarette und grübelte, was er dem Alois nun sagen sollte.

»Es ist doch noch unterm Moos beim Bildstöckl oben?« fragte der Alois.

»Nein, da ist es nicht mehr. Laß dir sagen – Pech hab' ich gehabt am Sonntag, der Förster hätte mich beinahe überrumpelt, und da hab' ich es liegenlassen müssen.«

»Herrschaft, bist du ein Ochs! Laßt er die gute Büchs einfach hint'! Und das sagst du mir erst jetzt?«

»No ja, ich hab' mir halt denkt –«

»Du hast eben nichts denkt! Hättest ihm nicht eine 'naufbrennen können?«

Der Markus stand auf, zerdrückte seine Zigarette am Barren und schob den Stumpen in seine Hosentasche, für spätere Verwendung in der Pfeife.

»Du bist verrückt, Alois! Einmal haben wir uns geschworen, daß wir es nie auf was ankommen lassen, und jetzt redest so daher! Überhaupt – ich hab' drüber nachgedacht – es wär' gescheiter, wenn wir es aufgeben täten. Es kommt einmal was ganz Saudummes 'raus, und so ein Böckl steht in keinem Verhältnis zu dem, was man dabei auf sein Gewissen lädt oder was sonst dabei 'rausspringt. Diesmal hab' ich noch Glück gehabt, aber es hätte leicht dumm ausgehen können.«

»Am Sonntagnachmittag geht man auch nicht 'naus.«

»Weil ich mir denkt hab, der Förster wär' nach Aibling zum Markt.«

»Das ist's ja, weil du allweil denkst! Laßt er das gute Büchsl hint! Gibt's jetzt so was auch!«

»Gescheiter das Gewehr, als im Gefängnis sitzen. Was glaubst denn, was das für den Vater wär' und erst für die Mutter! Und überhaupt – es ist ganz einfach verboten.«

»Ist schon recht«, sagte der Alois, stand auf und streckte sich. »Das weißt aber schon: Wir haben das Gewehr miteinander gekauft um zweitausend Mark. Krieg' ich also von dir tausend Mark.«

»Kannst haben, wenn es sonst nichts ist.«

Es war inzwischen im Stall fast dunkel geworden. Die Brüder gingen hinüber ins Haus. Die Mutter war noch in der Küche beschäftigt, das Hannerl stand unter der Haustür und schaute nach dem Wetter aus, und der Vater lag in der Stube auf dem Kanapee.

Immer, wenn man auf etwas voller Ungeduld wartet, vergeht die Zeit so langsam, als stünden auf allen Uhren die Zeiger still. So kam es wenigstens dem Markus vor. Endlich wurde es so dunkel, daß man den weißen Schimmer zwischen den Geranienstöcken beim Moar oben nicht mehr sehen konnte. Er griff sich in der Geschirrkammer seine Joppe und schlich beim Stall hinaus.

Diesmal war Christine zuerst da, und weil man bei der Eile, mit der sie das verabredete Zeichen gegeben hatte, annehmen konnte, daß etwas Besonderes vorgefallen sein müsse, beschleunigte Markus seine Schritte.

Christine stand neben der Brücke im Schutz einer Weidenstaude. Der Bach ging nach dem heftigen Gewitter hoch und lärmte lauter als sonst.

»Ist was passiert, Christine?« Mit dieser Frage trat er auf sie zu und faßte nach ihrer Hand.

Statt einer Antwort fiel sie ihm um den Hals und küßte ihn. Dann erst wollte sie reden: »Passiert ist weiter nichts. Aber stell dir vor, Markus –« Sie hielt inne und sah ihm fest in die Augen. »Magst mich überhaupt noch?«

»Wie kannst denn so fragen, Christine! Hast du eine Ahnung, wie ich mich gefreut hab', als ich dein Zeichen gesehen hab'!«

»Und ich hab' schon Angst gehabt, du könntest es nicht sehen.«

»So was seh' ich gleich!«

»Dann magst mich also wirklich noch so, wie du gestern gesagt hast?«

»Noch viel mehr!«

»Also dann hör zu: Die Mutter hat mir einen Hochzeiter ausgesucht, den Schober Jakob von Tretting.«

»Was? Den Kletzn? Wie kommt sie denn auf den?«

»Kennst du ihn?«

»Freilich kenn' ich ihn! Der paßt zu dir wie die Faust aufs Aug'. Einen Besseren hat sie wohl nicht aufgegabelt?«

»Ich weiß nicht. Sie hat mir jedenfalls heut' gesagt, daß er demnächst einmal kommt.«

Markus überlegte eine lange Weile, dann sagte er: »Die Alten tun sich leicht. Da wird ganz einfach einer herbestellt, und den müßtest du dann heiraten! Kommt aber gar nicht in Frage, oder?«

»Nein, Markus. Das könnt' ich ja gar nicht mehr. Mir ist nämlich ganz ernst mit dem, was wir gestern besprochen haben. Du wirst mich doch nicht im Stich lassen?«

»Ich dich? Oh, du Kindskopf! Schau, Christine, heut' hab' ich Zeit gehabt den ganzen Tag, über alles nachzudenken. Mir ist grad' so, als wenn du schon immer in meinem Herzen gewesen wärst. Ich hab' es bloß nicht gewußt.«

»Ja, mir geht es ganz genauso! Man weiß oft gar nicht, wie nah einem das Glück steht.«

»Gut, daß der Sonntagnachmittag gewesen ist! Wer weiß, ob wir sonst zusammengekommen wären.«

»Doch, Markus, das glaub' ich schon, denn irgendwie ist es einem Menschen schon in der Wiege bestimmt, wohin er einmal kommt.«

»Bei der Einstellung deiner Mutter wär' damit freilich nicht zu rechnen gewesen. Ich bin bloß neugierig, Christine, was sie sagt, wenn sie einmal dahinterkommt.«

»Das wird fürchterlich werden, Markus! Wie wird es denn bei dir sein? Ich glaube nicht, daß deine Leute mich mit offenen Armen aufnehmen würden.«

»Da kann ich noch gar nichts sagen. Bloß eins weiß ich, wenn sie es erfahren, ich leugne überhaupt nichts. Die Hauptsache ist, daß wir zwei zusammenhalten. Oft muß ich jetzt darüber nachdenken, wie merkwürdig es auf der Welt zugeht. Da geraten wir zwei mit unserer Lieb' mitten in einen Haß hinein. Aber wenn du festbleibst, Christine, wird schon alles gut werden.«

O ja, sie wollte schon festbleiben und war bereit, um dieser Liebe willen alles auf sich zu nehmen, Hunger und Durst und Kälte und, wenn es sein mußte, auch Schläge. Einmal aufgewacht, liebte sie schrankenlos und hätte am liebsten jeden Tag das Handtuch zwischen die Geranien gelegt, so groß war ihre Sehnsucht. Er war der erste Mann in ihrem Leben, der erste Mensch, der gut zu ihr war, zu dem sie Vertrauen hatte, zu dem sie aufblicken durfte und an den sie sich anlehnen konnte.

Weil sie aber nicht verstand, sich zu verstellen, und ihr inneres Blühen im Blick trug, so daß ihre Augen manchmal so schön leuchteten, als stünden zwei Kerzen dahinter, sah die Mutter bald, daß ihre Tochter Christine an etwas trug, das von einer neuen Herkunft war. Da reimte es sich die Moarin so zusammen, daß diese sichtbare Veränderung auf den Tag datiert werden konnte, an dem sie der Christine mitgeteilt hatte, daß demnächst der Schober Jakob von Tretting kommen werde. Sie zeigte viel Verständnis und wurde in manchen Dingen sehr nachsichtig. Wenn Christine jetzt manchmal so hell und herzlich lachte, dann brummte die Moarin nicht mehr wie früher, wenn sie nicht verstehen wollte, daß man überhaupt über etwas lachen konnte.

Nun ja, sagte sie sich in ihrer weichen Anwandlung, dann soll das Dirndl nicht mehr länger warten müssen auf ihr Glück. Und als am Freitagmorgen der Brotfahrer Max kam, dem wie immer fünfzig Zeilensemmeln und zwanzig Roggerl abgekauft wurden, fragte sie ihn:

»Kommst du auch nach Tretting?«

»Jeden Mittwoch.«

Die Moarin griff in ihre Schürzentasche und brachte drei Mark zum Vorschein.

»Da, trink eine Halbe Bier, aber du mußt mir den Gefallen tun und dem Schober Jakob ausrichten, er soll am Sonntag in acht Tagen kommen.«

Der Max blinzelte und schob das Geld ein. »Auweh zwick! Die Christa oder die Monika?«

»Gar nichts auweh zwick! Eine Handelschaft hab' ich mit ihm, weiter nichts.«

»Ist schon recht. Ich werd' es ausrichten!«

»Dann soll er dir sagen, ob er kommt oder ob ihm ein anderer Tag besser paßt.«

So, das war jetzt erledigt. Die Moarin seufzte ein bißchen, weil sie die Christine daheim noch notwendig gebraucht hätte. Aber sie wollte und durfte dem Glück des Kindes nicht im Wege sein. In ihrem Abgekapseltsein gegen alles, was wirkliches Leben hieß, hatte sie übersehen, daß Christine erwachsen geworden und in das heiratsfähige Alter gekommen war. Der Gedanke, daß Christines Veränderung bereits mit einem Mann im Zusammenhang stehe, kam der Moarin überhaupt nicht. Wo hätte sie auch einen hernehmen sollen? Die Christine kam nie fort, und es war noch nie einer ins Haus gekommen.

Nein, es war schon gut so, daß sie, die Mutter, jetzt das in ihre Hand nahm, wie sie auf diesem Hof immer alles in ihre Hand genommen hatte, auch wenn sie mit ihrem Haß so manche Dinge von der verkehrten Seite angepackt und immer nein gesagt hatte, wo ein Ja besser am Platz gewesen wäre.

Der Stuffner Markus begriff sich jetzt selber oft nicht. Er war in der Liebe kein heuriger Hase mehr, wie man so sagt, hatte da und dort einmal ein Mädel im Arm gehabt, aber noch niemals hatte es ihn so tief ins Innere hinein erfaßt wie diesmal. Wohl hundertmal am Tag schaute er hinauf, ob er das Handtuch nicht sähe, und wenn er das Zeichen dann entdeckte, konnte er es kaum erwarten, daß die Nacht kam und mit ihr das Wunder der Liebe, an der er immer etwas Neues entdeckte.

Sein Herz war so übervoll, daß er es beinahe schmerzlich empfand, sich mit niemandem darüber auszusprechen. Er befand sich in einer wilden Gärung, schwankte dann wieder zwischen Hilflosigkeit und Trotz, wollte es dann einmal darauf ankommen lassen und streckte die Fühler aus.

Es war an einem Abend, als er in die Küche kam und sich einen Span aus dem Herdfeuer nahm, um seine Pfeife anzuzünden. Die Stuffnerin richtete noch ein Dutzend irdene Schüsseln her, füllte sie mit Milch und trug sie in die anstoßende Kühlkammer. In einigen Tagen würde es dann eine »Gestöckelte« geben.

Ein paarmal hatte sie den Markus schon von der Seite angesehen. Es kam so selten vor, daß einer der Buben sie hier in der Küche aufsuchte. Höchstens, wenn einer was auf dem Herzen hatte. Aber seit sie so groß und erwachsen waren, hatten sie nichts mehr auf dem Herzen.

Wieder blieb sie zwischen Herd und Tür stehen, schaute auf den Markus, der sein Gesicht ganz in Rauch eingewölkt hatte, und fragte geradeheraus:

»Markus, drückt dich denn irgendwas? Du bist in letzter Zeit so komisch.«

»Ich? Komisch?« Er lachte. »Geh, Mutter, das bildest du dir bloß ein!«

»So? Dann ist es schon recht. Ich hab' mir halt

gedacht, du hättest Verdruß gehabt wegen der Stiegler Doris.«

Überrascht blickte er auf.

»Geh, Mutter, mit der Doris ist es doch schon lang nichts mehr, war wohl auch nie was Richtiges.«

»Hast ja auch noch Zeit, Markus.«

»Zeit zu was?«

»Zum Heiraten. Ist ja der Vater grad' erst fünfzig, und ich möcht' ja auch die Händ' noch nicht in den Schoß legen.«

»Von dem redet man ja gar nicht«, meinte Markus, rauchte wieder, daß die Wolken ganz dicht aufstiegen, und sagte nach einer Weile vorsichtig: »Jetzt ist mir einmal – vorgestern war es – die Moar Christine begegnet, als ich vom Fischweiher runtergekommen bin.«

»Ja und?«

»Nichts und. Ich hab' guten Abend gesagt zu ihr, und stell dir vor, sie hat mir gedankt! Guten Abend, Markus, hat sie gesagt.«

Das kam für die Stuffnerin so überraschend, daß sie sich setzen mußte. »Was du nicht sagst!«

»Tatsächlich! Guten Abend, Markus, hat sie gesagt. Und recht freundlich auch noch. Unwillkürlich hab' ich mir dann hernach gesagt: Die hat sich eigentlich sauber zusammengewachsen.«

»Da hast du recht. Ich hab' es mir am letzten Sonntag in der Kirche auch denkt, wie ich ein paarmal zu ihr 'nübergeschaut hab. Ein sauberes Mädel, hab' ich mir denkt.«

»Ja, so schöne Haar' hat sie, gell? Und dann so schön braungebrannt. Das steht ihr gut.«

Aufmerksam schaute die Stuffnerin ihren Ältesten an und lächelte.

»Auf die kurze Zeit hast du ja schon eine ganze Menge festgestellt. Was hast du dir dann noch alles denkt?«

»Daß es schad' ist, daß wir verfeindet sind.«

»Ja, das ist ein Kreuz! Aber du weißt ja, Markus – alles geht doch von der Moarin aus. Was die uns schon Verdruß gemacht hat! Wer weiß, ob sie zur Zeit nicht schon wieder eine neue Bosheit ausbrütet.«

»Nachdem sie mit dem Wegerecht verloren hat, wird ihr die Lust schon vergangen sein.«

»Wollen wir's hoffen, Bub! Ich bin nicht nachtragend, und wenn sie heut käm' und tät' uns die Hand zur Versöhnung reichen, sofort tät' ich einschlagen.«

»Ich auch«, sagte Markus schnell, vielleicht zu schnell, weil ihn die Mutter wieder so aufmerksam ansah. »Schon wegen der Christine«, fügte er noch hinzu. »Die kann doch überhaupt nichts dafür, genauso wenig, wie wir was dafür können.«

»Du, wenn der Vater dich so reden hörte!«

»Ich weiß schon. Er ist ja auch so ein Dickschädel. Und wir müssen alle drunter leiden. Aber ich mag jetzt in Zukunft nimmer. Und wenn mir die Christine wieder einmal begegnen sollte, dann rede ich wieder mit ihr.«

Er sagte das ziemlich energisch, klopfte seine

Pfeife am Ofen aus und wollte hinaus. An der Tür erreichte ihn noch der Ruf der Mutter.

»Markus!«

»Ja, was ist?«

»Komm einmal her zu mir. Schau mir in die Augen und – lüg mich nicht an. Du bist der Christine nicht zufällig begegnet?«

Markus senkte die Augen und wußte keine Antwort.

»No also«, sagte die Stuffnerin. »Ich hab' es doch gefühlt, daß etwas mit dir los ist! Bist verliebt in die Christine?«

Markus schüttelte den Kopf.

»Gott sei Dank! Ich hab' mir schon denkt –«

»In die Stiegler Doris war ich verliebt und auch in die Dannauer Agnes. Bei der Christine aber ist es ganz was anders. Da kann ich nimmer sagen: Behüt dich Gott, Christine, es war recht schön mit uns beiden, aber es darf halt nicht sein.«

Die Stuffnerin war blaß geworden. Mit dem Instinkt der Mutter fühlte sie sofort, daß sich etwas Tiefes und Schweres über das Herz ihres Ältesten gelegt hatte. Ja, wenn es der Alois gewesen wäre! Der war ganz anders veranlagt, der schüttelte sich ab und pfiff sich eins. Aber Markus war immer schon schwermütiger gewesen, ernster und besinnlicher.

»Ich kann nichts dafür, Mutter«, sagte Markus jetzt, weil die Mutter so lange schwieg. »Wir können alle zwei nichts dafür. Es hat uns überfallen, so wie ein Sturm über den Garten herfällt, und wir können nicht mehr voneinander lassen.«

Eine Weile war es ganz still in der großen Küche. Nur die kleine Uhr über dem Küchenkasten tickte eilfertig, und auf der Ofenbank lag der Kater Kilian und schnurrte behaglich. Die Stuffnerin lehnte am erkalteten Herd und hatte ihre Finger ineinandergeschlungen, auf ihrer Stirn standen nachdenkliche Falten, aber über ihr Gesicht war die Wehrlosigkeit eines Menschen gebreitet, der vor einem Abgrund steht und sich fürchtet. Endlich sagte sie:

»Es ist gut, Markus, daß du es mir gesagt hast, aber es ist nicht gut, daß es so ist. Hat es denn ausgerechnet die Christa sein müssen? Es gibt doch so viele Mädel, und ein Stuffnerbub kann überall anklopfen.«

»Ja, aber es gibt nur eine Christine. Und ausgerechnet da kann ich nicht anklopfen. Und warum? Weil sie vom Moar ist!«

»Und du vom Stuffner! Was meinst du, was der Vater sagt, wenn er das erfährt!«

»Gleich braucht er es ja nicht zu wissen, und hernach werden wir schon sehen. Könnte es denn gar nicht sein, Mutter, daß die Jungen mit ihrer Lieb' eine Brücke über den Haß der Alten schlagen?«

»Das hört sich schön an, Bub, aber die Wirklichkeit schaut doch ganz anders aus. Aber ich will dir das Herz nicht schwer machen, Markus. Oft kommt alles ganz anders als man denkt. Leg dich schlafen jetzt und denk daran, daß ich dich verstehen werde, wenn es einmal ganz hart kommen sollte.«

Und da geschah etwas, was diese Frau schon sehr, sehr lange vermißt hatte. Dieser große Sohn wurde mit einem Male wieder ganz Kind, ganz kleiner Bub, der seine Arme um den Hals der Mutter schlang und seine Wange an die ihre drückte.

Dann stürzte er hinaus, als schämte er sich seiner Rührung.

Als Markus in die Kammer kam, war sein Bruder Alois noch wach. Er lag, noch halb angekleidet, auf dem Bett und starrte gegen die Decke.

»Schläfst du noch gar nicht?« fragte Markus.

»Nein, weil ich auf dich gewartet hab'. Wo warst denn so lang?«

»Mit der Mutter hab' ich mich noch ein bissel unterhalten.« Markus trat ans offene Fenster und starrte in die Nacht hinaus, die noch nicht ganz zur Nacht geworden war. Ganz hinten, im Westen, war noch ein dunkelroter Streifen, und der Abendstern hatte noch keinen Glanz.

»Ich muß dir was sagen, Markus«, ließ sich der Alois vernehmen. »Hock dich her da zu mir.«

Etwas verwundert folgte Markus der Aufforderung.

»Was hast denn wieder angestellt?«

»Ja, das kann man wohl sagen! Etwas ganz Saudummes ist mir passiert.«

»Daß dir auch was Dummes passieren kann?«

»Versprich mir, daß du niemand was sagst.«

»Wenn du es haben willst.«

»Recht wär' es mir. Also, stell dir vor, Bruderherz, verrenn' ich mich da jetzt in ein Madel, und die will mich nimmer loslassen.«

»Wundert dich das?«

»Mich schon. Kennst mich ja, wie ich bin. Aber grad' die Art, sagt sie, gefällt ihr, und sie wird mir das Leichtsinnige schon austreiben, sagt sie.«

»So, sagt sie. Und wer ist diese sie?«

»Ja, jetzt kommt es! Halt dich ein, daß du nicht von der Bettstatt fällst. Wer meinst, daß es ist?«

»Vielleicht die Reichert Cilli?«

»Nein, obwohl die auch so resolut ist. Nein – unser holdes Nachbarstöchterlein, die Moar Monika, ist es!«

Markus hätte beinahe einen Schrei ausgestoßen. Aber dann klatschte er sich auf die Schenkel und lachte, daß es ihn schüttelte.

»Ja, ja, du kannst leicht lachen«, jammerte der Alois. »Aber mich hat es erwischt!«

»Menschenskind«, fragte Markus, als er sich etwas beruhigt hatte, »wie kommst du denn bloß zur Monika?«

Der Alois stand jetzt auf, öffnete die Kastentür und nahm aus seiner Feiertagsjoppe eine noch halbvolle Schachtel Zigaretten.

»Da, rauchen wir eine, dann redet es sich leichter.« Grell beleuchtete das aufflammende Zündholz die braunen Gesichter. »Also, laß dir erzählen«, begann dann Alois. »Als ich vor drei Wochen zu unserer Margret auf die Alm gegangen bin, erzählte mir die Schwester, daß der Moar Monika auf ihrer Alm ein Kaiberl abginge. Entweder habe es sich verstiegen, oder es sei gestohlen worden. Mir war aber, als hätte ich beim Aufstieg aus dem Jungwald 'raus ein Schellenglöckerl gehört. Und tatsächlich, so war's dann auch. Wie ich nachschau', find' ich das Kaiberl. Es hat sich mit dem Halsriemen an einer Wurzel verhängt gehabt und nimmer loskönnen. No ja, hab' ich mir denkt, wenn wir auch zerkriegt sind mit den Moarischen, das Kaiberl kann ja nichts dafür, pack' es auf meine Arm und trag' es auf das Almfeld zurück. Da steht die Monika vor der Hütten und winkt mir, daß ich hinkommen soll. Zuerst hab' ich gemeint, die kennt mich vielleicht nicht und schaut mich für einen andern an. – Schau einmal zum Fensterbrettl hin, da muß ein Aschenbecher sein. – Also, wo bin ich jetzt steckengeblieben?«

»Daß du gemeint hast, sie kennt dich nicht.«

»Ja, richtig. Aber sie hat mich kennt und hat mir dann von weitem schon zugerufen: Ich dank' dir halt recht schön, Alisi. Im Augenblick war ich ganz perplex –«

»Was bei dir schon was heißen will.«

»Nein, wirklich, Markus. Ich war perplex. Wir haben doch die ganzen Jahr' her nie ein Wort miteinander geredet. Und da sagt sie auf einmal zu mir Alisi.«

»Und wie ich dich kenn', hast du zu ihr gleich Herzerl gesagt.«

»Gleich nicht. Erst später dann.«

»Vorm Busserl oder hernach?«

Nun mußte der Alois doch auch lachen.

»Was du gleich von mir denkst!«

»Weil ich deine Sprüch' kenn! Was ist denn das für ein nettes Herzerl? Habt ihr auch einen grünen Ofen daheim und Zwergasterln im Garten? Oder was sagst gleich noch allweil? Ja, daß dir bereits geträumt hätt', du würdest heut noch so einem netten Herzerl begegnen.«

»Nein, auf die Tour hab' ich's diesmal nicht 'packt. Mir ist das alles so unverhofft dahergekommen. Ich hab' überhaupt nimmer gewußt, bin ich ein Manndl oder ein Weibl, wie sie mich so treuherzig angeschaut hat.«

»Die Monika?«

»Wenn ich dir sag'! Sie hat mir dann gleich eine Brotzeit aufgetragen und hat so getan, als wären wir nie verfeindet miteinander gewesen.«

»Wir waren es ja auch nicht. Die Moarin und unser Vater –«

»Erinnere mich bloß nicht daran! Das Blödeste ist nämlich das – ich bin ganz stockverliebt in das Madel.«

Es war jetzt so dunkel geworden in der Kammer, daß man ihre Gesichter nicht mehr unterscheiden konnte. Ein leiser Wind flüsterte am Fenster vorüber, und einmal hörte man eine Eule schreien.

»Wie kann man sich denn bloß in eine vom Moar verlieben?« fragte der Markus und schmunzelte dabei.

»Das frag' ich mich ja auch! Aber ich kann nichts machen dagegen. Die hat mich so am Bandl. Und schmusen kann die! Das ist von ihrer Mutter keine Tochter, möcht' man meinen.«

»Aber ein Ausbund an Schönheit ist sie grad' auch nicht.«

»Sag das nicht, Markus. Sommersprossen hat sie fast gar keine mehr. Bloß über der Nasen tanzen noch ein paar, und die stehen ihr recht gut. Überhaupt ist sie mir ganz verändert vorgekommen, ganz verwandelt. No ja, herunten sind wir uns kaum einmal begegnet, und von der Nähe hab' ich die Monika nach vielen Jahren an dem Sonntag zum erstenmal gesehen.«

»Hast du sie denn in der Zwischenzeit nimmer aufgesucht?«

»Hab' ich wohl müssen. Sie hat nämlich einen wehen Finger gehabt. Der Fingernagel ist ihr ausgeschwärt. Und da hab' ich ihr am Mittwoch drauf eine Kernzlsalbe 'naufgebracht. Ich kann dir gar nicht sagen, wie dankbar sich das Madel erwiesen hat! Ja, und jetzt häng' ich halt da und weiß nicht, wie ich es deichseln soll, daß ich wieder loskomm'.«

»Willst denn überhaupt loskommen von ihr? Ich hab' gemeint, du bist stockverliebt.«

»Bin ich auch. Aber was meinst denn, was da ihre Mutter sagt und unser Vater?«

»Vermutlich gibt es einen Heidenkrach. Aber was wollen sie denn machen?«

»Wenn ich sie sitzenlasse, sagt sie, dann kommt sie zu uns runter und schreit es so laut aus, daß es alle wissen.«

»Mir scheint, die Monika hat dich ganz schön unter Kuratel.«

»Ehrlich gesagt, mir gefällt ihr couragiertes Wesen. Die ist gar nicht so muffig, wie wir allweil gemeint haben. So, und jetzt möcht' ich schlafen. Wohler ist mir jetzt schon, weil ich mich mit dir ausgeredet hab'.«

Der Alois stieg jetzt aus seiner kurzen Lederhose, die so steif war, daß sie am Boden stehenblieb, warf sich krachend ins Bett, und gleich darauf ging sein Atem schon in Schlaf über, so als belaste ihn nicht das geringste. Markus aber lag noch lange wach, konnte sich zunächst nur wundern über die Duplizität des Geschehens und daß der leichtlebige Alois, wie es schien, in eine Falle geraten war, aus der er nicht mehr herausfand. Das Merkwürdige dabei war, daß er anscheinend gar nicht mehr herauswollte, und daß gerade die Monika es war, an der er klebenblieb wie eine Fliege am Leim. Gerade die Monika, die doch immer in kindlicher Treue am Haß ihrer Mutter teilgenommen hatte, sollte sich nun als ein Wesen entpuppt haben, das »schmusen« konnte, wie der Alois behauptete, also zärtlich war, und den Alois nicht mehr auslassen wollte.

Na ja, er hatte es ja auch erlebt, wie die Liebe einen Menschen verwandeln konnte. Er brauchte ja nur an die Christine zu denken. Wie hatte die sich geändert! Ein ganz und gar verändertes Herz, das befreit war vom Haß, vom Dunklen und der immerwährenden Verneinung.

Dabei war er noch besser dran als der Bruder,

denn die Monika sollte ja einmal den Hof bekommen. Er hatte den Alois sogar im Verdacht, daß dies bei aller Verliebtheit mit in der Rechnung stand, obwohl er doch wissen mußte, daß in dieser Rechnung die Moarin wie ein unverrückbarer Bremsblock stand.

Ja, merkwürdige Fäden hatten sich da zusammengesponnen, und ob das Gewebe sich in seiner Verworrenheit auflösen würde und wie es sich auflösen würde, das konnte sich Markus mit dem besten Willen nicht denken und wollte es auch nicht denken, denn alles, was hinter dem Glanz seiner jungen Liebe stand, war bedrückend und schwer.

So schwer wie der Schlaf, der nun auch ihn überfiel.

Durch den Brotfahrer Max erfuhr die Moarin, daß der Schober Jakob von Tretting am kommenden Sonntag kommen wolle. Der Christine wurde dies erst am Samstagmittag mit dem Bemerken eröffnet, daß sie noch einen Kuchen für den nächsten Tag zu backen hätte. Nein, keinen gewöhnlichen Guglhupf aus Hefeteig, sondern einen richtigen Sandkuchen mit sechs Eiern. Weil doch kein hoher Feiertag anstand, war das etwas Besonderes. Aber die Mutter, aus ihrer Steinhülle herausgetreten, brachte es sogar fertig, etwas wie mütterliche Güte zu zeigen.

»Morgen kommt nämlich der Deinige.«

Christine erschrak nun doch ein wenig. »Morgen schon?« fragte sie.

»Ja, ich habe ihm Botschaft geschickt. Freilich hätte ich dich daheim noch notwendig brauchen können, auf der anderen Seite versteh' ich aber auch, daß du unter die Haube kommen möchtest. Und der Jakob paßt schon für dich, den kannst du leicht um den Finger wickeln, wenn du es verstehst.«

»Ich fürchte bloß, Mutter, daß ich das nicht verstehe.«

»Das gibt sich doch ganz von selber. Du mußt ihn gleich am Anfang merken lassen, wer du bist.«

»Das weiß er doch, daß ich vom Moar vorm Berg bin.«

»So hab' ich es nicht gemeint! Du mußt ihn gleich nach der Hochzeit fühlen lassen, wer Herr im Haus ist. Das darf man nicht übersehen. Grad' am Anfang sind sie noch dappig vor lauter Verliebtheit, und ein altes Sprichwort sagt schon, daß man das Eisen schmieden soll, solang es heiß ist.«

Gute Ratschläge einer Mutter. Ob kluge Ratschläge, das mochte dahingestellt bleiben. Auf alle Fälle fielen diese Ratschläge nicht mehr in ein braches Feld, sondern in ein aufgewachtes Herz, das bereits einem anderen gehörte und bereit war, sich gegen dieses Verkuppeln zu wehren. Nur der Mut war noch nicht vorhanden, sich sofort zu wehren, und Christine fragte jetzt vorsichtig:

»Was ist aber dann, wenn ich ihm vielleicht gar nicht gefalle?«

»Du gefällst ihm schon! Das hat er mir ja gesagt.«

Christine schwieg eine Weile und überlegte. Und auf einmal fühlte sie eine wunderbare Kraft in sich und fragte weiter:

»Was aber, wenn er mir nicht gefällt? Soweit ich mich erinnern kann, ist der Schober Jakob ziemlich hölzern.«

»Wie willst denn du das wissen?«

»Im vorigen Herbst, bei der Hochzeit von der Schmierger Irene, hab' ich ihn in Fischbachau gesehen. Da hat er mit mir getanzt und gesagt, daß er vom Schober von Tretting wäre.«

»Mehr wird er sich halt nicht zu sagen getraut haben. Ein bissel schüchtern ist er, das geb' ich zu. Aber wenn man offen mit ihm redet, dann geht er schon aus sich heraus.«

»Ja«, sagte jetzt die Christine in fester Entschlossenheit. »Offen will ich sein mit ihm. Ganz ehrlich und offen.«

»Ganz offen auch wieder nicht«, schränkte die Mutter ein. »Ein Mädel muß immer so tun, als hätte es noch ein Geheimnis für sich.«

»Ich werde es schon richtig machen, Mutter«, sagte Christine und nahm eine Schüssel, um Mehl aus der Kammer zu holen. Bei dieser Gelegenheit sprang sie schnell in ihre Kammer und wollte das Handtuch wieder zwischen die Geranien legen. Da stand die Mutter mitten im Hof, lächelte ganz friedsam herauf und sagte:

»Heut seh' ich nichts. Aber ein paarmal hab' ich in letzter Zeit gesehen, daß da immer so ein weißer Fetzen zwischen den Geranien gelegen ist, und wollte dich schon einmal fragen, ob du nicht weißt, was das zu bedeuten hat.«

Die Christine erschrak bis ins Herz hinein, ließ das Handtuch fallen und stotterte: »Ein Handtuch? Ich weiß nichts davon.«

»Woher weißt du denn, daß es ein Handtuch war? Hast es also auch schon bemerkt? Ich hab' die Burgl im Verdacht, ob sie da nicht so einem Kerl ein Zeichen geben will, daß der Hund in den Stall gesperrt ist.«

Christine lehnte jetzt an der Mauer und fühlte die Schwäche der Angst bis in die Kniekehlen hinein. Was sollte sie jetzt bloß tun? Sie mußte doch heute den Markus unter allen Umständen sprechen. Das bewährte Verständigungsmittel fiel nun aus, und ob die Mutter nicht schon mehr ahnte, als sie zugab?

Verzweifelt schaute sie am Nachmittag immer wieder aus, ob sie den Markus nirgends erspähen könnte. Aber das gelang ihr erst am späten Nachmittag, als er drunten auf der Hausbank saß und seine Schuhe putzte. Vorsichtig schaute sie sich um, dann gab sie ihm mit der Hand Zeichen, bis er nickte und zu erkennen gab, daß er sie verstanden habe.

Christine tat ganz so, wie die Mutter befahl. Sie zog den buntgestreiften Faltenrock an, darüber eine weiße Bluse und ein schwarzes Samtmieder. Die Bluse mit dem Viererausschnitt ließ den Hals schlank heraustreten, auf dem die siebengliedrige

Silberkette mit dem Goldverschluß so richtig zur Geltung kam. In die hoch aufgesteckten, strenggeflochtenen Zöpfe noch ein paar Silbernadeln in Eichelform, so war Christine gerüstet zum Empfang des Mannes, den die Mutter für sie ausgesucht hatte, indessen sie einen anderen liebte, und zwar so innig, daß sie in der vergangenen Nacht bittere Tränen an seinem Herzen geweint hatte vor lauter Angst, daß sie ihn verlieren könnte.

Aber nun war sie ganz ruhig, seit sie sicher war, daß nichts bedingungslos nach der mütterlichen Berechnung und ihren Wünschen gehen würde.

Die Moarin war ganz gütig zu ihrer Tochter, und als sie das »Kind« (wann hatte sie das zum letztenmal gesagt?) lange genug betrachtet hatte, fragte sie sich selber, ob die Christa nicht doch zu schade sei für den Schober.

Aber da fuhr der Jakob bereits in den Hof. Er hatte eine lange schwarze Hose an, die unten ein bißchen nach vorn geschnitten war, und trug trotz der Hitze eine blaue Samtweste und eine dunkle Joppe mit schwarzem Samtkragen. Hinter die Schnur seines breitrandigen Hutes hatte er ein Rosmarinsträußlein gesteckt. Das ganze Mannsbild sah eher aus wie ein Leichenbitter, wie einer, der zu einer Beerdigung fährt und nicht zu einer Brautwerbung. Die Moarin begrüßte ihn mit aller Herzlichkeit und rief in den Flur zurück:

»Christa, wo bleibst denn?«

Da trat die Christine unter die Tür, streckte die Hand hin und sagte: »Grüß dich, Schober Jakob!«

Man hätte sich keine ungleicheren Menschen vorstellen können als die beiden. Blühend vor Kraft und Schönheit stand Christine da, mit einem Flimmern in den Augen, das den Mann unsicher machte. Er stand vor ihr, wußte nicht, wohin mit den Händen, und stotterte endlich heraus: »Ja, da wär' ich jetzt! Und heiß ist's heut, schon sakrisch heiß.«

Die Moarin lud zum Eintreten ein. »In der Stube ist es kühl«, sagte sie . »Im übrigen kannst du deine Joppe ruhig ausziehen, kannst bei uns ganz so tun, als wenn du daheim wärst.«

Hinter der Christine betrat er die Stube und staunte:

»So nieder? Da muß ich mich gleich bücken, daß ich nicht an einen Balken stoße!« Hinterher lachte er wieder. Er schien überhaupt hinter jedem Satz herzulachen, kurz und meckernd und ziemlich laut. Dann setzte er sich hinter den weißgedeckten Tisch. Den Hut behielt er beharrlich auf. Die Christine wollte den Kaffee und den Kuchen holen, aber die Mutter kam ihr zuvor. Die jungen Leute sollten sich nur miteinander vertraut machen. Das ging sehr schwer, denn die Christine sagte gar nichts und der Jakob so geschwollene Sachen, über die kein Mensch lachen konnte, nur er selber.

»Wie geht's daheim?« fragte dann die Moarin, als sie zu dritt beim Kaffee saßen.

»No ja, wie's halt so geht. Der Vater schläft jetzt, die Mutter liest den Liebfrauenboten und die Schwester wird stricken.«

»Ach, eine Schwester hast du auch noch?«

»Ja, eine recht zwiderne. Aber im Herbst, mein' ich, bringen wir sie los! Der Hafner Otto von Holzhausen hat glücklich angebissen.«

Diesmal mußte sogar die Christine lachen.

»No ja, so zwanzigtausend müssen wir ihr schon mitgeben«, erzählte der Jakob weiter. »Sonst hätten wir sie nicht losgebracht.«

»Wie alt bist du eigentlich?« fragte die Christine.

»Ich? Rat mal!«

»Ausschauen tust wie vierzig, aber so alt kannst du ja noch gar nicht sein!«

»Christine!« tadelte die Moarin, und ihre Stimme klingelte dabei.

»Dreißig«, gestand der Jakob. »Aber sonst bin ich gesund, und Vieh haben wir Stuckera vierzig, sechs Roß und zwanzig Säu'.«

»Ein schönes Anwesen«, lobte die Moarin. »Und Holz, wieviel ist denn Holz dabei?«

»Achtzig Tagwerk.«

»Damit läßt sich schon was anfangen«, überlegte die Moarin.

»Vorigen Winter haben wir allerdings dreihundert Kubikmeter schlagen müssen, weil doch die Ursula den Hafner Otto heiratet. Aber der Vater hat gesagt, das macht nichts aus, wenn ich die Christa heirate, die bringt das Doppelte leicht mit.«

Die Christine lachte auch darüber, die Moarin aber zog zum erstenmal die Brauen eng zusammen. »So, meint dein Vater?«

»Das meint die Mutter auch. Sie hat gesagt, ich sollt heut gleich einmal fragen, was die Christa alles mitbringt.«

»Sonst fällt man allerdings mit diesen Fragen nicht gleich ins Haus«, sagte die Bäuerin.

»Aber Mutter, das gehört doch zu so einem Handel«, mischte sich die Christine drein und mußte das Kichern verbeißen.

Die Falte zwischen den Brauen der Moarin wurde noch schärfer. »Von einem Handel kann doch keine Rede sein.«

»Bis jetzt hat der Jakob noch gar nicht gesagt, ob er mich überhaupt mag.«

Der Jakob wollte gerade ein zweites Stück Kuchen zum Mund führen und hätte sich bald verschluckt. Er machte ganz verdutzte Augen.

»Was hast jetzt gesagt? Ob ich dich mag? Ja, du wärst nett! Wenn ich dich nicht mögen tät', wär' ich nicht da! So was Sauberes, wie du bist! Nein, da brauchst dir gar nichts denken, ich mag dich schon.«

»Das freut mich.«

Die Moarin wurde ein bißchen unruhig und schaute die Tochter von der Seite an. Irgend etwas gefiel ihr nicht, vor allem war sie baff über den Ton, den Christine anschlug. Überhaupt kein Ernst, nur versteckter Spott. Allerdings, wenn sie ehrlich war, sie hatte sich diesen Hochzeiter auch ein bißchen anders vorgestellt. Wie er schon angezogen war! Und dann diese Überheblichkeit! Gerade, als ob es eine Gnade wäre, daß er gekommen war.

Nach einer Weile ging sie hinaus, ob mit der Absicht, die beiden allein zu lassen, oder weil sie in Ruhe nachdenken wollte, das war nicht zu erkennen. Auf alle Fälle war es der Christine ganz recht so. Es juckte sie direkt, diesem anmaßenden Burschen zu sagen, was ihm gesagt werden mußte. Bevor sie aber dazu kam, rutschte der Jakob um das Tischeck herum, meckerte wieder wie ein Geißbock und sagte:

»Gut, daß sie gegangen ist, die Alte! Ich hab' Hemmungen, wenn allweil eine dahockt und zuhorcht, was man sagt.« Er versuchte den Arm um Christines Schultern zu legen, die Christine jedoch wich ihm aus.

»Was hast denn?« sagte er verblüfft. »Ich tu' dir doch nichts. Ich werd' doch noch den Arm um dich legen dürfen?«

»Wer sagt dir denn das?«

»Du bist gut! Da soll ich dich heiraten, und du tust so, als ob du mich nicht leiden könntest!«

»Davon ist keine Rede. Einen Menschen leiden mögen und ihn liebhaben, das sind zwei Paar Stiefel.«

»Der Kuchen ist gut. Hast du den gebacken?«

War das Dummheit, daß er so plötzlich vom Thema abwich, oder Berechnung? Auf alle Fälle hatte Christine beschlossen, die Abwesenheit der Mutter auszunützen und Klarheit in dieses Spiel zu bringen. Sie lehnte sich weit an die Vertäfelung zurück und schaute den Mann aus engen Augen an. Und unwillkürlich drängte sich ihr ein Vergleich auf. Ein Vorhang zog sich vor der augenblicklichen

Szene zusammen. Nacht war es wieder, der Bach plätscherte, und die Sterne standen am Himmel. Die große Geborgenheit in den Armen ihres Markus war wieder da, seine Zärtlichkeit, seine Küsse.

»Warum redest jetzt nichts mehr?« riß Jakobs Frage sie aus ihrer Versunkenheit.

»Du bist mir ja die Antwort schuldig geblieben. Und jetzt will ich dir einmal was sagen, Jakob. Du sollst mich heiraten, hast du gesagt. Du brauchst mich aber nicht heiraten, du weißt auch gar nicht, ob ich dich mag. Und das ist doch das allerwenigste, was ein Mann wissen sollte, wenn er so tut, als wäre ich ein Stückl Vieh, das er kaufen könnt'!«

Diesmal konnte er nicht mehr meckern. Er schob die Kaffeetasse zurück und gab seinem Hut mit dem Finger einen kleinen Stups, daß er über die Stirn hinaufrutschte. Die Falten auf seiner Stirn ließen darauf schließen, daß er jetzt doch angestrengt nachdenken mußte. Endlich konnte er sagen:

»Ich hab' mir denkt, es wär' alles in schönster Ordnung, weil deine Mutter am Aiblinger Markttag so dahergeredet hat. Und dann hat sie mir doch auch Botschaft geschickt, daß ich heut' kommen soll.«

»Davon hab' ich nichts gewußt.« Er schaute jetzt so armselig drein, daß er ihr beinahe leid tat. »Schau, Jakob«, sprach sie weiter. »Wir haben uns einmal gesehen, zu Fischbachau bei der Hochzeit von der Schmierger Irene. Da hast du einmal getanzt mit mir, aber geredet haben wir kaum was.«

»Das stimmt allerdings. Aber gefallen hast mir damals schon ganz narrisch. Das hab' ich auch deiner Mutter gesagt. Und wenn du jetzt meinst, du könntest mich vielleicht nicht mögen, da brauchst du dir durchaus gar nichts denken. Die Lieb' kommt von selber, wenn wir einmal verheiratet sind.«

»Der Meinung bin ich allerdings nicht.«

»Doch, doch, das hat meine Mutter auch gesagt. Zuerst hat sie den Vater auch nicht recht leiden können, aber dann haben sie sich ganz schön aneinander gewöhnt.«

»Auf so was tät' ich mich nicht einlassen. Das wär' mir zu unsicher.«

Ganz ratlos schaute er sie an, bis er dann stotterte:

»Ja – was – was tun wir dann jetzt?«

»Gar nichts. Abwarten und Tee trinken. Vielmehr Kaffee. Magst noch eine Tasse?«

»Der ist ja schon kalt.«

»Das macht nichts. Vom kalten Kaffee wird man schön, heißt es.«

»Und ich, meinst, könnt' was brauchen von der Schönheit?«

»Das hab' ich nicht gesagt.«

»Aber denkt hast es! Ich weiß schon selber, daß nichts Besonderes los ist mit mir. Meine Nasen ist viel zu dick, und ich kann grad' fressen, was ich mag, an mich wächst einfach nichts hin.«

Das war so drollig hingesprochen, daß die Christine wieder lachen mußte. Sie rutschte ein bißchen zu ihm hin und legte ihre Hand auf seinen Arm.

»Ich will dir einmal was sagen, Jakob. Es kommt nicht darauf an, wie ein Mann ausschaut, sondern wie er in seinem Charakter ist, ob er ein gutes Herz hat, ob man zu ihm aufschauen kann –«

»Charakter hab' ich«, unterbrach er sie und hob dabei beschwörend den rechten Zeigefinger hoch. »Also da gibt's gar nichts, charakterlich ist alles in Ordnung. Und was das gute Herz betrifft: Wie die Ferkel bei uns den Rotlauf kriegt haben, die haben mir so derbarmt, daß ich gleich hätt' weinen können.«

»Na, schau her, so ein guter Mensch bist du.«

»Ja, eben, drum mein' ich, könntest mich doch mögen.«

»Nein, das kann ich eben nicht. Ich glaub', ich muß jetzt doch deutsch mit dir reden«, antwortete Christine entschlossen. »Ich kenn' dich zuwenig, und du kennst mich zuwenig. Also lassen wir den Unsinn mit dem Heiraten.«

»Gut, gut«, gab er sofort nach. »Lernen wir uns halt noch näher kennen. Gleich hätten wir auch noch nicht heiraten brauchen, das hätt' ja noch Zeit bis zum Spätherbst, wenn die Ursula aus dem Haus ist. Es ist bloß das dumme, weißt, wenn in der Zwischenzeit ein anderer käm', der dir besser gefällt als ich.«

»Mit dem muß man immer rechnen, Jakob. Umgekehrt könnte es ja auch der Fall sein, daß eines schönen Tages eine käm', die dir besser gefallen tät'.«

»Ausgeschlossen! Mir gefällt keine besser als du. Und wie ich hergefahren bin, da hab' ich mir's so schön ausgemalt, wie das sein wird, wenn du mir ein Bussel gibst, und dann hätt' ich dir eins geben – no ja – so hätten wir halt hin und her getan, bis wir Geschmack aneinander gefunden hätten.«

»Ah, da schau her«, lachte Christine. »Du bist ja ein ganz Abgedrahter! Aber schau, ich wüßt' ja gar nicht, wie das geht.«

»Das wird doch auch zu lernen sein. Hab' soviel lernen müssen in meinem Leben: Ackern, Mähen und Sensendengeln, Bäumumschneiden und Torfstechen.« Er wollte wieder den Arm um sie legen. »Probieren wir's halt einmal.«

»Jesses«, tat die Christine erschrocken und sprang auf. »Da sind die Hühner wieder in den Pflanzgarten hineingekommen! Die Mistviecher!« Und schon rannte sie hinaus.

Das war nicht gelogen. Tatsächlich waren ein paar Hühner in den Pflanzgarten gekommen und pluderten sich zwischen den Salatköpfen.

Die Sonne stand schon ein bißchen schräg am Himmel, vom Wald her waren die Schatten länger geworden. Man hörte einen Wachtelruf und gleich darauf einen Kuckuck. Wie ausgestorben lag der Stuffnerhof drunten, nur einmal hörte man ein Pferd wiehern.

Irgendwo muß doch der Markus stecken, dachte Christine. Sie hatten es doch so ausgemacht, daß sie sich zwischen fünf und sechs Uhr einmal flüchtig grüßen würden.

Als sie sich umwandte, sah sie, daß der Jakob neben sie getreten war. »Dann könnt' ich eigentlich jetzt wieder heimfahren?« sagte er zu ihr.

Von mir aus gern, wollte sie sagen, brachte es aber dann doch nicht übers Herz, ihn zu beleidigen, und meinte deshalb: »Ich weiß nicht – den Hof – willst du ihn dir nicht wenigstens anschaun?«

»Freilich, gern.«

Christine zeigte ihm, was zu zeigen war, von der gefüllten Tenne bis zum letzten Stallwinkel, und der Jakob fand sogar Worte des Lobes für die Sauberkeit in allen Winkeln.

Als sie in die Stube zurückkamen, hatte die Moarin noch einen Imbiß aufgetragen. Hartwurst und Käse auf einem Holzteller. Dazu das dunkle Bauernbrot mit Butter und Bier. Der Jakob ließ es sich schmecken, erzählte aber wieder, daß an ihn nichts hinwachse, und wenn er noch soviel äße, öffnete aber dann doch die Knöpfe seiner Weste und ließ nichts auf dem Teller zurück.

Inzwischen war es dämmrig geworden, und weil niemand mehr sagte, es pressiere doch noch nicht oder daß er noch bleiben solle, wollte der Jakob jetzt heimfahren.

Die Christine stand dann noch draußen bei ihm, gab ihm zwar die Hand, antwortete ihm aber nicht, als er fragte:

»Wann meinst denn, daß ich wiederkommen soll?«

Christine zuckte nur die Schultern.

Langsam setzte sich sein Gefährt in Bewegung und verschwand in einem langen, schmalen Waldstreifen. Da plötzlich stand jemand mitten auf der Straße vor ihm.

»Hö, hö, was ist jetzt los?« schrie der Schober Jakob.

Der Stuffner Markus trat nun ganz nah an ihn heran.

»Das wirst jetzt gleich hören, was los ist. Ich möchte dir den guten Rat geben: Laß die Christine in Ruh'!«

»Ah da schau her! Der Stuffner Markus! Wie kommst mir denn du vor? Mir Vorschriften machen?«

»Nein, das ist nur ein guter Rat.«

»Ich brauch' aber deinen guten Rat nicht!«

»Vielleicht doch. Die Christine – die gehört nämlich mir.«

»Ah geh, da muß ich ja lachen!«

»Lach nur! Wir zwei brauchen uns deswegen nicht zerkriegen, denn – dich hätt' sie ja nie mögen.«

»Jetzt so was«, stotterte der Jakob. »Warum hat sie mir dann nicht gesagt, daß sie schon vergeben ist? Und warum hat die Alte mir dann Botschaft geschickt, daß ich kommen soll?« Dem Jakob war auf einmal ganz weinerlich zumute. »Daß ich gar kein Glück hab' auf der Welt!«

»Das darfst auch nicht sagen. Mußt es halt anderswo ausprobieren.«

»Wo anders probieren meinst?« Der Jakob wurde ganz zutraulich.

»Weißt mir keine, Markus?«

»Im Augenblick fällt mir keine ein.«

So standen sie eine Weile stumm nebeneinander. Die Dämmerung wuchs und breitete sich aus. Ein leichter Wind strich durch die Wipfel der Bäume, und von Au und Lippertskirchen hörte man die Abendglocken läuten.

»Auweh«, sagte der Jakob. »Das ist kein gutes Zeichen, wenn man von da her läuten hört.«

»Ja, das Wetter wird sich ändern«, meinte auch Markus.

»Drum hat bei uns in der Früh die Odelgruben schon so gestunken«, fällt dem Jakob ein. Doch dann ging ein hoffnungsfroher Schimmer über sein mageres Gesicht. »Jetzt ist mir was eingefallen! Beim Moar ist doch noch eine da?«

»Die Monika meinst?«

»Ja, dann nehm ich ganz einfach die. Mir ist das wurscht. Die Hauptsach' ist, wenn es vom Moar eine ist. Aber da fällt mir jetzt grad' ein: Ihr seid doch verfeindet miteinander? Wie kannst dann du sagen, daß die Christa dir gehört?«

»Die Alten sind verfeindet miteinander. Die Christine und ich verstehen uns recht gut.«

»Ah, drum hat sie so gspaßig dahergeredet! Und nicht einmal den Arm hab' ich um sie legen dürfen!«

Der Markus lächelte still vor sich hin und überlegte, ob er dem Jakob nicht gleich sagen solle, daß die Monika für ihn auch nicht mehr zu haben sei. Aber dann ließ er es sein. Für ihn war die Gefahr abgewandt, und der Alois würde schon selber wissen, was er zu tun hatte. Aber gerade in dem Augenblick sagte der Schober Jakob: »Die Monika, hab' ich mir sagen lassen, wär' zur Zeit auf der

Alm. Es ist zwar wahr, sie ist weiß Gott nicht so schön wie die Christa –«

»Ich werd' einmal nachdenken, ob ich keine andere find' für dich«, unterbrach ihn Markus und drehte sich um.

»Dann laß es mich wissen! Ich zahl' dir gern ein paar Maß, wenn es hinhaut!« rief ihm der Jakob noch nach und fuhr davon.

Gemächlich stieg Markus den Berg wieder hinan. Drunten im Tal blinkten jetzt die vielen Lichter, ganz hell, so als seien Sterne vom Himmel gefallen.

Auch auf dem Moarhof brannte noch Licht. Allerdings nur ein einziges, und das mußte in der Küche sein. Dort saßen Christine und die Mutter noch beisammen, und die Moarin wiederholte soeben, was sie schon bei der Abfahrt vom Jakob gesagt hatte:

»Wenn du ihn nicht magst, brauchst du ihn nicht zu nehmen. Ich bin ja selber erschrocken heut', als ich gemerkt hab', was er für ein Hackstock ist. Ich versteh' das nicht. In Aibling, da hat er geredet und geredet, und sogar ganz vernünftig!«

Für Christine waren solche Worte wie liebliches Glockenläuten. Ja, da die Gefahr fürs erste einmal vorüber war, brachte sie es sogar fertig, ihn ein bißchen zu verteidigen.

»Ich geb' zu, daß er vielleicht kein unrechter Mensch ist. Unbeholfen halt und schüchtern.«

»Und ungebildet. Nicht einmal seinen Hut hat er 'runtergetan.«

»Von dem möcht' ich noch gar nichts sagen, Mutter. Mich hat am meisten vor den Kopf gestoßen, daß er gleich von der Mitgift geredet hat.«

»Ja, das hat mich auch abgestoßen. Nein, Christine, ich glaub' nicht, daß das der Richtige für dich wäre. Aber laß dir nur Zeit, wir finden schon einen andern.«

»Muß denn unbedingt einer aufgetrieben sein für mich?«

»Hast recht, Christa. Es pressiert ja noch gar nicht. Bist ja erst zwanzig, und – ich kann dich gut brauchen daheim. Ganz in aller Ruhe werde ich halt umeinanderhorchen, ich finde schon den Rechten für dich.«

»Und wenn ich selber einen finde?«

»Das ist riskant. Du mit deiner Unerfahrenheit tappst dann ganz gewiß an den Unrechten hin. Nein, das überlaß nur mir. Und jetzt wollen wir uns schlafen legen.«

Schlafen, dachte Christine, als sie langsam die Stiege hinaufging. Als ob man schlafen könnte nach so einem Tag und nach so vielen Worten. Worte, die ganz sinnlos gewesen waren und doch in ihr nachwehten, weil sie trotz allem etwas gereinigt hatten. Es war etwas aufgerissen worden, über das Christine nun nachdenken mußte.

Das alte Holz knarrte bei jedem ihrer Schritte. Vierzehnmal, dann war die Treppe zu Ende, und das Licht der Kerze duckte sich schauernd nieder, weil die Balkontür offenstand und der Wind hereinstrich.

In der Kammer stellte sie die Kerze auf die Kommode, über der ein großer Spiegel in einem Kunstschmiederahmen hing. Und da war ihr wieder, als schaute die Mutter aus dem Spiegel heraus und hätte ein ganz neues Gesicht, ein Gesicht, in dessen Augenwinkeln die Güte lag, die sie noch nie so gezeigt hatte. Ein von allem Haß entschleiertes Gesicht, mit einem Mund, der jung war und ohne Bitternis. Von diesem neuen Gesicht erhoffte sich Christine alles Verständnis für ihre Liebe zu dem Stuffnerbuben Markus. Und nur, weil sie heute erfahren hatte, daß die Mutter sie nicht unbedingt an einen Mann verkuppeln wollte, sondern doch gewillt war, abzuwarten und abzuwägen, und weil sie erkannt hatte, daß es der Schober Jakob nicht zu sein brauchte.

Je länger sie aber in den Spiegel sah, erkannte sie, daß es doch ihr eigenes Gesicht war, braun und glatt, mit schöngeschwungenem Mund und tiefen, leuchtenden Augen. Aber genauso mußte die Mutter einmal ausgeschaut haben vor fünfundzwanzig oder dreißig Jahren. Und wenn wieder dreißig Jahre vergangen sind – ja, was würde dann sein? Was würde sich erfüllt haben und was unerfüllt geblieben sein?

Vom Fenster herein strich der Wind. Es duftete nach Rosmarin und nach dem nahen Wald, über dem die Sterne standen, obwohl der Schlechtwetterwind schon von Westen her wehte und der Himmel vielleicht ganz weit draußen schon mit Regenwolken überdeckt sein konnte.

So ging der Sommer dahin. Wenn man genau Obacht gab, die Tage wurden bereits kürzer. Schon waren die Stoppelfelder wieder umgerissen und leuchteten schwarz herauf. Das Grummet wurde von den oberen Wiesen eingebracht, und die Stuffner fuhren den alten Weg am Moarhof vorbei wie eh und je, obwohl er zu Beginn des Sommers versperrt worden war. Die Trümmer lagen noch am Rande des Weges wie zur Erinnerung an den nutzlos geführten Prozeß.

Eine friedvolle Zeit eigentlich, vorausgesetzt, die Moarin brütete nicht bereits wieder an etwas anderem. Aber es war so merkwürdig, der Haß schien ausgesprüht zu sein, oder verbarg er sich nur, um zu gegebener Zeit wieder aufzuglühen?

Eines Abends saßen der Stuffner und seine Bäuerin auf der Hausbank und genossen den Feierabend. Die Buben waren vor einer Stunde weggegangen, ins Tal hinunter zum Tanzen. Mit ihnen das Hannerl. Und der Anderl, ein junger Bursch, der beim Stuffner wohnte und für die Rösser zu sorgen hatte, die ein paar Pferdenarren aus der Stadt beim Stuffner eingestellt hatten, saß in seiner Kammer und spielte auf seiner Zither sehnsüchtige Weisen. Er war noch zu jung, um schon mitgehen zu dürfen, denn immer noch hieß es, daß man unter achtzehn Jahr' auf einem Tanzboden nichts zu suchen habe.

Der Stuffner hatte seine Pfeife angezündet, rauchte schweigend und mit sichtlichem Genuß, und die Stuffnerin saß neben ihm und putzte Steinpilze.

»Was ich dir noch sagen wollt', Mirl, als ich gestern von der Hohnerwiese 'runtergegangen bin, begegnete mir die Junge von droben, die Christa. No ja, sie hat mir nicht ausweichen können. Aber stell dir vor, was passiert ist! Grüßt die mich so nett und freundlich, als wär' überhaupt noch nie eine Feindschaft gewesen zwischen uns und denen. ›Guten Abend, Stuffner‹, sagte sie.«

Die Stuffnerin ließ einen Augenblick ihre Hände sinken und lächelte vor sich hin.

»Das hat dich natürlich gefreut?«

»Hat es auch! Wann ist das schon passiert? Ich denk', es war überhaupt noch nie.«

»Du hast ihr doch Antwort gegeben?«

»›Grüß dich, Christa‹, hab' ich gesagt. Dann waren wir schon aneinander vorüber. Aber ich hab' heut' allweil daran denken müssen. Ganz offen und freundlich hat sie mir ins Gesicht geschaut.«

Die Stuffnerin hatte sich wieder über ihre Arbeit gebeugt, putzte noch die letzten Pilze und stellte dann die Schüssel neben sich auf die Bank.

»Jetzt muß ich dir halt doch was anvertrauen, Thomas.«

»Du wirst doch vor mir keine Geheimnisse haben?«

»Doch, Thomas, ich trag' es schon eine ganze Zeit lang mit mir herum. Ich könnt' dir schon sagen, warum die Christa dich so freundlich gegrüßt hat.«

Immer erstaunter wurde sein Gesicht, dann lehnte er die Pfeife neben sich an die Hauswand.

»Da bin ich aber gespannt, was da jetzt 'rauskommt!«

»Ja, Thomas, weil ich selber nicht weiß, was da 'rauskommt, drum hab' ich es für mich behalten. Aber Tatsache ist, daß unser Markus und die Christa einander gernhaben.«

Ganz still saß der Stuffner, als hätte ihn ein Bann gestreift. Dann wandte er langsam den Kopf.

»Woher weißt du das?«

»Weil mir's der Markus selber anvertraut hat.«

»Soso, da kommt er zu dir!«

»Das ist allweil schon so gewesen. In solchen Sachen kommen die Kinder zur Mutter. Und jetzt bitt' ich dich, schrei nicht. Ich hab' auch nicht geschrien, als er mir's gesagt hat.«

Der Stuffner griff wieder nach seiner Pfeife, klopfte sie auf der Gred aus und stopfte sie neu.

»Wer sagt dir denn, daß ich schreien will?«

»Es wäre natürlich, bei dieser jahrelangen Feindschaft.«

»Wenn ich so verbohrt wär' wie die da oben, dann schon. Ich fress' einen Besen, daß die Moarin von der Sache nichts weiß!«

»Das glaub' ich auch. Aber wir wissen es jetzt, und wenn sich die zwei doch wirklich gernhaben –«

»Ist ja recht, ich sag' ja nichts! Aber glaubst du denn, daß die Moarin jemals dazu ja sagen wird? Da kennst du sie schlecht! Wenn die das in die Nasen kriegt, da paß auf, was die dann wieder ausbrütet!«

»Gegen uns kann sie nichts ausbrüten.«

»Aber gegen den Markus! Und da tut mir der

Bub leid, weil der überall anklopfen kann und mit offenen Händen aufgenommen wird. Das Betteln haben wir nicht nötig.«

Der Abend sank immer tiefer. Von der Ebene her wehte ein frischer Wind, und ein paar Nachtschwalben zogen über dem First noch ihre weiten Kreise. Dann war auch einmal kurz eine Fledermaus da und ruschelte bei den Pferdegeschirren, die an der Stallwand hingen, unter die Sparren.

»Neuschwanstein, stolze Feste, warst sein liebster Aufenthalt ...«, spielte der Anderl auf seiner Zither.

»Ich hab' mir halt denkt, Thomas –«

»Aha, denkt hast wieder einmal? Was hast denn wieder ausgedacht?«

»Es ist damit zu rechnen, daß die Christa, wenn die Moarin es erfährt, daheim Hundstäg kriegt und es nicht mehr aushalten kann. Dann müssen wir ihr helfen.«

»Helfen? Und wie?«

»Im Augenblick weiß ich das auch noch nicht.«

»Mei, Alte! Wenn ich dich nicht so gut kennen tät'«, antwortete der Stuffner. »Ich kann dir genau sagen, was du dir gedacht hast. Wir nehmen das Madel in unser Haus, in unsern Schutz, nicht wahr? Aber das geht nicht. Zum Übergeben sind wir zwei noch zu jung, genau wie der Markus zum Heiraten. Und so im Haus beieinanderleben, behüt' dich Gott! Was meinst, wie sich die Leut das Maul zerreißen täten. Nein, da müssen wir uns schon was anderes einfallen lassen.«

»Dir ist noch immer das Richtige eingefallen, Thomas.«

Sie saßen nun wieder eine lange Zeit schweigend beieinander in der wachsenden Dunkelheit. Einmal langte der Stuffner hinüber und legte seine Hand auf ihre Schulter.

»O mei, Mirl, wer hätte das gedacht!«

»No ja, jetzt müssen wir halt abwarten, was draus wird«, antwortete die Stuffnerin, stand auf und ging mit ihrer Schüssel ins Haus.

Der Stuffner blieb noch eine Weile sitzen, dann begann er langsam über den Hof zu gehen, durch die beiden Schuppen, in denen der Torf aufgeschichtet war, bis hinter das Haus, wo der Bach vorbeirann, vor dem er dann sinnend stehenblieb und wieder, wie schon so oft, dachte, wie schade es doch sei, daß dieses Wasser so ungenutzt vorüberrann. Man hätte es stauen müssen, für eine Turbine stauen, oder wie sie das sonst machten, wenn so ein Wasser Licht in die Stuben und Kammern bringen sollte.

Ja, mit diesem Gedanken spielte er sehr oft, heute aber schob er ihn schnell wieder beiseite, heute bedrängte ihn etwas ganz anderes, es machte ihm so schwer zu schaffen, daß ihm das Nachdenken zur Mühe wurde, weil jeder durchdachte Gedanke in der neuen Richtung eine unübersteigbare Mauer vor sich hatte.

Aber dann flog ihn plötzlich eine andere Idee an, ein Gedanke, der ihn fast belustigte und auf dem Rückweg vor sich hinpfeifen ließ, nicht schrill und mißtönend, wie der Alois immer pfiff, sondern nur so durch die gespitzten Lippen hauchend, daß davon nicht einmal die Frau erwachte, als er die Kammer betrat.

Sie wechselten immer ab. Einen Sonntag gingen sie nach Elbach zum Hochamt, am nächsten nach Lippertskirchen. An diesem Sonntagmorgen, der mit feinem Schleiergewölk über den Bergen lag, trödelte der Stuffner ungewöhnlich lange umeinander, bis seine Frau doch einmal sagte:

»Was druckst denn heut' so umeinander, Thomas? Es wird Zeit, daß du dich auf die Füß' machst, wenn du nicht erst wieder nach der Predigt hinkommen willst!«

»Ach, da komm' ich noch leicht 'nunter! Sind die Buben schon fort?«

»Die sind heut' nach Elbach.«

Auf einmal sah der Stuffner scharf zum Fenster hinaus. Er hatte gesehen, auf was er gewartet hatte. Er griff nach seinem Hut, fuhr mit dem Joppenärmel über die Krempe, obwohl nicht das kleinste Staubfädchen daran war, und setzte ihn auf.

»Ja, dann geh' ich halt jetzt.«

Hinter dem Hof verlief ein schmaler Fußweg talwärts. Er führte zuerst durch einen kleinen Lärchenwald, dann kam ein etwa zehnjähriger Jungwald, und jedesmal, wenn es um eine Wegbiegung ging, sah der Stuffner kurz etwas Goldenes aufblitzen.

Das war die Hutschnur vom Sonntagshut der Moar Christine, die, weit ausgreifend, ein paar hundert Meter vor ihm dahinging.

Dann kam er aus dem Wald. Vom schmalen Satteltum der Kirche läutete die Glocke ein Viertel vor acht, Zeit genug also noch und doch zuwenig Zeit, um vorher beim Wirt noch ein Paar Weißwürst' zu essen, wozu er heute hernach auch nicht mehr Zeit hätte.

Beim Kramer standen ein paar Bauern beisammen, mit denen noch ein paar Worte zu wechseln waren, bis aus der offenen Kirchentür das Orgelspiel ertönte.

In der zwölften Reihe hatte der Stuffner seinen angestammten Platz. Ein kleines Blechschild bewies das. Weiter vorn auf der Weiberleutseite sah er die Christa knien. Immer wieder sah er hinüber. Der braungebrannte Nacken stieg schlank aus dem viereckig ausgeschnittenen Spenzer, und jedesmal, wenn sie aufstand und sich hernach wieder niederkniete, zitterten die Fransen des blauseidenen Fürstecktuchs.

Der Stuffner mußte sich heute zur Andacht zwingen, aber bevor das Hochamt zu Ende ging, hatten sich seine Gedanken schon wieder aus den Gefilden frommen Betens zurückgezogen.

Nach dem Hochamt ging die Christine zum Kramer hinein, der jeden Sonntagvormittag geöffnet hielt. Wann hätten die Bergbauern auch einkaufen sollen, wenn sie die ganze Woche kaum herunterkamen! Es lief also alles genau nach seinem Plan.

Der Stuffner konnte vorausgehen und bei dem Heustadel mit den vielen Hollerstauden warten.

Er lehnte sich gegen das schon etwas morsche Stadeltor, zündete sich einen Stumpen an und sah sich um. Schwarz, in dicken Dolden, hingen die Hollerbeeren an den Zweigen. Ein paar Stare schwirrten drum herum. Ein paar Rehe kamen aus dem Jungwald, sahen mit blitzenden Lichtern zu ihm her und begannen zu äsen, als wüßten sie, daß ihnen von dem Mann im grauen Lodenanzug keine Gefahr drohte. Weiter drüben hatte der Sturm vor ein paar Wochen ein paar Bäume umgerissen, und durch die dadurch entstandene Lücke strich der Wind, ein ganz warmer Wind, von den Bergen her.

Jetzt sah er die Christine langsam heraufkommen und noch mal hinter einer Hügelwelle verschwinden. Dann kam sie über die Kuppe, den Kopf zu Boden gesenkt, in der einen Hand eine schwarze, bauschige Stofftasche. Der Stuffner räusperte sich, aber sie hörte es noch nicht. Rein zufällig blieb sie stehen, schaute um sich und atmete langsam aus und ein. Auf einmal sah sie ihn. Der Stuffner merkte genau, wie sie zusammenzuckte, nahm seinen Stumpen aus dem Mund und setzte das freundlichste Schmunzeln auf.

»Komm nur her, Christa, ich beiß' dich nicht«, sagte er dann, als sie sich immer noch nicht rührte. Ihr Gesicht war flammend rot, aber das kam nicht vom Steigen allein. Endlich hatte sie sich gefaßt:

»Grüß Gott, Stuffner.«

»Grüß Gott, Christa! Ich hab' auf dich gewartet. Wirst dir ja denken können, warum.«

»Denken kann ich mir's, ja. Aber – ich habe mir nichts vorzuwerfen.«

Das klang wie Trotz, weil die Christa damit rechnete, daß jetzt Vorwürfe auf sie niederhageln würden. Statt dessen sagte der Stuffner:

»Ich habe dir auch nichts vorzuwerfen, soweit hinter der ganzen Sache eine Ernsthaftigkeit steckt.«

Langsam war die Christa jetzt herangekommen, hängte ihre Tasche, in der ein paar Malzkaffeepackl, Zucker und Rauchtabak verstaut waren, an einen abgebrochenen Ast und schlang ihre beiden Hände um das ziemlich große Gebetbuch. Dann hob sie den Kopf und sah den Stuffner ruhig und offen an.

»Wie meinst du das?«

»Ganz einfach: Wenn es dir und dem Markus ernst ist – wenn es so ist, daß ihr meint, ihr könnt nie mehr voneinander lassen – dann habe ich nichts dagegen.«

Das Geängstigte aus ihrem Gesicht verschwand, ihre Augen leuchteten ihn an. Dann gestand sie: »Ich hab' ihn schon ganz narrisch gern, den Markus.«

Der Stuffner schmunzelte erneut und zündete den erloschenen Stumpen wieder an.

»Ich hab' mir sagen lassen, bei ihm wär' es auch nicht anders. Und – für die Lieb' kann man halt nichts.« Sie schüttelte heftig den Kopf, spürte ein eigenartiges Brennen im Hals und hatte plötzlich Wasser in den Augen.

»Geh«, sagte der Stuffner, »wer wird denn weinen! Ist doch gar keine Ursache, vorerst wenigstens nicht!« Als die Christa das Gesicht wieder hob, sah der Stuffner ein paar Tränen über die braunen Wangen rollen wie Glasperlen über dunkles Porzellan.

»Hat der Markus dir das selber gesagt, daß er mich gernhat?«

»Mir nicht, aber der Mutter. Bei uns ist es Gott sei Dank so, daß meine Kinder mit der Mutter reden können.«

»Ach ja«, seufzte Christine, die genau wußte, worauf er anspielte.

»Da wird halt der Haken liegen. Bei deiner Mutter. Du weißt ja selber, wie sie uns Stuffner ein halbes Leben lang mit allen Bosheiten verfolgt hat.«

Christine wischte sich mit dem Handrücken über die Augen.

»Darfst es mir glauben, daß ich oft darunter gelitten habe.«

»Das tut mir wohl, Christa. Aber im Ernst jetzt. Was meinst du denn, was sein wird, wenn sie es erfährt? Und erfahren wird und muß sie es ja schließlich.«

»Früher hat sie oft gesagt, sie schlägt uns das Kreuz ab, wenn sie eine dabei erwischt, daß wir bloß mit euch reden.«

»Das wird sie sich überlegen.«

»Könnte auch sein, daß sie mich vom Hof schafft.«

»Das trau' ich ihr ohne weiteres zu. Und darüber will ich mit dir reden. Komm, gehn wir langsam aufwärts.«

Und während sie dann durch den Jungwald gingen und hernach durchs Lärchenholz, sprach der Stuffner dem Mädchen tröstend zu:

»Wenn sie dich fortschafft, dann müssen wir halt schaun, wie wir dir helfen können. Wie alt bist jetzt eigentlich?«

»Zwanzig bin ich im Mai geworden.«

»So alt wie unsere Margret. Zum Heiraten also noch recht früh, denn das kannst nicht erwarten, daß ich schon in den Austrag geh'. Aber es wird sich schon ein Weg finden lassen. Und vorerst weiß sie noch nichts, deine Mutter?«

»Gott sei Dank noch nicht. Sonst hätte ich Hundstäg daheim!«

»Ich versteh' nicht, wie eine Frau so herzlos sein kann.«

Merkwürdig, auf einmal hatte Christine das Bedürfnis, ihre Mutter ein wenig in Schutz zu nehmen.

»Herzlos kann man nicht sagen. Erst kürzlich hat sie ein paar Seiten aufgezeigt, die ich früher nie bei ihr gemerkt habe. Es muß einmal etwas in ihrem Leben gewesen sein, das sie so verbittert hat werden lassen.«

Der Stuffner war über eine Wurzel gestolpert und fing sich gerade noch.

»Jeder Mensch hat sicher schon eine Enttäuschung erlebt, aber das vergißt man halt wieder.

Und jetzt wollen wir uns trennen, Christa. Ich wart' hier, bis ich mein', du könntest daheim sein.«

Er reichte ihr die Hand, die sie schnell umfaßte. Und wieder dieser stille, leuchtende Blick und die Stimme voll warmer Zärtlichkeit:

»Warum seid ihr denn so gut zu mir?«

»Ja mei, weil du es verdienst, glaub' ich. Und merk dir's, Christa: Wenn was sein sollte bei euch droben, dann komm zu uns. Wir werden dann schon sehen.«

»Vergelt's dir Gott, Stuffner!«

»Ja, ja, ist schon recht. Und jetzt geh.«

Er sah ihr nach, wie sie mit den weiten Schritten eines Bergkindes den steilen Hang hinaufstieg, auf dem schon ein paar Herbstzeitlosen blühten. Als er meinte, daß sie daheim sein könnte, setzte auch er seinen Weg fort und ging von hinten her auf seinen Hof zu.

Gegen Mittag kamen auch die anderen von Elbach zurück. Nur der Alois fehlte beim Essen. Und weil es nun schon der vierte oder fünfte Sonntag war, daß er fehlte, fragte der Stuffner so zwischen Suppe und Schweinsbraten:

»Wo treibt sich denn der Alois eigentlich allweil herum? Der ist schon bald keinen Sonntag mehr daheim!«

»Auf die Alm, hat er gesagt, geht er nach der Kirch'«, sagte Markus.

»Auf was für eine Alm?«

»Auf die unsere halt«, antwortete die Stuffnerin an Markus' Stelle.

»Soso! Der entwickelt aber in letzter Zeit eine recht merkwürdige Zuneigung zu seiner Schwester.«

»Sei doch froh, dann wissen wir wenigstens, wo er steckt.«

»Mir kann es ja recht sein. Bloß wundert es mich. Daheim haben die zwei dauernd gestritten, und jetzt vertragen sie sich auf einmal so gut, daß ich dem Frieden nicht recht trau'. Ich wette meinen Kopf, daß dahinter wieder ein anderes Weibsbild steckt! No ja, ich werd' ihn dann sowieso treffen, weil ich heut' nachmittag auf die Alm geh'.«

»Bei der Hitz'?« fragte der Markus auffallend schnell.

»Auf der Höh' geht allweil ein frisches Winderl.«

Und gleich nach dem Essen machte der Stuffner sich auf den Weg. Wie gewöhnlich machte er zuerst um den Moarhof einen kleinen Bogen, um nicht durch deren Hof gehen zu müssen. Erst beim Waldrand droben blieb er stehen und schaute hinunter.

Friedsam lagen die zwei Höfe auf ihren Hügeln. Eine wohltuende feiertägliche Stille breitete sich um die Gebäude aus. Die Moarin saß auf der Hausbank und streichelte einem Kater das Fell, neben ihr saß eine von den Mägden und stopfte an einem Strumpf, und etwas abseits beim Gartenzaun, bei den Sonnenblumen, stand die Christa, hatte die Hand schattend über die Augen gehoben und schaute zu den Bergen hinauf. Ganz vom Sonnenlicht umflossen stand sie da, und den Stuffner überkam etwas wie wehmütige Erinnerung bei so viel Jugend und Schönheit. Dann ging er weiter, die Joppe unter dem Arm, den Hut in der Hand. Grillen zirpten im Gras, und eine Hummel, die sein fester Schritt aufgescheucht hatte, surrte ein paarmal um ihn herum, um dann klatschend gegen den schlanken Stamm einer Rotbuche zu schlagen.

Nach zwei Stunden sah er seine Almhütte vor sich. Die Kühe lagen wiederkäuend rings um die Hütte, daß man meinen konnte, nur das Vieh allein verstünde es, richtig auszuruhen. Mindestens genausogut aber schienen die paar Menschen, die vor der Hütte im Schatten saßen, das Ausrasten und den Feiertag zu verstehen.

Um den viereckigen Tisch saßen die Margret, ein fremdes Mädchen und zwei Männer. Der Stuffner stand eine ganze Weile hinter einer niederen Baumgruppe verborgen und schaute hinunter. Das mußten Fremde sein. Den Alois sah er nirgends. Dann stieg er den buckligen Hang hinunter und hörte die Margret rufen: »Da kommt der Vater!«

Der Stuffner fühlte, wie sich alle Blicke auf ihn richteten, stieg ruhig weiter und sagte dann, schon nahe der Hütte: »Jawohl, der Vater! Hoffentlich stör' ich nicht.«

Freudig sprang die Margret ihm entgegen, lachte ihn an und hängte sich an seinen Arm. »Ich freu' mich, daß du endlich einmal kommst, Vater! Wenn nicht der Anderl jede Woch' mit dem Almfuhrwerk 'raufkäm, wüßt' ich gar nicht, wie es daheim überhaupt zugeht.«

Der Stuffner sah seine Tochter aufmerksam an. In ihrer Stimme schwang so etwas seltsam Erregtes. Ein neuer Klang war da, eine tiefe Herzlichkeit.

»Ist denn der Alois nicht jeden Sonntag bei dir heroben?«

»Der Alois? Wie kommst denn darauf? Den hab' ich schon mindestens sechs Wochen nimmer gesehen!«

»So? No ja, ich hab' bloß gemeint. Was sind denn das für Leut' dort?«

»Der eine ist ein Ingenieur, das Fräulein ist seine Schwester, und der andere ist ihr Mann. Seit vierzehn Tagen sind sie jetzt da. Recht nette Leute, zahlen am Tag dreißig Mark miteinander.«

»Wofür?«

»Für alles halt. Essen und Schlafen.«

Der Stuffner rechnete kurz nach. »Nicht schlecht. Das wären ja dann vierhundertzwanzig Mark. So leicht verdien' ich mein Geld nicht!«

Die Margret lachte herzhaft. »Du hast allweil so komische Vergleiche, Vater! Darfst ja nicht vergessen, daß wir da heroben keinen Komfort haben.«

Nun waren sie ganz herangekommen. Der eine Mann erhob sich sofort. Er war groß und von sympathischem Äußeren.

»Das ist der Werner Hank«, sagte Margret. Der Mann machte eine kleine Verbeugung, sah den

Stuffner mit hellen Augen an und sagte, daß es ihn freue, den Vater von Fräulein Margret endlich kennenzulernen.

»Und mich erst«, sagte der Stuffner und schaute auf die junge Frau, die für seine Begriffe ein bißchen wenig anhatte, ein kurzes Höschen nur und oben eine recht dünne Bluse, die sie jetzt unter seinem forschenden Blick doch zuknöpfte. Der dritte rauchte eine kurze Pfeife, stellte sich als Schuckert vor und war ein kleiner, lustiger Kerl, der dem Stuffner sofort versicherte, daß er und sein »liebes Kind« sich hier ganz vortrefflich erholt hätten in den vierzehn Tagen.

»O ja, die gute Milch und die köstliche Luft«, sagte das »liebe Kind« und richtete unter langen Wimpern ein Paar Strahlenaugen auf den hünenhaften Mann, von dem die Margret schon so manches erzählt hatte.

»Komm, setz dich jetzt, Vater«, forderte ihn die Margret auf. »Was soll ich dir bringen? Magst Bier oder einen Kaffee? Wir wollten nämlich grad' Kaffee trinken.«

»Kaffee mag ich immer, das weißt ja«, sagte der Stuffner und blickte erstaunt auf den jungen Mann, der ihm als Werner Hank vorgestellt worden war, weil der ihm so dienstbeflissen einen Stuhl hinstellte und dabei sagte: »Bitte schön, Herr Niederegger.«

Der Stuffner dachte sich: Der ist aber höflich!

Höflich waren die anderen auch, besonders die junge Frau, die so viel von der Schönheit des Almlebens zwitscherte und versicherte, daß die gute

Luft besonders ihrem Mann, der Studienrat sei, gutgetan habe. »Schauen Sie ihn doch bloß an, wie braun er geworden ist!«

Der Stuffner schaute sich den jungen Mann an und sagte dann in seiner trockenen Art: »Tut mir leid, ich hab' ihn vorher nicht gesehen, als er noch blaß war.«

»Und wie blaß, nicht wahr, Schnucki? Ist ja auch kein Wunder. Das ganze Jahr in der düsteren Schule!«

»Habts Kinder auch?« fragte der Stuffner, der sich allmählich zu interessieren begann.

»Leider nein«, sagte der Schnucki. »Aber vielleicht bewirkt diese Luftveränderung etwas.«

Der Stuffner deutete mit dem Mundstück seiner Pfeife zum Breitenstein hinüber.

»Eine gute Stunde Fußmarsch, dann seid ihr in Birkenstein. Dort kann man sich den Kindersegen erbitten.«

Die Margret war in die Hütte gegangen, um Wasser aufzustellen. Jetzt kam sie mit einer alten Kaffeemühle heraus, klemmte sie dem Werner Hank zwischen die Knie und lächelte ihn an.

»Komm, mach dich ein bissel nützlich.«

Der Stuffner blinzelte über das verglimmende Zündholz zu den beiden hin und spitzte die Luser. Dann machte er ein paar Züge, stand auf und folgte der Margret in die Hütte.

»Du bist ja ganz vertraulich, wie ich spann'. Wieso duzt ihr euch?«

Die Margret wurde brennend rot. »Zuerst waren

wir schon per Sie, aber dann hat es sich halt so ergeben. Weißt ja, wie das ist.«

»Nein, das weiß ich eben nicht, und ich möchte es von dir wissen. Zuerst einmal was anderes: Ist denn das kein Preiß?«

»Nein, er stammt aus Wiesbaden.«

»Also doch ein Preiß! Alles, was drüberhalb des Mains ist –«

»Aber er lebt schon drei Jahr' in München«, unterbrach ihn Margret. »Er lebt mit seiner Mutter in einem großen Haus beisammen.«

»Ah da schau her! Du bist schon gut informiert.«

»No ja, was soll man denn allweil reden sonst? Ich hab' ihm ja auch von mir alles erzählt, von dir und von der Mutter.«

Ganz nahe war der Stuffner jetzt hinter die Margret getreten und zwang sie, ihn anzuschauen.

»Margret, mach mir keine Dummheiten!«

»Geh, Vater –«

»Keine Dummheiten, hab' ich gesagt. Ich verlass' mich auf dich. Der kommt aus einer ganz anderen Welt, das hätte keinen Sinn.«

Betreten schaute Margret in den Hafen mit Wasser, das zu sprudeln begonnen hatte. Dann sagte sie: »Mußt doch nicht gleich das Schlechteste glauben, Vater.«

»Tu' ich auch nicht, Margret. Ich hab' in deine Augen geschaut und weiß, daß – noch nichts zerbrochen ist.«

»Magst mir jetzt den Kaffee 'reinholen, Vater?«

Der Stuffner ging hinaus und hörte gerade, wie

Werner Hank sagte: »Tu mir den Gefallen, Lilly, und zieh dich anständig an. Man darf die Leute nicht vor den Kopf stoßen. Die Menschen hier sind noch mit Vorurteilen behaftet.«

»No, no, no«, lachte der Stuffner dazwischentretend. »Unsere Augen mögen auch einmal was Sauberes sehen. Wie schaut's denn aus jetzt, Herr Kaffeemühlentreiber?«

Werner Hank stand auf und trug die Kaffeemühle in die Hütte, lugte zuerst noch vorsichtig zum Fenster hinaus, dann legte er schnell den Arm um Margrets Hüften.

»Meinst du, daß er was bemerkt hat, Gretl?«

»Mir kommt es schon so vor, Werner. Ich soll keine Dummheiten machen, hat er gesagt.«

»Die Dummheiten, die er meint, die hätten wir noch vor uns! Aber – offen gestanden, mir gefällt dein Vater, und ich bin fest überzeugt, daß man mit ihm wird reden können.«

»Heute noch nicht, Werner.«

»Gut, heute noch nicht. Morgen muß ich zurück, aber am nächsten Samstag fahre ich wieder heraus und geh' zu euch auf den Hof. Ich will keine Heimlichkeiten, Margret, und er soll wissen, daß ich es ehrlich meine.«

Die Margret schüttete den gemahlenen Kaffee in das siedende Wasser, zog den Topf vom Feuer und stülpte einen Deckel darauf. Dann sah sie den Mann an, der vor ihr stand.

Komisch ist das schon«, meinte sie. »Da kommst du daher, ein Fremder, von dem ich vorher noch nie was gewußt hab, und ich dummes Ding verlieb' mich gleich so in dich, daß nichts anderes mehr Platz hat in mir.«

»Hoffentlich nicht«, scherzte er und rüttelte sie an den Schultern. Er küßte sie schnell auf Stirn, Wangen und Mund, bis die dröhnende Stimme des Stuffners hereinscholl: »Ja, was ist denn jetzt mit dem Kaffee? Wie lang muß man denn da noch warten?«

Sie tranken den Kaffee im Freien, und es wurde noch ein recht gemütlicher Nachmittag. Der Stuffner erkundigte sich eingehend, wann die Herrschaften abreisten. Morgen. Soso, also morgen. Na ja, bis dahin konnte nicht mehr so viel passieren, und es war nicht abzuleugnen, daß er sich einige Sorgen machte. Diese verliebten Blicke, die da getauscht wurden, die er zwar nicht sehen sollte, aber doch sah, beunruhigten ihn. Als er dann ging, kam noch mal die Warnung aus seinem Mund: »Mach mir ja keine Dummheiten, Margret!«

Die Margret hatte ihn bis zum Almgatter hinbegleitet. Dort standen sie nun.

»Geh, Vater, was hast denn allweil?«

»Meinst, daß ich blind bin? Ihr habt es ja nicht verbergen können und habt euch dauernd angeblinzelt.«

»Man wird doch noch nett zueinander sein dürfen«, sagte die Margret.

»Bis zu gewissen Grenzen. Aber ich hab' dir's ja schon gesagt: Ich verlass' mich auf dich! Aber was wollte ich dir denn noch sagen? Ja – weißt du das Neueste schon?«

»Da heroben erfährt man nicht viel Neues.«

»Der Markus hat mit der Moar Christa angebandelt.«

Die Margret schaute so verblüfft drein wie ein Ochse, wenn es blitzt.

»Der Markus?«

»Und die Christa, jawohl.«

»Ja, gibt's denn das auch! Was sagt denn die Moarin dazu?«

»Die weiß noch nichts.«

»Und du hast nichts dagegen?«

Der Stuffner schüttelte den Kopf. »Was willst denn machen, wenn sich die zwei mögen? Ich hätte mir von meinem Vater auch nichts dreinreden lassen. Heut', nach der Kirch', hab' ich mich mit der Christa unterhalten. Gegen das Madel ist nichts zu sagen, und alles andere müssen wir eben abwarten. Wenn ich jetzt bloß noch wüßt', wo sich der Alois allweil rumtreibt?«

Wenn er auf dem Heimweg nur einen kleinen Bogen gemacht und von der Kuppe aus auf das Almfeld der Moarin hinuntergeschaut hätte, dann hätte er seinen Alois dort vor der Hütte sitzen sehen können, und das Mädchen, um deren Hüfte er seinen Arm geschlungen hatte, war keine andere als die Moar Monika.

Aber wenn jemand dem Stuffner das gesagt hätte, das hätte er niemals geglaubt, denn gerade der Alois hatte doch am meisten geschimpft über die Moar-Dirndl, besonders aber über den »Dotschen« Monika.

Zwei Stunden später erfuhr er auf Hocheck, daß das Schicksal doch oft recht merkwürdig verschlungene Wege aussucht, um die Menschen durcheinanderzuwirbeln.

Auf Hocheck saß ein halbes Dutzend Bauern beim Bier zusammen, als der Stuffner dort ankam und mit Hallo begrüßt wurde, weil er ein ausgezeichneter Gesellschafter war und auch einen scharfen Tarock mitmachte. Man hatte ihm auch kaum das Bier hingestellt, brachte man schon die Karten. Aber heute hatte er keine rechte Lust, zuviel ging ihm durch den Kopf.

»Bist auf deiner Alm gewesen?« fragte der Troier.

»Ja, hab' einmal wieder nachgeschaut oben.« Der Stuffner hob sein Bierglas und blies den Schaum weg. »Prost miteinander!«

»Geht gar nichts mit einem Tarock?« fragte der Esterer.

Der Stuffner schaute auf die Uhr, überlegte und nickte. »Also gut. Aber ein bissel scharf, wenn ich bitten darf.«

Scharf hieß bei ihm: fürs Aug' fünfzig Pfennig. Sonst spielten sie meist nur um ein Zehnerl.

Aber er hatte heute seine Gedanken nicht recht beisammen, spielte Solos, die von vornherein verloren waren, und vergaß zu schmieren, wo er hätte schmieren müssen.

»Was spielst denn du heut für ein Zeug zusammen?« raunzte der Hois. »Mir scheint, dir ist was übers Leberl gelaufen! Oder hast mit deiner schönen Nachbarin wieder einen Verdruß?«

»Ja und nein«, sagte der Stuffner und hörte zu spielen auf, als er achtzig Mark verloren hatte.

»Wird dir halt dein Alois Kummer machen, versteht sich leicht«, spann der Hois den Faden weiter.

Der Stuffner horchte auf. »Wieso mein Alois?«

»No ja, der hockt doch fast jeden Sonntag auf der Grundlalm, die deine Nachbarin, die Moarin, in Pacht hat.«

Der Stuffner schaute den Hois verständnislos an und war von einer Verwechslung fest überzeugt.

»Mein Bub? Der Alois? Da mußt dich schon 'täuscht haben.«

»Ich hab' doch heut erst mit ihm geredet, als ich an der Grundlalm vorbeigegangen bin. Ich werd' doch dein Alois kennen! Du mußt ihn doch auch gesehen haben, Troier?«

»Ich weiß von nichts«, sagte der Troier. »Und überhaupt wär's besser, wenn du dein Maul gehalten hättest.«

»Aber warum denn?« fragte der Stuffner. »Es ist ganz gut, wenn man weiß, wo sich die Buben 'rumtreiben.« Dann lachte er, packte sein Krügel und lachte wieder, ein ganz merkwürdig hölzernes Lachen war es. »Ja da verreck! Auf der Grundlalm hockt der Kerl! Da muß ja eine Kuh lachen.«

»Hättest doch nichts sagen sollen«, ließ sich der Esterer vernehmen.

»Erfahren hätt' ich es ja doch einmal«, sagte der Stuffner. »Einmal muß er ja doch 'rausrucken damit, wenn er was Ernstliches im Sinn hat. Was dann die Moarin dazu sagen würde?« Er lachte wieder und zog seine Geldbörse. »Zahlen möcht' ich jetzt. Vier Halbe hab' ich und den Schweizer Käs', zwei Brot und eine Zigarre.«

»Wart, ich geh' mit«, beeilte sich der Esterer und zahlte auch.

Draußen dämmerte es bereits, als die beiden den Berg hinuntergingen. Der Stuffner zündete sich seinen erloschenen Zigarrenstumpen an und sagte: »Wie geht's denn deiner Alten jetzt? Hat die nicht Gallensteine gehabt?«

»Jetzt hat sie sie los! Zu Kreilling droben ist so ein Naturheilkundiger, der hat ihr geholfen. Aber daß wir noch mal darauf zurückkommen, dein Alois beißt da in eine harte Nuß. Die Monika soll ja einmal den Hof daheim kriegen. Und daß ausgerechnet vom Stuffner einer –«

»Das gibt die Moarin nie zu«, erklärte der Stuffner. »Ich werd' ihm den Kopf schon zurechtsetzen müssen. Jetzt, weil eine Zeitlang Ruh' war, geht es wieder an!«

Sie standen bei dem Feldkreuz, wo die Wege sich verzweigten. Vom Anwesen des Esterer herüber blinkten die Stubenlichter.

»Ich werd' morgen sowieso einmal zu dir 'nuntermüssen, weil eine Kuh stiert. Komm gut heim, Stuffner!«

»Du auch. Gut' Nacht, Esterer!«

Der Stuffner war froh, endlich allein zu sein, denn die Sache machte ihm doch zu schaffen. Daß der Markus sich in ein Moar-Dirndl vergafft hatte, war noch zu schlucken. Aber jetzt der Alois auch noch! Und dann Margrets verliebte Blicke mit dem Fremden! Das waren schon starke Brocken, wenn man sie auf einmal serviert bekam. Die starken Brocken hatte er sonst immer allein geschluckt. Diesmal aber brauchte er jemanden, und er war herzlich froh, als er in der Küche noch Licht sah.

Die Stuffnerin schickte sich gerade an, zu Bett zu gehen, und stand schon im roten Nachthemd da, als er eintrat.

»Bist du heut' schon da?« fragte sie. »Ich hab' dir deinen Kaffee ins Rohr gestellt.«

»Gut, daß du noch auf bist, Mirl! Setz dich noch mal her, ich muß mit dir reden.«

»Du machst mich direkt neugierig, Thomas. Ist auf der Alm was?«

»Das kommt nachher. Wo meinst denn, daß unser Alois die ganzen Sonntag her immer steckt?«

»Keine Ahnung.«

»Auf der Grundlalm bei der Moar Monika!«

Die Stuffnerin starrte ihn an mit halbgeöffnetem Mund, bis sie endlich sagen konnte: »Das ist doch nicht möglich!«

»Hab' ich auch gemeint. Aber es ist wahr. Leider wahr. Und jetzt brauchst du mir bloß sagen, daß du das bereits gewußt hast.«

»Nein, davon hab' ich nichts gewußt. Der Alois war von jeher schon verdruckter als der Markus.« Sie stand auf und zog die große Tasse mit dem Kaffee aus dem Rohr, nahm mit dem Löffel die Haut weg, die sich auf der Oberfläche schon gebildet hatte, und stellte die Tasse vor den Stuffner hin. »Da, mein' ich, kriegen wir noch was zu schlucken!«

»Das meine ich auch. Und darum werde ich mit dem Alois ein Wörtl reden müssen, denn bei dem seinen Leichtsinn muß man ja nur an ein oberflächliches Techtelmechtel glauben. Und wir könnten dann das Bad aussaufen, wenn die Moarin was in die Nase kriegt!«

»Ja, das mußt du ihm ausreden, Thomas.«

Er begann, langsam seinen Kaffee zu schlürfen.

»Ihr braucht ja deswegen nicht streiten«, meinte die Stuffnerin mahnen zu müssen.

»Nichts wird gestritten. Bloß die Unmöglichkeit seines Vorhabens werde ich ihm klarmachen, sofern es bei ihm ein Vorhaben wäre und nicht bloß wieder Leichtsinn«, antwortete der Stuffner und überlegte bereits, wie er seinem Alois ins Gewissen reden sollte.

»Was war denn eigentlich auf der Alm?«

»Ach ja, das ist auch so was! Da hockt einer droben, seit vierzehn Tagen schon, so ein Preiß, und macht der Margret schöne Augen! Zum Glück geht er morgen schon.«

»Man muß ja nicht gleich immer an was Arges denken«, versuchte die Mutter das abzutun. »Der Margret sind schon öfters schöne Augen gemacht worden.«

»Aber sie blinzelt zurück, das hat mich stutzig gemacht. Drum hab' ich ihr ein bissel ins Gewissen geredet.«

»Die Margret ist nicht so leicht zu übertölpeln, die gerät in der Hinsicht mir nach.«

Nun mußte der Stuffner trotz seiner Sorgen lachen. »Bei dir habe ich reden müssen wie ein Pfingstapostel, und geglaubt hast mir lang nicht!«

»Als ich aber dann angefangen hab', dir zu glauben, da ist es festgesessen, und niemand mehr hätte mich von dir abbringen können.«

»Der Kreizinger Ferdl hätte es schon probiert. Weißt noch, in Feilnbach, beim selbigen Kirchweihtanz, wie ich ihm eine geschmiert hab', daß er die Engel hat singen hören?«

»Als wenn es gestern erst gewesen wär', weiß ich es noch!«

Unwillkürlich kamen die beiden in eine rührselige Stimmung und kramten Erinnerungen an ihre Jugend aus. Bis die Stuffnerin dann doch aufstand. »Gehen wir ins Bett! Morgen früh ist die Nacht um.«

Der Stuffner aber ging nicht mit – er hatte kein Schlafbedürfnis – und setzte sich draußen auf die Hausbank. Dort wollte er auf den Alois warten, und sollte er grau werden dabei.

Ja, da saß er nun und dachte über die seltsam verschlungenen Pfade nach, die einen das Leben führte, ohne daß man etwas dazutat. Und er ging diese verschlungenen Pfade in dieser Nachtstunde ziemlich weit zurück, bis in seine früheste Jugend hinein. Und dabei fiel ihm ein, daß er dem Alois gar keine großen Vorwürfe machen konnte, denn auch er hatte einen ganz gewaltigen Schuß Leichtsinn in seinem Blut gehabt, und nicht alles war so ganz sonnenklar gewesen, was er damals in seinem Leichtsinn unternommen hatte.

Und wie es nicht anders sein konnte, kam ihm da auch wieder jene Begebenheit in den Sinn, an die er sich gar nicht gern erinnerte und aus der ja hernach noch so viel Ärger und Verdruß geworden war.

Dreiundzwanzig Jahre war er damals alt gewesen. Und der Moar Ludwig war dreißig gewesen, im Gegensatz zu ihm schüchtern, auch körperlich nicht ganz so gewachsen, daß er sich leichtgetan hätte bei den Mädeln. Aber sie waren halt doch immer beieinandergesteckt, der Ludwig und er. Und eines Tages hatte der Ludwig ihn in seiner Unbeholfenheit gebeten, er möge doch für ihn bei der Miesbacher Zeitung eine Heiratsanzeige aufgeben. Das hatte er dann auch getan. Auf dieses Inserat hin, in dem ein ehrbarer junger Mann mit gutem Gemüt und einem Hof von zweihundertsechzig Tagwerk eine ebenso »ehrbare« Frau zwecks Ehe suchte, waren etwa zehn Angebote gekommen. Darunter hatte ein Fräulein, das vorgab, zwanzig Jahre zu sein und viel Lust und Liebe zur Landwirtschaft zu haben, geschrieben. Sie heiße mit Vornamen Therese und sei derzeit Bedienung in der Gastwirtschaft »Zur Post« in Schliersee.

Eine Kellnerin kommt nicht in Frage, hatte der Moar Ludwig gesagt und war losgefahren, sich eine andere anzuschauen. Aber er hatte eben kein Glück, dieser Ludwig. Eine kam dann, die war schon fünfunddreißig, schaute sich den Hof an und den Ludwig und sagte nach einer halben Stunde bereits: »Mir reicht's! Da heroben sagen sich ja die Hasen und Fuchsen gute Nacht! Was hätt' ich denn da vom Leben noch, zumal du mir auch grad' nicht ausschaust, als wärst du ein richtiges Mannsbild.«

Der Ludwig wollte schon alle Hoffnung fahrenlassen und ledig bleiben. Da riet ihm sein Freund Thomas: »Ich tät' halt doch einmal auf Schliersee fahren und mir die Therese anschaun. Gehst einfach hin, kaufst dir ein Bier, und dabei kannst du dir die Therese anschauen. Wenn sie dir nicht gefällt, brauchst überhaupt nichts zu ihr zu sagen.«

Es war aber nichts mehr zu machen mit dem aufgescheuchten Ludwig. Der ließ sich nur einfallen: »Schau doch du sie an für mich! Und redest halt ein bissel mit ihr, wenn du meinst, daß sie brauchbar wär'. Sagst ihr halt, wie schön es bei uns ist und daß über hundert Tagwerk Wald dabei sind. Was man halt da sonst noch alles sagt. Das weißt du besser als ich. Als mein guter Freund und Nachbar könntest mir den Gefallen schon tun.«

Lust hatte er, der Thomas, nicht grad' gehabt, aber er wollte sich für den Ludwig opfern, und so fuhr er an einem Samstagnachmittag über den Gschwendnerberg und übers Taferlmoos nach Schliersee.

Schon als er die Gaststube betrat, stutzte er, denn dieses bildsaubere Mädel, das da so rank und schlank von Tisch zu Tisch eilte und das Essen austrug, konnte doch unmöglich die Therese sein.

Damals hatten sie einen Falben, einen rassigen Traber gehabt, so daß er um die Mittagszeit schon in Schliersee war. Als das Mädchen an seinen Tisch trat und nach seinen Wünschen fragte, war er so verwirrt, daß er nichts sagen, sondern sie nur anstarren konnte.

Schließlich, als er dann eine gefüllte Kalbsbrust gegessen und schon die dritte Halbe Bier hatte, fragte er doch vorsichtig, ob sie vielleicht die Therese Grandl sei, die auf ein gewisses Inserat geantwortet habe.

Ja, sie sei es, und sie fragte, ob er derjenige sei, dem sie auf das Inserat geantwortet habe. Und daß er dann zugab, jawohl, er sei der Moar vorm Wald, das war die große Lüge, aus der so viel Unheil erwachsen war. Im Anfang eine leichtsinnige Lüge vielleicht, aber dann wurde die Sache immer verworrener. Verworren auch dadurch, daß er dem Ludwig beim Heimkommen sagte: »Die ist nichts für dich. Mit der kämst nicht zurecht, die ist viel zu rechthaberisch. Eben eine Kellnerin.«

Dem Ludwig waren jetzt alle Felle weggeschwommen. Der junge Stuffner Thomas aber jagte seinen Falben noch etliche Male übers Taferlmoos nach Schliersee und ließ sich von der schönen Therese, die er beim dritten Besuch »Resi« und dann »Reserl« nannte, beim Torschließen um Mitternacht die Küsse geben, die einem anderen bestimmt gewesen wären.

Wer weiß, wie lange er sein leichtsinniges Spiel noch getrieben hätte, wenn der Winter nicht gekommen und seine Mutter sich nicht zum Sterben hingelegt hätte. Er konnte mit dem Falben nicht mehr über den Berg vor lauter Schnee, und zudem stellte sich die Notwendigkeit heraus, daß er auf schnellstem Wege eine Bäuerin auf den Hof bringen mußte. So heiratete er am zweiundzwanzigsten November, drei Tage vor Kathrein, die Mirl vom Zagerer in Ödhofen. Die Mirl, die er schon längere Zeit kannte, hatte zwar nichts gemein mit der sprühlebendigen Therese vom Postwirt in Schliersee, war dagegen von ungewöhnlicher Weichheit des Gemüts und mit einer starken Liebe zum Bauerntum ausgestattet. Und diese Ehe war vortrefflich, ja sogar vorbildlich geworden, weil die Mirl in ihrer klugen Art nie daran dachte, den Mann jemals zu fragen, was und wen er vorher etwa geliebt hatte.

Soweit wäre alles in Ordnung gewesen. Der Stuffner hatte vergessen, daß er als Brautwerber für seinen Nachbarn Ludwig ausgezogen und sich für ihn ausgegeben hatte, als der Ludwig Hellmayer, der Moar vorm Wald, eines Morgens nach Miesbach fuhr zum Viehmarkt und hernach beim Waitzingerbräu einkehrte. Dorthin aber hatte die Therese inzwischen ihre Stelle gewechselt. Sie nahm vom Ludwig zunächst nicht mehr Notiz als von jedem andern Gast auch, der ihr fremd war. Aber da sagte jemand am anderen Tisch vorn: »Da hinten hockt er, der Moar vorm Wald. Wenn der nicht bald heiratet, kann er sich eingraben lassen.«

Der Stuffner hatte später alles erfahren, wie das dann zugegangen war. Zunächst sei die Resi kreideweiß im Gesicht geworden, dann sei sie zu dem einsamen Gast hingegangen und habe ihn gefragt, ob er wirklich der Moar vorm Wald sei.

»So wahr ich dasitz'«, hatte Ludwig geantwortet, und weil die Kellnerin daraufhin ganz besonders freundlich geworden sei, habe er den Mut gefunden, sie zu fragen, ob sie ihm keine Hochzeiterin wisse.

Damals fuhr dann der Ludwig die Woche gleich dreimal nach Miesbach, und an einem ihrer freien Tage kam die Therese Grandl zum Moarhof vorm Wald, sah den Falben vom Stuffner auf der Jährlingsweide und fragte erschrocken, wem das schöne Pferd gehöre.

»Meinem Nachbarn, dem Stuffner«, hatte der Ludwig geantwortet. »Ist ein guter Freund von mir. Ist sogar einmal für mich auf Brautschau gegangen nach Schliersee.«

Die Therese sei daraufhin wie ausgewechselt gewesen, habe ein Gesicht bekommen voller Bitternis und Haß, daß er sich beinahe gefürchtet hätte. Das hatte Ludwig ihm selber erzählt. Dann habe sie sich gestreckt und ihn rundweg gefragt, wann er sie heiraten möchte.

Drei Wochen später war dann die Hochzeit, und wieder drei Wochen später hatte der Ludwig ihn nicht mehr angesprochen, so hatte seine junge Frau ihn bereits aufgehetzt. Was sie ihm alles gesagt hatte, das wußte der Stuffner bis heute nicht. Er hatte nur in all den Jahren ihren unversöhnlichen Haß zu spüren bekommen, konnte sich zwar denken, warum sie ihn so haßte, durfte es aber niemandem sagen.

Da saß er nun, der Stuffner vorm Wald, und wußte gar nicht mehr, auf was er eigentlich wartete, so sehr war er in seine Erinnerungen eingesponnen. Die Stunden waren vergangen, die Luft war kühler geworden, und die hohen Bohnenstangen standen wie dunkle Figuren im Pflanzgarten, jede mit langem Schatten, weil das Mondlicht alles so unwirklich machte. Auch die Gestalt, die jetzt langsam den Hang herunterkam und den Schritt auf der steinernen Gred etwas leiser aufsetzte, als solle sie nicht gehört werden.

Aber dann blieb der Alois doch stehen und sagte, nicht erschrocken, sondern nur leicht verwundert: »Ja, der Vater sitzt noch da! Wird's dir denn da nicht zu kalt?«

Im ersten Augenblick hatte der Stuffner einen Zorn, weil er so lange hatte warten müssen. Dann sagte er: »Das mußt schon mir überlassen, ob und wann ich friere. Solang ich mich so ärgern muß, friert mich auch gar nicht.«

Der Alois setzte sich neben den Vater auf die Bank, als hätte der ihn eingeladen. »Du wirst doch nicht wegen mir aufgeblieben sein?«

»Grad' wegen dir! Wo kommst denn du eigentlich her?«

»Aha«, sagte der Alois. »Ist es jetzt soweit? Das kann ich dir ruhig sagen, wo ich herkomme. Auf der Alm bin ich gewesen, bei der Moar Monika.«

»Und das getraust du dir so ruhig sagen?«

»Ja, warum? Sollte ich vielleicht schreien? Deswegen hört es sich auch nicht anders an.«

Der Stuffner war baff über so viel unverfrorene Ruhe. Dann flüchtete er sich in seinen beißenden

Spott. »Ist die Monika für dich jetzt auf einmal kein Dotschen mehr?«

Der Alois lachte vor sich hin.

»Da hab' ich mich getäuscht, Vater. Die Monika ist so ein lieber Kerl, daß ich sie grad' fressen könnt!«

»Ah da schau' her! Ja, dann friß sie nur, dann bleibt dir wenigstens aller Verdruß erspart.«

»Du wirst mir doch deswegen keinen Verdruß machen, Vater?«

Der Stuffner schaute seinen Sohn von der Seite her an und wußte nicht, sollte er lachen oder schimpfen. So unbekümmert saß der Alois da, das Hemd am Hals weit offen, die Lippen lustig gespitzt, den Hut weit aus der Stirn geschoben. Der Gamsbart darauf fächelte leicht im Wind.

»Hat der Markus mich verpetzt?« fragte der Alois plötzlich.

»Der Markus? Ja, hat denn der das gewußt?«

»Ich hab's ihm erzählt, weil ich doch nichts zu fürchten hab'.«

»Ja, du freilich, du brauchst dich nicht zu fürchten, meinst. Sag einmal, wie stellst du dir denn das eigentlich vor? Die Monika soll einmal den Hof kriegen, und da bist du der Meinung, die Moarin wäre mit dir einverstanden?«

»Dann soll sie es bleiben lassen! Aber zuerst sag' ich ihr die Meinung einmal so, wie sie ihr noch kein Mensch gesagt hat.«

»Und hernach?«

»Hernach? Das haben wir schon alles ausgemacht, die Monika und ich. Wenn sie 'nausgehaut wird daheim, dann gehen wir zum Torfstechen in die Schuhbräufilzen oder nach Kolbermoor in die Fabrik. Die stellen allweil junge Leut' ein, hab' ich gehört. In der Spinnerei, weißt.«

»Ja, da könnt ihr dann spinnen, alle zwei! So lang, bis ihr ausgesponnen habt. Und dann schlupft ihr in einem Torfstadel unter oder in einem Mansardenstüberl.«

»Raum ist in der kleinsten Hütte für ein glücklich liebendes Paar, hat der Goethe gesagt.«

»Wer hat das gesagt?«

»Es kann auch der Schiller gewesen sein. So genau kenn' ich mich da nicht aus. Die Monika weiß da besser Bescheid.«

»Ja, das kommt mir schon auch bald so vor«, sagte der Stuffner, der nichts Rechtes mehr anzufangen wußte mit der unbekümmerten Frechheit seines Alois. »Die scheinen überhaupt zu wissen, was sie wollen. Da verliebt sich die Christa in unsern Markus, und jetzt hat die andere dich eingewickelt!«

Jetzt war es am Alois, aufs höchste überrascht zu sein.

»Was? Der Markus und die Christa? Der scheinheilige Kerl! Davon hat er mir kein Wort gesagt!«

»Er wird es halt nicht für nötig gefunden haben.«

»Aber bei ihm, da ist es dir recht?«

Der Stuffner wurde jetzt ganz ruhig und sachlich. Der Bauer sprach aus ihm.

»Versteh mich nicht falsch, Alois. Ich hab' auch bei dir nichts dagegen und – schau, Alois, der Gedanke müßt' mir eigentlich schmeicheln, zwei Stuffner wären dann Bauern vorm Wald. Aber ich kenne die Moarin, und du müßtest ja auch wissen, daß sie den Teufel im Leib hat.«

Der Alois dachte eine lange Weile nach, dann versicherte er: »Ich hab' mit der Monika schon oft darüber geredet. Ganz aus Stein wird sie auch nicht sein, die Moarin. Jeder Mensch hat irgendwo eine weiche Stelle, und da muß man dann einhaken. Und wenn sie gar nicht mag, wenn ich sie wirklich nicht kleinkriegen kann, dann werd' ich ihr so viel an den Kopf werfen, daß sie ihr ganzes Leben lang daran zu tragen hat.«

»Respekt«, sagte der Stuffner und stand auf. »Wenn du deiner Sache so sicher bist, dann hat es keinen Sinn, daß wir die Nacht noch weiterhin vertrödeln. Legen wir uns also schlafen.«

Um diese Zeit krähte bereits der erste Hahn, und im Osten zeigte sich ein grauer Schimmer. Der Alois legte sich auch gar nicht mehr schlafen, zog sich nur um, um auf dem Anger Kühgras zu mähen.

Am Samstag dieser Woche, so mittags um halb ein Uhr, quälte sich ein Auto aus Rosenheim mühsam den Berg herauf und hielt mitten im Stuffnerhof. Ihm entstieg ein gutgekleideter Herr, wickelte sieben weiße, mit Asparagus garnierte Nelken aus dem Papier und ging auf die Haustür zu.

Der Alois, der gerade zum Pflügen ausfahren wollte, pfiff leise durch die Zähne. Den Mann kannte er doch! Der war doch bei der Margret auf der Alm gewesen! Er hockte sich auf die Hausbank und schaute zum Stubenfenster hinein, in der der Stuffner sich gerade die Weste einknöpfte und zum Schiebefenster in die Küche hinaus sagte: »Mutter, komm schnell einmal in die Stube, da, mein' ich, ist jetzt was los!«

Da klopfte es auch schon an der Tür. Der Stuffner rief »Herein!« und richtete sich straff auf.

Werner Hank, gekleidet in einen gutsitzenden hellen Anzug und Strohhut, trat ein, schloß die Tür hinter sich und nahm seinen Hut ab.

»Guten Tag, Herr Niederegger. Sie werden mich ja noch kennen?«

Die Stuffnerin wischte scheu zur Tür herein, und Werner Hank schaltete sofort.

»Wahrscheinlich die Frau Mutter. Ich habe mir erlaubt – ein paar Blumen –«

»Ja so was!« stammelte die Stuffnerin und nahm die Nelken in Empfang. Blumen hatte ihr im ganzen Leben noch niemand geschenkt, außer den Brautstrauß.

»Das ist der Herr, von dem ich dir erzählt hab', daß er unserer Margret so verliebte Augen hingedreht hat.«

Die Stuffnerin hätte beinahe ein Knickschen gemacht vor lauter Verlegenheit. Werner Hank aber lachte über die Bemerkung des Stuffners und sprach weiter:

»Ich habe ihr nicht nur verliebte Augen hingemacht, Herr Niederegger. Wir lieben uns wirklich, und ich bin nun heute gekommen, um Sie in aller Ehrbarkeit um die Hand Ihrer Tochter Margret zu bitten.«

»In aller Ehrbarkeit? Soso, in aller Ehrbarkeit.«

»Esel!« brummelte der Alois draußen vor sich hin. »Mit der Hand allein kannst doch nichts anfangen!« Aber irgendwie imponierte ihm das, und er malte sich zugleich aus, welchen Eindruck es machen würde, wenn er zur Moarin auch mit weißen Nelken käme. Drinnen aber ging das Gespräch weiter:

»So einfach ist das grad' nicht, wie Sie glauben. Die Margret ist auf einem Bauernhof aufgewachsen, und man soll nichts 'rausreißen aus dem angestammten Boden.«

»Aber er hat doch in aller Ehrbarkeit –«, zwitscherte die Stuffnerin drein, roch an den Nelken und suchte dann nach einer Vase.

»Das sind eben die Sprüch', die seinesgleichen gelernt hat und die euch Weibern schmeicheln«, sagte der Stuffner. »Aber gar so einfach ist das nicht, Herr –«

»Hank. Sie können mich aber ruhig Werner nennen. Ich verstehe durchaus, daß Sie skeptisch sind, Herr Niederegger. Sie wissen nichts von mir, und ich bin hauptsächlich deswegen gekommen, um Ihnen über alles reinen Wein einzuschenken.«

»Haben Sie schon gegessen?« fragte die Stuffnerin.

»Eigentlich nicht.«

»Wärm halt das Kraut noch mal auf und die Knödel vom Mittag«, sagte der Stuffner und lud damit zugleich zum Niedersetzen und Dableiben ein.

Draußen tuckerte der Bulldog mit dem Pflug vorüber, und der Alois pfiff den Tölzer Schützenmarsch dabei. Natürlich legte die Stuffnerin auch ein schön durchwachsenes Stück Selchfleisch in das Kraut mit ein, und während Werner Hank mit großem Appetit aß, erfuhren die beiden Stuffnerleute, daß er Oberingenieur bei einer großen Firma ist, in Harlaching eine Villa besitzt und noch zwei weitere Grundstücke in der Nähe von Grafing, weil sein Vater Immobilienhändler gewesen war und auch einiges Vermögen hinterlassen hat. Die Stuffners erfuhren weiter fast auf den Pfennig genau, wieviel Werner Hank monatlich verdient, und das war für bäuerliche Begriffe schon ein ganz schöner Batzen. Schließlich konnte der Stuffner nur noch sagen:

»Ja, wenn das so ist! Was meint denn die Margret überhaupt?«

»Die Margret wäre sehr, sehr unglücklich, wenn ihr nein sagtet. Sie weiß, daß ich heute zu euch komme, und wartet wahrscheinlich voller Ungeduld auf das Ergebnis.«

»Dann muß sie warten bis morgen. Heute bleiben Sie bei uns. Hätte nicht geglaubt, daß sie sich so leicht von alldem trennen könnte, mit dem sie aufgewachsen ist.«

»Sie geht ja nicht außer Land! Wenn Sie uns weiter unten, da am Hang ein Stückchen Grund geben würden, ich würde dann ein kleineres Wochenendhaus hinbauen, dann könnte die Margret im Sommer oft hier sein.«

Der Stuffner kam aus dem Staunen gar nicht heraus. Da war schon alles festgelegt und vorgeplant, und nachdem man die Zukunft bereits genau skizziert hatte, kam man zum Vater und bat in »aller Ehrbarkeit« um die Hand der Tochter! Aber der Stuffner hätte kein echter Bauer sein müssen, wenn er nicht schnell gerechnet hätte.

Ein bäuerlicher Werber hätte über die übliche Mitgift hinaus auch noch eine Kuh beansprucht und nicht die schlechteste. Der Herr da brauchte keine Kuh, der wollte ein kleines Hanggrundstück, das kam billiger, weil das Dezimal Grund bloß hundert Mark wert war, und mehr als dreißig Dezimal brauchte man für so ein Hanghäusel nicht.

»Soso, ein Grundstück wollt ihr? Und das Haus drauf, sollt' das auch ich bauen dürfen?«

Werner Hank schüttelte den Kopf.

»Wenn Sie Einsicht in meine Vermögensverhältnisse nehmen wollen? Ich habe die Bankauszüge mitgebracht.«

»Nein, so neugierig bin ich auch wieder nicht. Ein bissel ein Gerstl wirst ja haben?«

Als Werner Hank hörte, daß er geduzt wurde, fiel ihm ein Stein vom Herzen, er buchte dies als Vertrauensbeweis und wollte auch seinerseits ganz offen sein.

»Von meinem Vater sind noch achtzigtausend Mark vorhanden, meine Schwester ist bereits ausbezahlt, und dann sind da noch die Pfandbriefe.«

»So gut bist beieinander?« Der Stuffner schmunzelte. »Dann braucht ja die Margret gar nichts mehr mitbringen?«

»Nein.«

»Wie meinst?«

»Ich habe nein gesagt. Ich liebe sie und weiß, was sie wert ist, auch ohne Mitgift. Ich bin kein Mitgiftjäger.«

»Da haben wir ja noch mal Glück gehabt! Also paß einmal auf. Heut' und morgen muß noch nicht geheiratet sein, oder?«

»Recht lange wollten wir eigentlich nicht mehr warten.«

»Nun, das Vieh wird sie doch schon noch heimbringen dürfen von der Alm?«

»Die Margret hat gemeint, daß das in ungefähr vier Wochen sein könnte.«

»Vorausgesetzt, daß es nicht früher schneit. Du kannst heut abend mit mir auf Lippertskirchen 'nuntergehen zum Bier. Kannst watten?«

»Watten? Keine Ahnung!«

»Das lernst schon.«

»Willst denn du den Herrn wirklich zum Bier mitnehmen?« mischte sich die Stuffnerin drein. »Dazu wird er nicht recht viel Lust haben?«

»Man muß auch einmal was tun können, wozu man keine Lust hat«, antwortete der Stuffner, dem es hauptsächlich darum ging, daß Werner Hank heute nicht mehr auf die Alm kam. Womöglich dann übernachten droben!

Damit die Zeit bis zum Abend nicht gar so lang war, schlug der Stuffner vor, der Gast möge mit ihm ein bißchen auf die Wiesen hinausgehen.

»Von der Landwirtschaft wirst du ja nichts verstehen«, meinte er, »aber es schadet nicht, wenn du mit unserer Margret wirklich zusammenkämst, wenn du dann weißt, was deinem zukünftigen Schwiegervater gehört.«

Hier mußte der Stuffner seine Meinung zum erstenmal zurückstecken, denn dieser Werner Hank verstand von der Landwirtschaft so viel, daß dem Stuffner die Augen aufgingen.

Zunächst, als sie über die beiden Höfe ein Stück hinaufgegangen waren bis zur Hohnerwiese am Waldrand, gab Hank unumwunden zu, der Stuffner habe völlig recht, wenn er behaupte, daß man von nirgendwo einen so herrlichen Blick in die Ebene hinaus habe wie von der Stuffnerhöhe. Dann gingen sie ein Stück über den Wald hinauf, kamen zum Bach, der sogleich Hanks Interesse wachrief.

»Ist er immer so zahm?« fragte er.

»Hast du eine Ahnung! Solange ich denken kann, hat er uns schon ein dutzendmal die Wiesen vermurt. Und mein Vater hat auch erzählt, was ihm der Bach schon Schaden zugefügt hat, wenn Hochwasser kam.«

»Und wäre doch so leicht, ihn nützlich zu machen. Ihr habt noch nicht einmal Strom, und hier läuft er nutzlos weg.«

Das wäre dem Staat seine Sache.«

»Nicht unbedingt, das liegt auch an den Besitzverhältnissen. Der kleine Kerl wäre doch leicht zu stauen und dienstbar zu machen.«

»Das interessiert mich jetzt«, sagte der Stuffner, »wie denn?«

Hank maß mit schmalen Augen die Landschaft ringsum, sah die tiefe Mulde mit dem niederen braunen Gras und den Herbstzeitlosen darin.

»Eine fünf Meter starke Sperrmauer müßte genügen«, rechnete er. »Ein kleines Werkhaus und ein Dynamo, ein paar Schalthebel, und der ganze Stuffnerhof wär' bis in den letzten Winkel hinein beleuchtet. Und wenn es sein müßte, würde der Strom sogar ein kleines Sägewerk antreiben. Ihr könntet sogar noch Strom abgeben an die Nachbarhöfe –«

»Haben ja ringsum schon alle Strom. Wir und beim Moar sind die letzten. Und für den Moarhof tät' es wahrscheinlich auch nicht mehr reichen.«

»Ganz leicht, und ich würde dies sogar gleich miteinrechnen. Strom abgeben, auf diese Weise könnte das Werkl zugleich amortisiert werden.«

»Wenn wir nicht zerkriegt wären mit der Moarin«, sinnierte der Stuffner. Aber der Gedanke ließ ihn nicht mehr los, und einmal puffte er den neben ihm gehenden Hank freundschaftlich gegen die Schulter. »Du bist eigentlich ein ganz vifer Bursch! Wie teuer könnte denn das kommen?«

»So aus dem Handgelenk heraus kann ich es nicht sagen. Aber ich denke dabei an gute Verbindungen, die ich habe. Ich wüßte zum Beispiel gleich einen gebrauchten Dynamo, fast neu, zum halben Preis. Wenn es Sie interessiert, werde ich die Gesamtkosten einmal ausrechnen.«

»Mich interessiert es. Vor allem möchte ich wissen, um wieviel teurer es käme, wenn ich von den Überlandwerken den Strom bezöge.«

»Man müßte das einmal genau berechnen.«

Sie wanderten langsam weiter, über abgemähte Wiesen hinunter bis zu den Äckern. Hank warf von Zeit zu Zeit die Frage ein, ob dies oder jenes auch noch zum Stuffnerhof gehöre. Und der Stuffner ließ sich gern fragen, die Freude über den Besitz, der ganze Bauernstolz lag in seinen Antworten.

»Und doch«, nahm Hank wieder das Wort, »ich habe das Gefühl, daß hier die Landwirtschaft noch hintennachläuft. Holland zum Beispiel hat eine hochentwickelte Landwirtschaft. Ich war vor zwei Jahren beim Bau eines Kraftwerks dort. Da habe ich vieles gesehen, Maschinen und wieder Maschinen.«

»Das ist Flachland. Aber was willst du hier am Berg mit Maschinen?«

»Aber es geht doch um die Frage, wie die Technik dem Bauern helfen kann. Hier liegt ein Problem, Stuffner, und es taucht unweigerlich die Frage auf, wie ein Betrieb, der mit Methoden arbeitet, die man vor fünfhundert Jahren schon hatte, noch rentabel ist in der Zeit der Maschinen, die jede Arbeit erleichtern und beschleunigen. Die Zeit bleibt ja nicht stehen, und heute kommt es darauf an, daß der Bauer auch in einer Welt bestehen kann, die bis ins letzte technisiert ist.«

»Und da hab' ich gemeint, du hättest von der Landwirtschaft keine Ahnung!«

Von den kleinen Dingen nicht, ich sehe immer nur das Große, das Neue auf allen Wegen, das das Alte ablösen will.«

»Das hört sich ganz gut an, aber bis es soweit ist, wird noch viel Wasser den Jenbach hinunterlaufen.«

Dann kamen sie zu dem Acker, auf dem der Markus und der Alois pflügten. Sie warteten am oberen Rain, bis sie herankamen, dann sagte der Stuffner: »Geht einmal her, Buben. Das ist der –« Er stockte.

»Werner.«

»Ein bissel ein fremder Name in unserm Gäu. Aber er möchte eure Schwester haben.«

Markus war doch etwas überrascht, aber der Alois grinste über das ganze Gesicht und streckte seine Hand hin.

»Dich, mein' ich, hab' ich schon gesehn, auf der Alm droben. Grüß dich! Ich bin der Alois, und der da, das ist der Markus.«

»Die Margret hat mir schon erzählt von euch.«

»Hoffentlich was Gutes?« wollte der Alois wissen.

»Macht den Acker noch fertig, und dann ist Feierabend. Samstag ist auch, da kann man ruhig einmal früher aufhören«, schaffte der Stuffner noch an.

Langsam stiegen sie wieder bergan, am Kartoffelacker vorbei, dessen Kraut schon gelblich wurde, dann durch den großen Apfelgarten. Ein paar Leitern waren angelehnt, Knechte und Mägde pflückten die reifen Äpfel und Birnen in Körbe, und der Stuffner sagte, daß es schon lange kein so gutes Obstjahr mehr gegeben habe.

Dann waren sie wieder im Hof, der Stuffner rief im Flur schon nach der Mirl und versicherte ihr, daß sie einen Mordshunger mitgebracht hätten und eine ausgiebige Brotzeit erwarteten.

Ins Dorf kamen sie an diesem Abend dann doch nicht mehr hinunter. Sie blieben daheim und lehrten das zukünftige Familienmitglied das Tarocken. Später dann erzählte Werner Hank von seinen Reisen – er war bis nach Spanien und in die Türkei gekommen –, berichtete von seinen Erlebnissen dort, von den Menschen und deren Gepflogenheiten, so daß alle nur staunend um ihn herumhockten, denn von dieser großen Welt war zur Stuffnerhöhe immer nur wenig durchgedrungen.

Darüber wurde es dann Mitternacht.

Die Moarin vorm Wald tat einen entsetzten Schrei, um dann lautlos auf den Steinboden der Küche hinzuschlagen.

Hernach wußte sie selber nicht, was da ausgesetzt hatte. Das Herz war es nicht, viel später erfuhr sie erst, daß dies eine plötzliche Blutleere im Gehirn gewesen sein müsse, ausgelöst wahrscheinlich durch einen großmächtigen Schreck.

Vielleicht waren es überhaupt nur ein paar Sekunden, daß sie wie leblos dagelegen hatte. Dem Brotfahrer Max aber kam dies wie eine halbe Ewigkeit vor, und er machte sich heftige Vorwürfe, daß er überhaupt geplaudert hatte, wo er besser geschwiegen hätte. Eigentlich hatte er nur die Frage gestellt, ob es denn mit dem Schober Jakob von Tretting nichts geworden sei, weil er die Christa und den Stuffner Markus am Sonntagnachmittag im Lärchenwald auf einer Bank habe sitzen sehen, wie nur Liebesleute zu sitzen pflegen, eng aneinandergeschmiegt eben, Wange an Wange und Händchen haltend.

Da war es dann geschehen, dieses plötzliche Weißwerden im Gesicht, der gräßliche Schrei und das Niederstürzen. Das war am Mittwoch vormittag um halb zehn.

Als sie sich wieder aufgerichtet hatte, starrte sie den Brotfahrer zunächst wie einen Geist an und forderte von ihm die Wiederholung dessen, was er gesagt hatte.

»Hätt' ich bloß nichts gesagt! Aber ich hab' mir gedacht –«, jammerte der.

»Laß dein Gewinsel, und sag es noch einmal!«

Sie griff sich mit der Hand an die Stirn, an der eine schnell wachsende Beule zu spüren war.

»No ja, ich bin da durch den Lärchenwald gegangen – manchmal findet man um diese Zeit noch ein paar Schwammerl –, auf einmal seh' ich die beiden auf der Bank sitzen.«

»Haben sie dich gesehen?«

»Freilich, ich bin ja an ihnen vorbeigegangen, und der Markus hat mich sogar noch gefragt, ob ich was gefunden hätte.«

»Ein Irrtum ist also ausgeschlossen?«

»Vollkommen ausgeschlossen! Aber mir wär' es lieber –«

»Ja, ist schon recht«, unterbrach ihn die Moarin und griff in ihren Kittelsack. »Was kriegst für die Semmeln?«

An diesem Morgen vergaß sie, ihm den üblichen Schnaps einzuschenken, und ging langsam, ganz steif in den Gliedern, in die kleine Stube hinüber, mit der Absicht, sie zumindest an diesem Tag nicht mehr zu verlassen. Zu fürchterlich war der Schlag. Angst und Grauen wollten sie ankriechen bei dem Gedanken, daß so etwas überhaupt möglich sein konnte. Weit vornübergebeugt saß sie auf dem alten Kanapee, hatte die Hände zwischen den Knien hängen und starrte unverwandt auf die blankgescheuerten Dielen.

Was sie nun zu tun hatte, das mußte Hand und Fuß haben. Sie wollte nicht mit Vorwürfen beginnen, sie wollte nicht schreien, weil man im Recht nicht schrie, sondern nur im Unrecht. Sie wollte nur richten, zu Gericht sitzen über ihr eigen Fleisch und Blut. Das aber wollte sie hart und unerbittlich.

Am wirkungsvollsten war so eine Gerichtssitzung vielleicht in der späten Abendstunde, bei flackerndem Kerzenlicht. Aber wer sollte denn diese fürchterliche Qual über all die Stunden des Tages aushalten? Den ganzen Tag so tun, als wüßte man nichts? Nein, das konnte sie nicht. Therese Hellmayer wußte, wie schwer es war, sich zu verstellen. Sie hatte das jahrelang getan, hatte sich verstellt gegen einen braven, gutherzigen Mann. Nur der Dank an ihn, daß er sie hierherauf geholt hatte als seine Bäuerin, der war echt. Aber ihre Liebe war gespielt gewesen, so gespielt, wie der Haß gegen den Stuffner echt war.

Plötzlich sprang sie auf und riß das Fenster auf.

»Chri – sti – ne!«

Wann hatte sie jemals Christine gesagt? Jetzt schrie sie den Namen, langgezogen – hell und scharf, daß es wie ein Notschrei durch den Obstgarten hallte, in dessen Tiefe Christine Äpfel pflückte.

Christine hörte den scharfen Ruf und wußte ihn sofort zu deuten. Sie hatte den Brotfahrer Max mit eingeducktem Kopf wegfahren sehen und konnte sich alles zusammenreimen.

Sie stieg von der Leiter, leerte die Äpfel aus ihrem Schurz in den Korb, streckte sich und warf noch einen langen Blick hinunter auf den Acker, wo die Stuffners Kartoffeln klaubten.

»Jetzt bräucht' ich dich notwendig«, sagte sie für sich hin und ging dann rasch den Hang hinauf, bückte sich einmal nach einer gelben Birne und biß herzhaft hinein.

Dann sah sie die Mutter hinter dem Fenster stehen und erschrak über die steinerne Blässe ihres Gesichts und über den starren Blick.

»Komm nur 'rein«, sagte das Steinbild hinter den leise wehenden Vorhängen und zog sich zurück.

Schnell und aufgeregt klopfte Christines Herz bis zum Hals hinauf. Aber dann wuchs ihr eine wunderbare Ruhe zu – oder war es die Erlösung vom Warten auf diese Stunde, die ja einmal hatte kommen müssen? Die Stunde und die Auseinandersetzung, von der sie nicht wußte, wie sie ausgehen würde, vor der sie sich aber nicht mehr fürchtete.

Bei ihrem Eintritt stand die Mutter gegen den Kamin gelehnt, sah ihr durchdringend ins Gesicht. Endlich kam die Frage:

»Wo warst du gestern nachmittag?«

Christine ging noch ein paar Schritte vor, brachte den Tisch zwischen sich und die Mutter und sagte, ein bißchen spröd noch und ohne Festigkeit:

»Ich seh' dir an, daß du alles weißt, und darum will ich auch gar nichts leugnen.« Die Stimme gewann jetzt an Festigkeit. »Jawohl, ich war am Sonntagnachmittag – und nicht nur an dem Tag allein – mit dem Stuffner Markus zusammen. Ich weiß, daß das in deinen Augen ein Verbrechen ist, aber ich kann es trotzdem nicht ändern.«

Die Starrheit im Blick der Mutter löste sich, Falten furchten ihre Stirn, und ihre Stimme kam wie durch einen Schalltrichter.

»Du weißt, was ich euch immer prophezeit habe, wenn ihr mit denen da drunten bloß ein Wort redet!«

»Ja«, antwortete Christine. »Du hast versprochen, uns das Kreuz abzuschlagen. Schlag zu, ich werde mich wahrscheinlich wehren.«

»So weit hat er dich schon verhetzt, daß du gegen deine eigene Mutter zurückschlagen würdest!«

»Ich habe gesagt: wahrscheinlich. Du irrst dich aber, wenn du meinst, daß der Markus oder der Stuffner selber mich aufgehetzt hätten.«

»Soso, mit dem Alten hast du also auch schon gesprochen? Das wird immer schöner und immer tröstlicher für mich! Ich schlage dich nicht, aber ich habe dir auch noch anderswie gedroht, und das werde ich halten.«

Christine zuckte nur die Schultern, als wollte sie sagen: Mach doch, was du willst.

Die Mutter stemmte sich jetzt vom Kamin ab, ging ein paarmal im Raum auf und ab, und jedesmal, wenn sie sich drehte, schlug der weite Rock eine Glocke und wehte der Wind.

»Du hast also, um es richtig zu nennen, mit dem da unten eine Liebschaft angebandelt. Seit wann denn schon?«

»Das kann ich dir genau sagen. Es war an dem Sonntag, als du beim Aiblinger Markt warst.«

Ein leichtes Erschrecken zuckte über das Gesicht der Bäuerin.

»So lang schon? Und du bildest dir jetzt wahrscheinlich noch ein, es sei richtig, hinter dem Rükken deiner Mutter mit ihren Feinden –«

»Mit deinen Feinden. Mir haben die Stuffners in meinem ganzen Leben noch nichts getan. Und was sie dir angetan haben sollen, das kann ich mir auch nicht erklären. Soweit ich mich erinnern kann, hast doch bloß du immer nach einem Grund gesucht. Solang der Vater noch gelebt hat, ist es noch einigermaßen gegangen, weil er dich zurückgehalten hat.«

Irgendwie ahnte die Moarin, daß die Tochter begonnen hatte, über sie hinauszuwachsen, deshalb versuchte sie es noch mal, ihren Willen in die Waagschale zu werfen.

»Wie redest du denn mit deiner Mutter?«

Christine war jetzt nicht mehr aufzuhalten, sie spürte die Unsicherheit der Mutter und ließ es ungehemmt aus sich herausbrechen, alles, was in den langen Jahren nicht hatte gesagt werden dürfen.

»Ich rede so, wie ich schon lange hätte reden müssen. Aber wir hatten ja immer Angst vor dir. Und weil du nun in den wenigen Minuten schon dreimal die Mutter herausgekehrt hast, möcht' ich dich fragen, wann bist du mir denn wirklich Mutter gewesen? Wirklich liebende Mutter, zu der man hätte kommen können, wenn man was auf dem Herzen hatte? Immer hat hier nur dein Wille gegolten. Niemals hab' ich mich an dich schmeichlerisch anlehnen dürfen, immer hast du mich gleich weggeschoben und hast nie Zeit gehabt. Als Kind hat das oft recht weh getan, später ist es leichter geworden, da hab' ich mir dann nimmer soviel draus gemacht aus deiner Kälte. Oft war es dann so, daß ich mir denkt hab', ich könnte überhaupt nie für einen Menschen etwas empfinden, bis dann dieser Sonntag gekommen ist.«

Immer finsterer war das Gesicht der Frau geworden, die scheinbar als Mutter in ihrem Leben versagt hatte. Ihre Stimme klang nicht mehr, sie fragte nur noch:

»Bist jetzt fertig? Dann laß mich auch einmal reden. Ich hab' immer gemeint, die Monika wär' ein bissel aufsässig. Dabei bist du noch viel schlimmer! Du bandelst hinter meinem Rücken mit den Stuffnern an. Daß du dich nicht schämst!«

»Nein, ich schäme mich nicht!«

»Der Monika tät' so was nicht im Traum einfallen«

»Das weiß ich nicht. Ich habe mich auch nicht um die Monika zu kümmern, sondern um mich, und ich hab' mich entschieden.«

»Gegen mich?«

»Wenn es sein muß, ja. Ich hab' aber die Hoffnung noch nicht ganz verloren, daß nicht doch ein kleiner Funken von Verständnis in dir ist.«

»Das, was du mir antust, geht über meinen Verstand. Ich hab' es gut mit dir gemeint und hab' eingesehen, daß ich dir einen Mann wie den Schober Jakob nicht aufzwingen darf. Und zum Dank dafür machst du es so!«

Christine wollte es nun aufgeben. Es hatte doch alles keinen Sinn. Da sagte die Moarin noch:

»Weißt du denn, ob er es überhaupt ernst meint?«

»Ja, das weiß ich, Mutter.«

»Und du bildest dir ein, der Alte wäre einverstanden?«

»Das hat er mir sogar gesagt.«

»Dann hat er es nur gesagt, um mich zu ärgern! Auf alle Fälle mußt du wissen – und merke dir das jetzt ganz genau –, wenn du mit der Sache nicht Schluß machst, und zwar heute noch, ist kein Platz mehr für dich in meinem Haus.«

»Das soll also heißen, daß ich gehen soll?«

»Ich weiß nicht, wie ich es noch deutlicher ausdrücken könnte.«

Christine senkte den Kopf. Dieser Augenblick war doch schwerer, als sie es erwartet hatte. Es war ja ihr Elternhaus, aus dem sie hinausgeworfen wurde. Wie schön wäre es, wenn alles in Güte hätte abgemacht werden können, wenn die Mutter bloß einsehen hätte mögen, daß nicht blanker Starrsinn dabei war und daß es keine »Sache« war, mit der man ganz einfach Schluß machen konnte, sondern die Liebe zu einem Menschen, der es von der ersten Stunde an gut mit ihr gemeint hatte. Noch nie war sie sich ihrer Liebe zu Markus so bewußt geworden wie in dieser bitteren Stunde.

Sie mußte gehen, das stand fest. So gut kannte sie ihre Mutter. Und sie wollte auch gehen, denn ein Weiterbleiben wäre nur zu einem Martyrium geworden. Und sie mußte mit leeren Händen gehen, denn ein Erbe hatte sie wahrscheinlich erst einmal zu erwarten, wenn die Mutter nicht mehr war.

Seufzend strich sie sich über die Stirn.

»Ich werde dann heut' abend nicht mehr hier sein«, sagte sie mit Festigkeit in der Stimme und bekam mit aller Härte geantwortet:

»Ich weiß nicht, warum du zum Mittagessen noch hier sein sollst.«

»Du hast recht, keinen Bissen mehr in diesem Haus!« schrie Christine, rannte hinaus, in ihre Kammer hinauf und packte ihre Sachen in einen Koffer und einen Rucksack.

Sie hörte um zwölf die Glocken unten im Tal zu Mittag läuten, und sah dann, wie sich die Leute, die zum Haus gehörten, zum Mittagessen hinsetzten. Aber niemand rief nach ihr. Sie hatte auch gar keinen Hunger, sonst hätte sie nur zum Fenster hinauslangen brauchen, wo am Spalier saftige Birnen hingen.

Als sie ihre Sachen zusammengepackt hatte, zum Schluß noch ein kleines Bild ihres Vaters und das Gebetbuch, schrieb sie ihrer Schwester einen Brief:

»Liebe Monika! Muß Dir mitteilen, daß die Mutter mich aus dem Haus gewiesen hat, weil ich den Stuffner Markus liebe. Das wird zwar Dich auch überraschen, denn Du wirst Dir denken, wie kann man bloß einen Stuffner mögen. Brauchst nicht bei der Mutter über mich schimpfen, denn Du weißt ja nicht, was über Dich noch kommt. Bei der Liebe kann man gar nichts sagen, die fliegt einen an, ist einfach da und läßt einen nimmer los. Aber sie ist sehr schön, das kannst Du mir glauben, liebe Monika. Und es grüßt Dich Deine Schwester Christa.«

Auf den Umschlag schrieb sie: Fräulein Monika Hellmayer, Sennerin auf der Grundlalm.

Dann schob sie den Brief in den Ausschnitt ihres Spenzers, sah sich in der Kammer noch um, als wollte sie von jedem einzelnen Gegenstand Abschied nehmen, und trat auf den Flur hinaus.

Alles war still. Die Stiege knarrte. Dann war sie unten. Die Küchentür stand weit offen, aber es war niemand drinnen. Sie ging nicht über den Hof, sondern die Gred entlang und dann gleich den kleinen Steig hinunter, der seit vielen Jahren, seit Ausbruch der Feindschaft, nicht mehr benützt worden war.

Aber diesen Steig konnte die Moarin genau übersehen von ihrem Platz am Fenster im Stübchen. Mit brennenden Augen stand sie dort, lehnte die Stirn gegen die Scheiben und schloß die Augen, um nicht mehr sehen zu müssen, wie die Christa mit ihrem Gepäck über die Schwelle des Stuffnerhofes trat.

Alles, was in den vergangenen Jahren gewesen war, war unbedeutend gegen diese erste wirklich schwere Niederlage, die an den Grundfesten ihres Wesens rüttelte.

Christine stellte im Flur des Stuffnerhofes ihr Gepäck nieder, als die Stuffnerin auch schon aus der Küche kam und voller Erbarmen sagte:

»Ist es jetzt soweit?«

Die Christine stand ganz ergeben da, ließ die Arme hängen und den Kopf. Plötzlich ging ein hartes Rütteln über ihre Schultern – jetzt erst konnte sie weinen.

Voller Mitgefühl schlang die Stuffnerin den Arm um das Mädchen.

»Komm, sei staad, Christa! Ganz recht hast getan, daß du zu uns 'kommen bist.«

Die Christa wischte sich die Augen aus und sah die Stuffnerin an.

»Wohin hätte ich denn gehen sollen? Und der Stuffner hat mir einmal gesagt, wenn sie mich vom

Hof schafft, hat er gesagt, dann darf ich zu euch kommen.«

»Ja, ist schon recht. Komm nur rein zu mir in die Küch'. Der Vater muß sowieso gleich kommen mit einem Fuder Kartoffeln.«

Es dauerte auch gar nicht lange, da kam der Stuffner, hörte sich die Geschichte an und schüttelte den Kopf.

»Wie kann man denn bloß so hartherzig sein!« Dann band er seinen blauen Schurz ab. »Richte mir mein Feiertagsgewand her.« Und zu Christine: »Ich bring' dich zu meiner Schwester. Die hat in der Glonner Gegend einen Hof und kann dich notwendig brauchen, weil sie wieder ein Kind erwartet. Das siebte ist es. Und dann werden wir schon weitersehen. Grund zum Traurigsein hast jedenfalls nicht. Es wird alles recht. Vorerst aber ist es so besser.«

»Ich tu' alles, was ihr von mir verlangt. Bloß den Markus kann ich nicht aufgeben.«

»Das verlangt niemand. Hast schon was gegessen?«

Christine schüttelte den Kopf.

»Schlag ihr ein paar Eier ein, Mutter. Es ist doch eine lange Fahrt.«

Eine halbe Stunde später waren sie fahrbereit. Da fiel es der Christine noch ein:

»Da hätt' ich noch einen Brief für meine Schwester. Kommt von euch niemand auf die Alm?«

»Tu nur her«, sagte die Stuffnerin. »Der Anderl fährt morgen früh 'nauf.«

Weit dehnte sich das Land in seiner herbstlichen Pracht. Hier waren die Felder viel größer, kilometerweit dehnten sie sich hin. Auf einigen sproß schon die neue Saat, ganz zart, mit rostbraunen Spitzen. Und überall sah man Menschen bei der Kartoffelernte, da und dort brannte das dürre Kartoffelkraut, und der Rauch zog blaugrau in die Höhe. Um diese Kartoffelfeuer saßen Kinder und brieten sich Kartoffeln, so wie es alle Bauernkinder immer getan haben.

Die beiden sprachen nicht viel. Christine hatte zuviel zu schauen, denn über Aibling hinaus war sie bisher nicht gekommen. Aber wenn sie so von der Seite her in das Gesicht des Stuffners sah, verlor sie all ihr Bangen und fühlte sich geborgen. Er wird es schon recht machen, dachte sie immer. Sein Gesicht strahlte soviel Vertrauen aus, manchmal lächelte er sie an und nickte ihr zu.

Zwischen Höhenrain und Laus lag abseits und einsam der Gellerthof, auf den seine Schwester vor etwa achtzehn Jahren geheiratet hatte. Ein großer Hof, mit ausgedehnten Gebäuden und einer Geflügelfarm mit achthundert Hühnern.

Auch dort waren der Bauer und seine Leute auf dem Kartoffelacker. Ganz fern sah man auch die Rauchwolke eines Kartoffelfeuers. Niemand rührte sich, als der Stuffner in den Hof fuhr, und der Christine wurde jetzt ein bißchen ängstlich. Er faßte ihre Hand.

»Komm nur, Christa, hier wird es dir schon gefallen!«

Jetzt erst kam eine Frau gebückt aus dem Haus. Sie war klein und zierlich, aber Christine sah sogleich, sie hatte das schmale Gesicht mit der Stuffnernase.

»Grüß dich, Schwester Mathild!« rief der Stuffner. Jetzt erst schien sie ihn zu erkennen und kam, ihres gesegneten Umstandes wegen, langsam heran, lachte und streckte dem Bruder, der sie um einen ganzen Kopf überragte, die Hand hin.

»Wo kommst denn du her, Thomas? Wie mich das freut!«

»Geradewegs von daheim! Und da schau her, da bring' ich dir eine Hilfe fürs Haus. Dem Markus die Seine ist's. Ich glaub', daß es dir recht ist.«

»Und wie! Ich tu mich sowieso schon so hart in allem. Und der Lorenz braucht alle Leut' am Feld draußen. Grüß dich Gott, Madel! Kommt doch rein!«

Der Stuffner nahm den schweren Koffer der Christine auf und den Rucksack.

»Wie lang hast denn noch?« fragte er, während sie zu dritt hineingingen.

»Vierzehn Tag' noch.«

»Hoffentlich wird's wenigstens diesmal ein Bub.«

»Nach sechs Madeln wär's mir schon ganz recht. Wegen dem Lorenz schon.«

Sie betraten die große helle Stube. Und als sie Platz genommen hatten, sagte der Stuffner.

»Die Christa wird dir schon erzählen, warum sie

von daheim hat fort müssen. Sie ist nämlich vom Moar, weißt.«

»Ach, vom Moar bist! No ja, dann kann ich mir's leicht zusammenreimen! Ich zeig' dir hernach deine Kammer. Es wird dir schon gefallen bei uns.«

»Und Zeitlang brauchst auch nicht haben, Christa, denn wie ich den Markus kenn', ist der bestimmt am nächsten Sonntag schon da.«

»Wenn ich arbeite, dann vergess' ich das Heimweh schon«, meinte die Christa. Sie schaute zum Fenster hinaus und atmete froh. »Man kann ja von hier aus den Wendelstein sehen und den Breitenstein. So weit bin ich also gar nicht weg.«

Als der Gellert mit seinen Leuten vom Kartoffelacker zurückkam, begrüßten sich die beiden Schwäger lärmend, das heißt, das Lärmende ging mehr vom Gellert aus. Er war ein großer, bärenstarker Mann und hörte schlecht, darum war auch der Stuffner gezwungen, zu schreien, obwohl er es dem Schwager gern leiser gesagt hätte, daß es bei der schmächtigen Figur der Gellertin an Kindern genug sei, wenn es demnächst sieben wurden. Hernach besichtigte der Stuffner den Hof, denn der Schwager hatte so ziemlich alles, was an Neuem auf den Markt der landwirtschaftlichen Maschinen kam.

Eine Stunde später war der Stuffner wieder fort, und die Christine saß zum erstenmal in ihrem Leben an einem fremden Tisch. Dieser Tisch war etwas größer als daheim, denn es waren sechs Kinder mitzufüttern, und im Moment auch ein Ehepaar, das hier Urlaub auf dem Bauernhof machte.

Es wurde nicht viel gesprochen, aber Christa wurde während der ganzen Mahlzeit so nacheinander von allen Augenpaaren angestarrt. Da aber die Christa ihren Platz neben dem Bauern bekommen hatte, nahm man zunächst an, sie wäre eine entfernte Verwandte, und weil der Gellert nach dem Essen allen kundtat, daß die Neue Christa heiße und bei der Bäuerin im Haushalt bleibe, nahm man es um so mehr an, daß sie ein entferntes Basel oder zumindest ein »Godl« sein müßte.

Da man ihr zum Glück eine Kammer allein angewiesen hatte, allem Anschein nach war es sogar die »gute Kammer«, war Christa recht dankbar, denn in der Nacht überwältigte sie der Schmerz des Heimwehs. Aber es war nicht das Heimweh nach dem Moarhof, sondern die Sehnsucht nach Markus.

Dann kam der Herbst endgültig. Eine einzige Reifnacht nahm allen Blättern den Saft und den grünen Glanz. Aus dem Wald begann es bitter zu riechen nach alten Pilzen und faulendem Laub.

Als eine der ersten brachte die Stuffner Margret ihre Herde rund und fett von der Alm herunter, und etwa drei Tage später kam auch die Moar Monika heim. Auch ihre Herde war sauber gebürstet, die Glocken glänzten, als seien sie gestern erst geputzt worden, sie erfüllten den Hof mit solchem Lärm, daß die Moarin sich die Ohren zuhielt. Sie stand neben der Stalltür und musterte Stück für Stück, das sich da kugelrund und sauber gestriegelt durch die Stalltür zwängte, um erst im nächsten Frühjahr wieder herauszukommen, es sei denn, daß das eine oder andere Stück zum Metzger ging.

Zum Schluß stellte sie fest, daß auch die Monika recht mollig geworden war. Mollig und tiefbraun, ihre Augen leuchteten unternehmungslustig, und als sie die schwere Kürbe abgenommen und auf die Gred gestellt hatte, sah sie die Mutter an und sagte:

»So, jetzt bin ich wieder daheim!«

»Ja, das sehe ich. Und ganz schön mollig kommst heim! Ich mein', du hast dir auch bloß die besten Bröckerl zugeführt.«

Darauf gab die Monika keine Antwort, ging in den Stall und half, die Kühe anzuhängen. Die Monika war etwas kleiner als die Christine, hatte helles Haar, und ihr Gesicht war breiter. Der Mund war voll und üppig, der Glanz der Augen unter sehr langen Wimpern sternengleich. Wenn die Moarin genauer hingesehen hätte, hätte sie feststellen müssen, daß eine andere Monika heimgekehrt war, eine Monika, die nicht mehr so mürrisch in die Welt blickte, die ihre Schritte bewußter setzte und ihren Blick ganz ungeniert zum Stuffnerhof hinunterrichtete, ob sie den Alois nirgends sehen könnte.

Obwohl die Monika durch Christines Brief alles wußte, fragte sie erst ganz spät am Abend die Mutter: »Wo steckt denn eigentlich die Christa?«

»Du fragst spät nach ihr. Ich habe sie vom Hof schaffen müssen.«

»Warum, was hat sie denn angefangen?«

Die Moarin sammelte sich anscheinend ein bißchen für eine größere Rede, ging in der Stube auf und ab und hatte die Hände ineinander verschränkt.

»Sie hat uns verraten, mich und dich! Und –«

»Mich auch?« fragte die Monika.

»Und für Leute, die es mit meinen Feinden halten, ist kein Platz in meinem Haus. Die Christa hat hinter meinem Rücken mit dem Stuffnerbuben eine Liebschaft angefangen.«

»Vor deinem Rücken hätte sie es ja nicht können.«

Die Moarin hielt in ihrer Wanderung inne und drehte langsam den Kopf zurück. Eine messerscharfe Falte in der Stirn, fragte sie unruhig: »Was ist denn das für ein Ton? Findest du das so komisch?«

Die Monika zog es nun doch lieber vor, zu schweigen. Sie wollte am ersten Abend nicht gleich alles aufs Spiel setzen und vorher lieber noch mal mit dem Alois sprechen.

»Jetzt bist mir nur du noch geblieben«, nahm die Moarin das Wort und deutete zugleich auf die Monika hin, wobei ihre weiteren Worte beißend scharf wurden: »Und daß du es weißt: Wenn du mir mit so was Ähnlichem daherkämst und auch mir in den Rücken fallen möchtest, dann hat für dich der Zimmermann genauso das Loch bei der Tür gemacht! Bilde dir nur nicht ein, daß ich auf dich angewiesen wäre! Den Mann für dich bestimme ich, und wenn es dir nicht paßt, verkaufe ich den ganzen Krempel.«

Die Monika hätte aufschreien mögen, denn für sie war der Moarhof der herrlichste Besitz auf dieser Welt. Der war ihr ans Herz gewachsen und mußte erhalten bleiben. Ihr Bauernherz verstand das so, als sei dieser Berghof für die Ewigkeit errichtet, sie wurzelte darin wie ein junger Baum, und sie war mit ihrem zähen Eigensinn bereit, darum zu kämpfen.

Aber noch war der große Kampf nicht angebrochen, das war nur das erste Vorpostengeplänkel, zudem nahm sie das »Loch bei der Tür« nicht so tödlich ernst, wie die Christine es genommen hatte. Was wollte die Mutter denn machen, wenn sie nicht ging? Wenn sie sich einklammerte mit aller Zähigkeit und nie an die Drohung glaubte, daß die Mutter den Hof verkaufen würde?

Wie von fern her kam jetzt noch mal die Stimme der Mutter:

»Du hast gehört, was ich gesagt habe. Merke es dir.«

»Wo ist denn die Christa jetzt?« wollte Monika noch wissen.

»Da müßtest du die da drunten fragen. Aber du weißt ja: Kein Wort mit denen! Gute Nacht!«

»Gute Nacht«, sagte die Monika ein bißchen kläglich auf die sich hinter der Mutter schließende Tür hin, blieb aber weiter auf der Bank beim Ofen sitzen.

Wohl eine Stunde saß sie so, dann ging sie noch mal in den Stall und später bei der hinteren Tür hinaus. Aber sie brauchte gar nicht mehr zu dem

Käuzchenschrei anzusetzen, denn der Alois flüsterte schon unter der Tennbrücke heraus und nahm sie gleich in seine ausgebreiteten Arme.

Die ersten Tage waren nicht sonderlich gemütlich daheim. Was gesagt und unmißverständlich angedeutet hatte werden müssen, das war geschehen, und darüber hinaus fand es die Moarin nicht der Mühe wert, noch Worte zu verlieren. Sie war wieder kalter Stein, vielleicht noch kälter als früher, oder sie gab sich bewußt so, damit niemand auf den Gedanken kam, wie schwer sie unter dem Fortgehen der jüngeren Tochter litt.

Wer sie genauer angesehen hätte – aber es sah sie niemand näher an –, der hätte die ersten weißen Fäden in ihrem dunklen Haar bemerkt und neben den Augen ganz feine Krähenfüße, so fein, als wären sie mit einem spitzen Kopierstift gemalt worden und könnten jederzeit mit Seife weggewaschen werden.

Durch unauffälliges Herumfragen hatte sie erfahren, wo die Christa sich aufhielt, und war um etwas betrogen worden, auf das sie gehofft hatte. Wenn nämlich der Stuffner sie in seinem Haus behalten hätte, dann hatte sie schon daran gedacht, ihn wegen Kuppelei zu belangen. Aber dieses billige Werkzeug der Rache hatte er ihr von vornherein gleich aus der Hand genommen.

Die Monika verrichtete ihre Arbeit im Haus wie früher, nur in einer anderen Art, in einer heiter beschwingten Weise, mit Singen, und manchmal pfiff sie auch leise vor sich hin. Was lag da näher, als daß die Moarin mißtrauisch wurde, denn auch die Christa hatte auf einmal zu singen begonnen. Bloß daß die Christa eine schöne Singstimme gehabt hatte und die Monika die Melodien ganz mißtönend von sich gab.

»Singen ist schon recht«, sagte die Moarin einmal. »Aber sing nicht so grundfalsch! Da möcht' man ja davonlaufen! Das geht einem ja auf die Nerven.«

Die Monika wäre respektlos genug gewesen, die Mutter zu fragen, seit wann sie auf einmal Nerven hätte. Der Alois wiegelte sie auch immer auf, sich nichts mehr gefallen zu lassen, aber die Monika war klüger, als man es ihr ansah, wußte, daß sie nicht unnötig reizen durfte und daß sie ihre Stunde abwarten mußte.

So gingen die Tage dahin, versanken immer mehr im Grau des Herbstes. Nebel stieg auf, hüllte die Berge ein, und manchmal war er so dicht, daß man vom Moarhof aus den Stuffnerhof drunten gar nicht mehr sah, obwohl die Anwesen keinen Steinwurf weit auseinanderlagen. Man hörte die Geräusche von dort herauf und wußte, daß Menschen unterm Nebel waren. Und manchmal war Monika versucht, in diesen Nebel hineinzuschreien, um dann auf die ihr vertraute Stimme zu warten. Aber sie wollte die Mutter nicht unnötig herausfordern, ihren Haß nicht noch mehr steigern, der wie angeschmiedet war an eine Zeit, die sie und Christine bereits durchbrochen hatten.

Nach wie vor traf sie sich mit dem Alois unter der Tennbrücke und, als es noch kälter wurde, im Stall. Selbst wenn der Alois sich hätte loslösen wollen aus dieser Verstrickung, es wäre ihm nicht gelungen. Die Monika hatte ihn ganz einfach verzaubert, und eins war dem anderen so folgsam, wie man es gerade von diesen zwei Menschen nicht erwartet hätte.

Am Allerheiligentag, nach dem Gräberumgang, war beim Stuffner großer Familienrat.

An diesem Tag war auch Christine den weiten Weg zu Fuß hergegangen und stand am Grab ihres Vaters, drei Schritte abseits allerdings, weil die Moarin ihr das Nähertreten verwehrte.

Es nieselte. Ganz nieder zogen die Wolken dahin, und als die Moarin mit der Monika vom Grab verschwunden war, trat der Stuffner Markus zur Christine und faßte nach ihrer Hand.

»Kommst mit zu uns 'nauf, Christine?«

»Ich muß ja wieder heim, Markus. Die Bäuerin ist seit der Geburt kränklich, und das Büberl braucht seine Wart und Pfleg.«

»Ich fahr' dich hernach heim. Komm nur jetzt.«

Der Friedhof hatte sich schon halb geleert, aber es waren immer noch Leute genug, die es sahen, wie der Stuffner Markus und die Moar Christine Hand in Hand hinausgingen und auch auf der Straße ihre Hände nicht voneinander lösten.

In der Stube auf dem Stuffnerhof war es wacherlwarm. Sie saßen alle miteinander um den Tisch und tranken Kaffee. Die Christine fühlte sich dabei schon wie zugehörig. Alle waren so freundlich zu ihr, der Alois riß seine Witze, die Margret wollte genau wissen, wie schwer das Bübl der Tante bei der Geburt war und wie es der Frau Tante jetzt gehe.

»Schön langsam wird es schon wieder«, antwortete die Christa. »Sonst hätte ich heut' gar nicht wegkönnen.«

»Zu meiner Hochzeit mußt du kommen«, sagte dann die Margret. »Die ist am vierundzwanzigsten November.« Hernach bereute sie, das gesagt zu haben, denn die Christine bekam auf einmal ganz wässerige Augen, wohl weil sie dachte: Wann wird meine Hochzeit sein?

Ein paar Stunden blieb sie, dann brach sie mit Markus auf, um wieder zurückzufahren zum Gellerthof.

Daheim aber tat die Stuffnerin einen tiefen Seufzer und sagte mit einer Nachdrücklichkeit, die man an ihr gar nicht gewohnt war:

»Mir hat die Christa direkt leid getan. Was mußt du auch von der Hochzeit anfangen! Hast es nicht gesehen? Ganz wässerige Augen hat sie gekriegt, und der Markus war auch ganz niedergeschlagen!«

»Läßt sich leicht denken«, witzelte der Alois, »wenn man das Liebste, was man hat, wieder hinausfahren muß in die kalte Fremde.«

»Mir ist es auch erst hernach eingefallen«, meinte die Margret nachdenklich. Aber dann, nach einem

Moment Schweigen, schoß sie plötzlich noch die Frage hinterher: »Warum dürfen denn die zwei nicht auch heiraten?«

Der Stuffner stand auf und griff nach seiner Pfeife auf dem Fensterbrett:

»Kannst du mir sagen, wohin sie heiraten sollen? Oder meinst du, daß ich schon reif wär' zum Übergeben? Da müßt ihr euch noch gute zehn Jahr' Zeit lassen! Und auf dem Stuffnerhof kann es nur einen Bauern geben.«

»Warum eigentlich?« fragte der Alois. »Es gibt in jeder Gemeinde auch zwei Bürgermeister. Einen ersten und einen zweiten.«

»Halt doch du einmal deinen Brotladen!« verwies der Stuffner seinen Jüngsten.

»Eigentlich hat der Alois gar nicht so unrecht«, nahm nach einer Weile die Stuffnerin wieder das Wort. »Warum sollt ihr zwei eigentlich nicht nebeneinander Platz haben? Der Markus ist ein verträglicher Bursch.«

»Voller Sanftmut«, sagte der Alois.

»Ihr besprecht ja sonst auch alles miteinander«, sprach die Mutter schnell weiter. »Und meinst du, daß es dir nicht guttät', wenn du in der Früh länger liegenbleiben kannst und dich nicht mehr um jeden Pfifferling selber kümmern brauchst?«

»Wenn du schon so daherkommst, könnt' ja ich dich auch fragen, ob es dir nicht guttät', nimmer den ganzen Tag am Herd zu stehen.«

»Und wie gut mir das täte! Was haben wir zwei denn schon vom Leben? Jahr für Jahr stehen wir im

Geschirr. Mit knapper Not, daß wir einmal nach Altötting kommen sind. Schon lang möcht' ich einmal die Wieskirch' anschaun, aber kommst ja nie weg bei uns.«

»Mir tät' mehr die Befreiungshalle in Kelheim interessieren«, meinte der Stuffner. »Aber – kommst ja nicht weg bei uns.«

Oh, was brachen da plötzlich für Wünsche auf, lang unterdrückte Wünsche und Sehnsüchte! Den Stuffner trieb seine Sehnsucht gleich bis nach Passau, von wo aus man mit dem Schiff nach Wien fahren könnte.

Und die zwei Jungen hieben auch gleich munter in die Kerbe, zählten so viele Schönheiten auf, die man genießen müßte, solange man noch rüstig sei und nicht erst dann, wenn man bereits von der Gicht geplagt werde.

»Aufs Oktoberfest seid ihr auch noch nie miteinander gefahren«, erinnerte sich der Alois, und die Margret ließ ihre Phantasie gleich bis nach Budapest schweifen.

»Du könntest ja gleich sagen nach Amerika«, brummte der Stuffner.

»Ihr seid doch auch einmal jung gewesen«, erzählte ihnen die Margret. »Vielleicht wißt ihr es nimmer, wie schwer so ein Warten ist, wenn man weiß, man gehört zusammen und darf nicht heiraten.«

»Sei bloß du still!« unterbrach sie der Stuffner. »Brauchst bloß sagen jetzt, daß du recht lang hast warten müssen!«

Es tat ihm gut, daß die Margret sich jetzt auf sein Knie setzte und schmeichlerisch durch sein Haar fuhr. Zärtlichkeiten dieser Art war er eigentlich gar nicht gewohnt, aber es stimmte ihn weich und nachgiebig.

»Der Herr Ingenieur hat dir wohl beigebracht, wie du mir um den Bart streichen mußt«, lachte er. »Warum ist er denn heut' eigentlich nicht da? Der läßt doch sonst keinen Feiertag aus.«

»Der hat doch seinem Vater ans Grab gehen müssen. Übermorgen ist schon wieder Samstag, dann kommt er. Und schau, Vater, wenn du mir's schon vergönnst, mein Glück, warum soll denn der Markus noch warten müssen? Weil du dich selber noch jung genug fühlst, das ist doch kein Grund, deinen Buben warten zu lassen! Es verlangt doch niemand, daß du den Hof deswegen aus der Hand geben mußt.«

»Durchaus und überhaupt nicht«, pflichtete der Alois bei. »Bei mir wär' das einmal was anderes. Die Moarin muß zuerst übergeben, sonst bringt die mich nicht auf den Hof. Was meinst, wie die mich fuchsen tät'!«

»Sei mir nicht bös, Alois, aber wie das ausgehen soll, das kann ich mir nicht denken. Ja, ja, ich weiß schon, du bist gleich allweil da mit dem Torfstechen oder mit der Spinnerei. Aber glaub mir, Alois, das wär' kein Leben für einen Stuffner, und für dich schon zweimal nicht. Du bist leichtfertiger als dein Bruder, aber du hängst mehr am Boden, als du es selber weißt. Und bei der Monika ist es wohl nicht viel anders.«

»No ja«, gab der Alois kleinmütig bei. »Es wird sich doch noch ein anderer Weg auch finden. Vielleicht gäb' es was zu pachten.«

»Der Gedanke ist mir sympathischer.«

Sie saßen an diesem Abend noch lange beisammen, denn auch nach der Stallarbeit und dem Abendessen wurde das Thema noch einmal aufgegriffen. Es wurde das Für und Wider genau gegeneinander abgewogen und von allen Seiten beleuchtet, so lange, bis das Für alle Bedenken überwog und klein erscheinen ließ. Endlich war man dann so weit, daß am vierundzwanzigsten November eine Doppelhochzeit gefeiert werden sollte.

Um die Abendzeit fuhr der Zimmermann Grandl, überall, wo man ihn kannte, nur der Hias genannt, den steilen Bergweg hinauf. Es war einer von jenen stillen, schwermütigen Novembertagen, an denen die Sonne immer nur auf ein paar Stunden durchkam. Auf den Bergen lag schon Schnee.

Der Alte legte eine kleine Pause ein und nahm auf der Bank unterm Feldkreuz Platz. Zwischen den Füßen des Gekreuzigten waren ein paar rote Zwergasterln eingeklemmt, die schon gefroren waren und auch von den paar Stunden müden Sonnenscheins nicht mehr auftauten. Die Zwergastern hätten vom Stuffnerhof oder vom Moarhof sein können, zu dem der Alte jetzt hinaufblinzelte.

Der Jenbach lärmte sein Lied vernehmbar durch den stillen Abend, und der Wind rauschte in den

Wipfeln des nahen Waldes. Ein unbestimmtes Summen lag in der Luft. Auch der Zimmermann summte ein bißchen vor sich hin. Er hatte seinen weiten Hut abgenommen und auf die Bank gelegt. Wie Schnee lag das weiße Haar über der gefurchten, tiefgebräunten Stirn, unter der die hellen Augen immer noch von einem seltsamen Glanz waren. Weiß war auch der Stoppelbart um das kantige Kinn und um den schmalen Mund.

So saß er ganz still, sann in den Abend hinein und betrachtete das Leben auf seine Weise. Vielleicht dachte er auch darüber nach, woran es lag, daß der Mensch nicht so geradlinig und unbestechlich wie die Natur sein konnte, nicht so einfach und ehrlich wie jede andere Kreatur, sondern ein verwirrtes Geschöpf war, voll von Versuchungen und Gelüsten, hin und her geworfen zwischen Gut und Böse, zwischen Herrschsucht und Demut.

Ach ja, so ein Sonderling wie dieser Zimmermann hatte über vieles nachzudenken, wahrscheinlich am meisten über sich selber und über die verschlungenen Pfade, über die er schon gewandert war, um doch nie mehr ganz heimzufinden. Vielleicht dachte er auch darüber nach, warum er nun doch hierhergekommen war, obwohl er diese Gegend bisher gemieden hatte. Vielleicht tat er es des Mannes wegen, der ihn im Frühjahr einmal so freundlich eingeladen hatte: »Wenn du grad' einmal in unsere Nähe kämst, ich bin der Stuffner vorm Wald. Bei uns wär' einmal die Tenne zu sanieren, und da bräucht' ich einen, der etwas von der Sach' versteht.«

Immer stärker begann es zu dunkeln. Der Wind kam kälter von der Ebene herein, und der Nebel stieg wieder auf. Der Alte erhob sich, um weiterzufahren, und traf kurz darauf beim Stuffnerhof ein.

So stand er denn vor dem stattlichen Gebäude und schaute sich um. Der Alois fuhr gerade mit einer Fuhre Streu heim und stutzte:

»Was bist denn du für einer?«

»Dein Vater hat mich einmal eingeladen, daß ich kommen soll. Er bräucht' einen Zimmermann, der in seiner Tenne etwas macht.«

»So? Der Vater wird in der Stube hocken. Geh nur hinein zu ihm.«

Der Stuffner erinnerte sich sogleich wieder an den Alten und rief nach der Margret.

»Richt ihm hinten das Kammerl her. Er ist Zimmermann und soll sich einmal bei uns die Tenne anschauen; ich sag' ja eh immer, daß das schon lange überfällig ist.«

Bis es Zeit zum Essen war, unterhielt sich der Stuffner mit dem Alten, der bis in die Garmischer Gegend hinauf über jeden großen Hof Bescheid wußte, und überhaupt, wenn er den Mund einmal aufmachte, ein redegewandter Mensch war, der es unumwunden zugab, daß er dieses ständige Herumreisen gar nicht mehr aufgeben könnte.

»Was willst denn?« fragte er. »Deiner Lebtag auf einem Platz sitzen und werkeln, bis sie die Grube aufmachen? Mir wär's genug! Ich weiß, ihr Bauern habt da eine andere Meinung. Jeder will Bauer bleiben, bis er schneeweiße Haar' hat, und der junge muß danebenstehen und warten. Da weiß ich einen in Hartpenning, der ist jetzt neunzig und sein Bub schon gleich siebzig. Aber meinst, der Alte tät' ihm den Hof übergeben? Gar nicht drandenken tut er!«

»Ist der Bub verheiratet?«

»Ah, woher denn!«

»Dann ist es auch nicht mehr wert, mit siebzig Jahr'.«

»Die Sorgen hab' ich meiner Lebtag nicht gehabt«, erzählte der Alte weiter. »Dafür hab' ich von der Welt was gesehen. Bis nach Spanien und in die Türkei bin ich gekommen. Und später einmal bis nach Norwegen 'nauf.«

»Aber zurückgetrieben hat es dich doch wieder in die Heimat.«

»Einmal treibt es jeden wieder heim.«

»Und du bist das ganze Jahr so beschäftigt mit deiner Arbeit?«

Der Hias nickte und rieb sich mit den Knöcheln den Stoppelbart.

»Bloß über Weihnachten und Neujahr, da setz' ich aus. Da hab' ich mein schönes Platzerl bei einer Schwester von mir in der Murnauer Gegend.«

Jemand rief »Essen« durch das Haus, und dann kamen sie alle nacheinander herein. Für den Zimmermann wurde am Ofentischchen aufgetragen, nicht weil man ihn am großen Tisch nicht dulden wollte, sondern weil dort wirklich keine Lücke mehr war, in die er sich hätte zwängen können.

Hernach ließ er sich vom Anderl in seine Kammer führen. Der Anderl hatte sich zu dem Zimmermann vom ersten Augenblick an irgendwie hingezogen gefühlt; er blieb auch noch eine Weile sitzen, als der Alte schon im Bett lag. Die Laterne warf einen gelblichen Schein herunter. Der Anderl war blutjung und abenteuerlustig. Er spielte Zither, und seine Träume gingen weit über die Grenzen des Landes hinaus in die Ferne. Und was er dabei empfand an Sehnsucht und Fernweh, das schrieb er in rührenden Versen in ein kleines schwarzes Notizbuch, das er immer sorgfältig in seiner Truhe versperrte, damit niemand hinter seine geheimsten Gedanken kam.

An diesem Abend war der Hias recht müde von der weiten Fahrt, aber am nächsten Abend und nachdem er den Tag über gearbeitet hatte, hatte er wieder zu seiner ursprünglichen Art zurückgefunden, war er wieder so, wie man ihn auf hundert Kilometer Oberland, fast bis ins Allgäu hinauf, kannte: ein bißchen Vagabund, ein Landstreicher mit unverwüstlichem Humor, ein bißchen von Geheimnissen umwittert, aber auch voller Güte, voll tiefen Wissens um des Lebens wunderliche Dinge. Tagsüber waren die Margret und die anderen jungen Frauen, die im Stuffnerhof wohnten, schon ein paarmal bei ihm gesessen. Neugierig wie sie waren, wollten sie ihn ausfragen, und da es ja bei solchen Gesprächen meist um das andere Geschlecht geht, fragte das Hannerl ihn rundheraus, ob er ihr keinen Hochzeiter wisse.

»Du kommst doch so weit herum und kennst ganz gewiß mehrere«, glaubte die Anna zu wissen. Nur die Margret fragte nicht, sie hatte ja ihren Werner schon. Und der Hias wunderte sich auch hier, daß jede Frau nach einem Mann schrie, nach einem guten und richtigen Mann, zu dem man aufschauen und den man trotzdem am Bandl haben konnte.

Das gleiche sagte er im umgekehrten Sinn am Abend den Männern, die bei ihm saßen und ihre Pfeifen rauchten. Auch der Alois war dabei. »Jeder Mann«, sagte er, »sehnt sich, wenn er in die Jahre kommt, nach einer Frau. Und da muß er schlau sein, denn die Frau hat neben dem Verstand auch noch einen Instinkt mitbekommen. Eine Frau ist mehr wert als ein Mann. Das ist schon beim Kartenspiel so, mit der Dame und dem Buben, obwohl sie hinten ganz gleich ausschauen.«

»Aber vorn schauen sie anders aus«, stellte der Alois fest und wollte dann wissen, wie man einer Frau gegenübertreten solle, die unter der Fuchtel ihrer Mutter stände.

»Da muß man zuerst die Mutter gewinnen«, sagte der Hias. »Der Weg zur Tochter geht meist über die Mutter. Die feinen Herren wissen das und bringen daher der Mutter immer Blumen mit oder sonst was. Am Anfang wenigstens. Bis die Alte selber so verliebt wird, daß es Zeit wird, zu sagen, was man will.«

»Aha«, sagte der Alois und dachte, daß es bei ihm auf diese Tour schon gleich gar nicht gehen würde.

Zum Schluß saß dann bloß mehr der junge Anderl bei dem Alten. Da zog der Bub ein paar lose Zettel aus seiner Hosentasche und fragte:

»Darf ich dir ein paar Gedichtl vorlesen, Hias?«

»Meinetwegen. Zu lang werden sie ja nicht sein?«

»Du darfst mich aber dann nicht auslachen!«
»Ach, woher denn!«
So begann also der Anderl zu lesen.

»Es träumt aus dunklem Felsenschacht
Ein totenstiller See
Zur grenzenlosen Sternenpracht –
O Seligkeit und Weh!«

»Du, das ist recht nett«, unterbrach der Zimmermann. »Hast noch eins?«

Natürlich hatte der Anderl noch eins. Seine Wangen glühten vor Begeisterung, weil ihm jemand zuhören wollte. Die Stimme ein bißchen gedämpft, nach Betonung suchend, las er:

»Heute, im schimmernden Steinbruchwalde,
auf der sonnenheißen Almenhalde,
ward mir ein seltenes Gottgeschenk.
Auf meinem ruhenden Handgelenk
ließ sich ein Schmetterling nieder,
hob sich, entflog und kam wieder,
schimmernd in goldfarbner Helle,
ruhig zurück auf dieselbe Stelle.
Bis ein Windhauch durch Blumen stob
und er sich hoch in die Luft erhob.«

Der Zimmermann hatte sich jäh aufgerichtet. Seine Augen schimmerten ganz hell unter dem müden Licht. In seiner Stimme war Erregung.

»Hast du das selber geschrieben?«

Der Anderl wurde ganz rot und antwortete: »Ja freilich.«

»Menschenskind, da liegt was drin! Du drückst was aus, das kann man mitfühlen. Möchtest gar ein Dichter werden?«

»Dazu wird es nicht langen. Hab' ja auch bloß Volksschul', und wenn man bloß ein armer Bursch vom Land ist –«

»Sag das nicht, Anderl. Gar mancher arme Teufel hat es schon zu großem Ansehen gebracht.«

»Aber nicht einer, der grad' Volksschul' hat.«

Der Alte überlegte eine Weile. Dann fragte er:

»Hast denn niemand mehr, der dir ein bissel helfen könnt?«

»Bloß meine Zither«, sagte der Anderl traurig. »Vater und Mutter sind schon gestorben, als ich noch klein war.«

»Ja, das ist das Traurige immer. Aber paß einmal auf, Bub, wenn du es zu was bringen willst, und im Köpfl hast es, dann mußt in die Welt hinaus, mußt die Welt und die Menschen kennenlernen. Auf alles aufpassen, was du hörst und siehst, auch das kleinste Ding im Leben ist wertvoll. Nichts ist unwichtig. Vor allen Dingen mußt du dich selber ein bissel wichtig nehmen, nicht zuviel, sonst kommst in den Größenwahn hinein, und das hat schon manchen wieder runtergezerrt, der schon auf der Höh' gewesen ist. Mußt immer mit den Füßen auf dem Boden bleiben und deinen Nebenmenschen genauso achten wie dich selber. Hast mich?«

So ganz verstand es der Bub zwar noch nicht,

aber was der Alte sagte, beglückte ihn so tief, daß er am liebsten geweint hätte. Seine Stimme schwankte auch, als er fragte:

»Darf ich dir nicht noch ein paar vorlesen?«

»Lies nur, Bub, wenn es dich froh macht.«

Und der Anderl las weiter:

»Nun läuten wieder die Sensen
vom hellen Dengelschlag,
und aus der Nacht steigt zögernd
der junge Sommertag.«

»Das ist gut! Hast noch eins?«

»Im Wind eines späten Herbstes gesät,
so wiegt sich dein Halm jetzt
von früh bis spät
und neigt sich voll Demut ernteschwer,
es ziehn übern Hügel die Mäher schon her
und wetzen zum Schnitt ihre Sensen.
Da lacht aus der goldenen Mittagsstund'
der Herr dir zu mit gütigem Mund,
denn was dir geschieht, das ist kein Tod,
dein Halm trägt schweigend
das neue Brot.«

»Also, Bub, das mußt du unbedingt wo hinschicken! An eine Zeitung. Am besten an eine landwirtschaftliche Zeitung.«

»Meinst?« fragte der Anderl zweifelnd. »Muß ich da was dazuschreiben?«

»Bloß ein paar Worte und deine Adresse halt. Da kriegst mindestens hundert Markl dafür, wenn es langt.«

»Hundert Mark? Für das Geld muß ich da am Hof lang arbeiten!«

»Schreib es noch mal ab und gib es mir. Ich schick' es dann für dich ein. Und jetzt laß mich schlafen, Bub. Es muß ja schon bald Mitternacht sein.«

»Gute Nacht, Hias, und dank dir recht schön für alles, was du mir gesagt hast!«

Der Anderl nahm die Laterne, schlich sich damit ins Haus hinüber und in seine Kammer hinauf. Er meinte, daß in dieser Nacht kein Mensch auf Erden so glücklich einschlafen könne wie er.

Am anderen Tag – es sollte zugleich der letzte sein, den der Zimmermann auf dem Stuffnerhof war – saß der Hias draußen an der Stallwand in der Sonne und machte gerade Pause. Kaum, daß er einmal aufblickte, sonst hätte er die Moarin da droben beim Pflanzgartenzaun sehen müssen. Ganz unbeweglich stand sie, wischte sich ein paarmal über die Augen, weil die Sonne so grell von der weißen Wand stach, vor der der Hias saß. Schließlich ging sie ins Haus, nahm im Stübchen das Fernglas aus dem Futteral und hob es vor die Augen. Sehr lange, bis auf einmal ihre Hände zu zittern begannen.

Sie ließ das Glas sinken und gab es wieder ins Futteral zurück. Ihr Gesicht war kreidebleich geworden, zwischen ihren Brauen stand dann den ganzen Tag eine messerscharfe Falte.

Ein paarmal an diesem Nachmittag nahm sie das Fernglas heraus, als wollte sie sich noch mal vergewissern, ob sie sich nicht getäuscht habe, daß dieser weißhaarige Zimmermann da unten ihr Bruder Matthias war.

Nein, es war keine Täuschung, und die Moarbäuerin Therese Hellmayer fragte sich, was den Matthias bewogen haben könnte, auf die Stuffnerhöhe zu kommen, nachdem sie ihn doch vor fünfzehn Jahren schon von ihrer Schwelle verjagt hatte.

Die Vergangenheit stand wieder auf, bedrängte sie und rief Angst in ihr wach. Nicht Angst vor Matthias hatte sie, sondern nur davor, daß er eventuell reden könnte.

Zwei Menschen konnten es an diesem Abend gar nicht erwarten, bis es Nacht wurde. Die Moarin selber und ihre Tochter Monika. Die Monika wurde ganz nervös, denn sonst ging die Mutter eigentlich immer frühzeitig zu Bett, heute aber brannte im kleinen Stübchen immer noch Licht, bis es die Monika schließlich nicht mehr aushielt und sich beim Stall hinten hinausschlich, wo der Stuffner Alois bereits eine geschlagene halbe Stunde wartete.

Er hatte sich vorgenommen, heute einmal recht energisch aufzutreten, und sagte gleich: »Pünktlichkeit kennst du wohl überhaupt nicht?«

Aber die Monika schmeichelte sich gleich so an ihn, daß er selber wieder ganz weich wurde.

»Ich weiß nicht, was sie heut' hat«, sagte die Monika. »Sonst liegt sie um diese Zeit immer längst im Bett, und heut' sitzt sie immer noch im Stüberl.«

»Die weiß halt nicht, was Sehnsucht ist, und« – er überlegte ein bißchen, bis ihm des Zimmermanns Philosophie wieder einfiel – »und daß sich jeder Mann, wenn er in die Jahre kommt, nach einer Frau sehnt.«

»Ich bin ja jetzt da bei dir, Alisi!« Und damit er es recht gut merkte, daß sie da war, küßte sie ihn heute noch viel leidenschaftlicher als sonst. »Siehst«, sagte sie, »das Schönste an einer Liebschaft ist, daß man da ganz einfach hingehen und den Liebsten busseln darf, soviel man will!«

»Bis ihm halt der Schnaufer ausgeht.«

»Dir geht er so schnell nicht aus! Drum mag ich dich doch so gern!«

Die Monika zuckte auf einmal zusammen.

»Horch, da war doch grad' was? Da ist doch die Haustür gegangen. Und jetzt – sind das nicht Schritte?«

Das Licht im Stübchen war erloschen. Die Nacht war rabenschwarz, und doch bewegten sich die Schritte mit unheimlicher Sicherheit auf dem schmalen Steig hinunter, verstummten dann im Stuffnerhof.

Der Alois und die Monika sahen sich betroffen an, dann verließen sie ihren Platz, machten einen weiten Bogen und kamen von hinten her auch zum Stuffnerhof, aber nur bis zum Eck des Querstadels, dann blieben sie lauschend stehen, denn dort vorn klopfte jemand nachdrücklich an ein Fenster.

Der Zimmermann Hias schlief ziemlich fest, aber bei solch ausdauerndem Scheibenklopfen schreckte er doch auf, warf die Decke von sich und trat ans Fenster.

»Was ist denn los?«

»Komm einmal 'raus, Matthias. Ich bin's, die Therese!«

Ein unterdrücktes Gemurmel, der Hias mußte erst einmal im Dunkeln seine Schuhe suchen. Dann warf er sich einen Mantel über die Schultern und schob den Riegel von der Tür. Kälte flog ihn an, die Schwärze der Nacht, die doch nicht dunkel genug war, als daß er den Schatten vor sich nicht wahrgenommen hätte.

»Was willst du denn mitten in der Nacht?« fragte der Hias.

»Reden mit dir! Kommt mich hart genug an, daß ich's tun muß.«

»Komm hinein, da ist es wärmer.«

»Keinen Schritt geh' ich zu denen hinein, und wenn ich heraußen erfrieren müßt'!«

»Meinetwegen, wie du willst. Ich sehe bloß nicht ein, warum du mich aus dem Schlaf hast wecken müssen.«

Eine Weile war Schweigen, dann sagte die Moarin: »Hast du vergessen, daß ich dir verboten hab', daß du in die Einöde vorm Wald kommst?«

»Ja, das hab' ich vergessen«, antwortete der Hias, »weil der Stuffner im Frühjahr in Miesbach so freundlich war, daß er mich eingeladen hat zu sich. Und zu dir komm' ich ja nicht.«

»Er weiß doch nicht, wer du bist?« zischte die Moarin.

Diesmal wartete der Hias etwas länger mit der Antwort, zog erst die Wolldecke enger um seine Schultern und sagte dann:

»Der Stuffner hat mich nicht gefragt, und ich bin auch froh, daß er mich nicht gefragt hat, denn die Zeichen stehen umgekehrt, Schwester. Jetzt muß ich mich nämlich deinetwegen schämen.«

»Was? Was – sagst du da?«

»Jawohl, ich muß mich schämen! Deine eigene Tochter hast aus dem Haus geworfen, bloß weil sie den Buben vom Stuffner gern hat. Bei fremde Leut' muß sie sich ihr Brot verdienen, weil du dich in einen solchen Haß vergraben hast. Das weiß ich nicht vom Stuffner, sondern vom Gellert, wo die Christa jetzt ist.«

Erschrocken faßte die Moarin nach seinem Arm. »Du wirst doch der Christa nicht gesagt haben, daß du mein Bruder bist?«

»Ah, da schau! Da hat eine plötzlich Angst! Brauchst aber nicht. Ich bleib' unbekannt, solang ich lebe! Es braucht ja kein Mensch wissen, daß ich deinetwegen acht Jahr' im Zuchthaus gesessen bin.«

»Meinetwegen, sagst du?«

»Stimmt! Der Terlaner Muckl, hast mir allweil vorgejammert, stellt dir nach und bedrängt dich. Ja, und als ich dann einmal dazugekommen bin – und er das Messer gezogen hat gegen mich, da hab' ich halt zugeschlagen. Das andere weißt ja selber. Genau betrachtet, wäre es Notwehr gewesen, aber du bist ja damals verschwunden, hast mich im Stich gelassen und bist nicht als Zeugin aufgetreten.«

»Weil ich mich geschämt hab'.« Das kam ganz kleinlaut und jämmerlich. »Heut tät' ich es nimmer.«

»Erst recht würdest du es heut' wieder so machen! Damals warst auch bloß ein armes Hascherl, heut aber bist du die reiche Moarin vorm Wald. Ich hab' es doch erlebt, wie ich damals 'rauskommen bin und in meiner Not nicht gewußt hab', wohin ich gehen soll. Hundert Mark hast mir 'geben und mich händeringend angefleht, daß ich untertauchen und nie wiederkommen sollt. Es wär' dir entsetzlich, hast gesagt, wenn es dein Mann erfahren tät'. Derweil hab' ich erfahren, daß dein Mann ein grundguter Mensch gewesen ist. Einzig die Sophie, unsere jüngere Schwester, die selber nicht viel hat, hat mich damals aufgenommen. Und dann bin ich untergetaucht, so wie du es hast haben wollen. Im Ausland zuerst, aber dann hat es mich doch wieder zurückgezogen. Heimat ist eben doch Heimat.«

Nach dieser langen Rede wurde es merkwürdig still. Aber dann war die Stimme der Frau wieder da.

»Weil du zuvor von der Christa geredet hast. Was hätte ich denn sonst tun sollen, als sie ausschaffen, wenn sie mit meinem ärgsten Feind –«

»Hast du damit was erreicht? Die zwei bringst du nie mehr auseinander. Dir fehlt einfach jedes Einsehen, und du bildest dir ein, es fällt dir eine

Perle aus der Krone, wenn du einmal nachgibst. Liebenden eine Brücke bauen ist genauso, wie einen Acker bebauen, wenn nicht mehr. Du hast dich da in einen Haß verbohrt und findest nimmer raus. Meinst du, daß das unserm Herrgott gefällt, so wie du lebst, ohne Verständnis für deine Kinder und dir selber nur zum Verdruß? Einmal einen Menschen hassen, das ist vielleicht menschlich. Aber auch ein Haß muß einmal aufhören, man darf ihn nicht mit den Jahren ins Alter hineintragen oder gar ins Grab mitnehmen.«

»Und das alles mußt *du* mir sagen?« fragte die Moarin, als könnte sie es nicht fassen, daß es ihr überhaupt gesagt wurde.

»Sonst getraut sich ja niemand, dir die Wahrheit zu sagen! Du bist bekannt für deinen Stolz und deine scharfe Zunge. Der Stuffner ist geachtet im ganzen Tal, aber mit dir will niemand recht viel zu tun haben. Das mußt du doch schon lang gemerkt haben.«

»Was scher denn ich mich um die Leute, was die von mir denken!«

»Jetzt auf einmal? Bloß darf niemand wissen, daß du einen Bruder hast wie mich, der acht Jahr' –«

»Sei still, ich will das nimmer hören!«

»Hättest es ja nicht hören brauchen! Bin ich zu dir gekommen oder du zu mir?«

»Du hast recht. Jetzt reut es mich.«

»Es braucht dich nicht reuen, ich geh' morgen wieder. Mit meiner Arbeit bin ich fertig, und es ist gut, daß ich dieses Handwerk dort gelernt hab'. Mir geht es sonst recht gut. Mein Leben hab' ich und, im Gegensatz zu dir, meine Zufriedenheit.«

Der Hias schlüpfte in die Kammer zurück, man hörte, wie er den Querbalken vorschob, und dann die fortschleichenden Schritte der stolzen Moarbäuerin, die den Weg durch die Nacht gegangen war in Angst, die die Angst zwar etwas verloren hatte, dazu aber auch eine ganze Menge von ihrem Stolz.

Als sie wieder oben stand, dachte sie nach, wie das geheißen hatte: »Liebenden eine Brücke bauen ist genauso, wie einen Acker bebauen, wenn nicht mehr ...«

»So ein Narr«, lachte sie vor sich hin und ging ins Haus.

Drunten aber sagte der Alois zur Monika: »Da haben wir ja nette Sachen gehört!«

»Alles hab' ich nicht verstanden«, antwortete die Monika und schauerte zusammen, weil sie fror. Aber der Alois legte gleich den Arm um sie und zog sie fest an sich. »Geh nur her, Herzerl, und wärm dich auf!«

So standen sie eine ganze Weile, bis die Monika aufhörte, mit den Zähnen zu klappern. Am Herzen des Alisi war es aber auch wirklich warm.

»Am besten hat mir gefallen«, begann dann der Alois mit unterdrücktem Lachen, »wie er gesagt hat, der Stuffner ist geachtet im ganzen Tal, aber deine scharfe Zunge ist gefürchtet.«

»Das hab' ich nicht recht verstanden. Aber das von der Perle und der Krone hab' ich gehört und das vom Brückenbauen.«

»Auf alle Fälle, das weiß ich, Monika, Angst hab' ich jetzt überhaupt nimmer vor ihr. Und wenn du meinst, dann geh ich morgen schon 'nauf und sag' ihr, wie es mit uns zwei steht.«

»Wart lieber noch, bis die Hochzeit vorbei ist, Alisi. Zuerst muß sie das noch verdauen.«

»Gut, wir haben ja noch ein bissel Zeit.«

Jetzt geh' ich heim, Alisi. Mich friert nämlich schön langsam in die Zehen auch.«

Er brachte sie über den Buckel hinauf und wartete, bis sie droben in ihrer Kammer ein Zündholz anstrich, zum Zeichen, daß sie gut hineingekommen war.

»So ein gutes Madel«, sprach er vor sich hin und stolperte durch die dunkle Nacht nach Hause.

War es Absicht oder nur ein Versehen? Jedenfalls erschien an einem Vormittag der Hochzeitslader Benedikt Murr mit seinem bändergeschmückten Stab und Hut auf dem Moarhof, sagte sein Sprüchlein auf und lud die ehrengeachtete Moarbäuerin Therese Hellmayer im Namen des Brautpaares Christine Hellmayer und Markus Stuffner für den vierundzwanzigsten November zur Hochzeit ein.

Die Moarin starrte den Sprecher nur an, konnte nichts sagen und schenkte ihm auch keinen Schnaps ein, wie es sonst Brauch war.

Als er wieder gegangen war, stieß sie heraus: »So eine Frechheit!« Wobei sie überzeugt war, daß nur die Stuffners dahinterstecken konnten. Man hatte sie ärgern wollen, und das war ihnen gelungen, wenn auch nicht restlos, denn die Moarin kam hernach in ein recht tiefes Nachsinnen. Es war überhaupt etwas morsch geworden in der Mauer ihres Hasses, und wieder wandte sich eine Kehrseite ihres Wesens nach oben, weil sie erkennen mußte, daß es doch nicht so einfach war, Mutter zu sein und abseits stehen zu müssen, wenn die Tochter Hochzeit hielt. Es war auch nicht gut für sie, einsehen zu müssen, daß man sich über ihren Willen hinweggesetzt hatte. Man hatte ihr bewiesen, daß man sie nicht brauchte. Das tat weh. Und das Unfaßbare für sie war, daß der junge Stuffner die Christine heiratete, ohne zu wissen, ob und was die Christine an Mitgift zu erwarten hatte!

Ganz folgerichtig kam sie dabei auf den Gedanken, daß die Liebe dieses Markus doch sehr groß sein müsse, aber dann sagte sie sich, daß man sie beschämen wollte. Auch das war ihnen gelungen, und die Moarin fühlte, daß ihr Stolz noch nie so hart angeschlagen worden war wie jetzt.

Dann spürte sie nichts mehr als eine grenzenlose Unsicherheit und Schmerzen unter dem rechten Rippenbogen. Diese Schmerzen spürte sie seit einiger Zeit mit scharfen Stichen, sie drückte die Faust gegen die Brust und preßte die Lippen zusammen, bis es vorüber war.

Als die Monika gegen Mittag mit den Leuten von der Streuwiese zurückkam, war das erste: »Stell dir vor, schicken die mir den Hochzeitslader und lassen zur Hochzeit bitten!«

Die Monika war zunächst selber etwas verblüfft, dann sagte sie: »Ja und? Die Christa ist schließlich deine Tochter und meine Schwester.«

Die Antwort war wenig befriedigend, zumindest hatte sie erwartet, daß auch die Monika diese Einladung als Frechheit auffaßte.

»Jetzt brauchst du bloß noch sagen, daß du hingehen möchtest!«

Die Monika zog zunächst die Wolljacke aus und nahm den Schal vom Hals. Dann hielt sie den Kopf schief und sah die Mutter an, wie sie es in letzter Zeit öfter tat.

»Ja, Mutter, ich werde hingehen. Da lass' ich mich nicht aufhalten.«

Und da geschah das Merkwürdige, daß die Moarin ganz still hinausging. Kein lauter Protest, kein Aufflammen, nur stille Resignation.

So kam der Hochzeitstag heran. Der Doppelhochzeitstag. Der Alois fuhr um fünf Uhr in der Früh mit der frisch gewichsten Landauerkutsche zweispännig weg, um die Braut vom Gellerthof abzuholen. Daheim jedoch, in der Stuffnerstube, schmückte die Näherin die Margret als bäuerliche Braut, obwohl von seiten des Bräutigams der Vorschlag gekommen war, die Margret möchte in Weiß gehen. Aber der Stuffner war dagegen, ohne viel Worte daran zu verlieren.

»Nein«, sagte er nur. »Unserer Heimattracht braucht sich niemand zu schämen. Sach' genug, wenn sie hernach modisch daherkommt.«

Um sieben Uhr kam ein Auto aus Rosenheim

und brachte den Bräutigam Werner Hank, seine Schwester, das »liebe Kind«, den Schwager »Schnucki« und die Mutter, Frau Karla Hank, eine feine, mütterliche Frau, der die Güte im Gesicht stand. Das »liebe Kind« hatte unter dem teuren Pelzmantel wieder ein bißchen wenig an, obenherum halt, und der Stuffner sagte gleich: »Hoffentlich ziehst du dir keine Mandelentzündung zu.« Dann trank er mit dem angehenden Schwiegersohn einen scharfen Schnaps, und die Frau Mama bekam eine gute Tasse Kaffee, wobei er sie fragte: »Hat er überhaupt gebeichtet, der Herr Schwiegersohn?«

Die Mama bestätigte es. Gestern sei er zum Tisch des Herrn gegangen, darauf habe sie schon gedrungen.

Bald darauf kam auch der Alois mit der Christine zurück. Die Christine, ebenfalls im schwarzen Schalk, den Myrtenkranz über der schwarzen Haarkrone, sah recht blaß aus, und der Alois erzählte seinem Bruder Markus, daß sie im Herfahren ein paarmal geweint habe, weil sie mit so ganz leeren Händen komme.

Drunten im Tal läuteten die Glocken zum erstenmal. Die Klänge kamen nur verschwommen durch den Nebel herauf. Die beiden Brautpaare nahmen im Rückteil der Kutsche Platz, der Stuffner und die Mirl saßen vorn auf dem Bock, so daß der Alois kaum mehr Platz hatte. Aber Trab konnte man bergab sowieso nicht fahren.

Am Dorfeingang standen die vielen Hochzeitsgäste und die Musik bereit. Sechzehn Mann Musik, die sogleich den Bayerischen Defiliermarsch schmetterten, kaum daß die beiden Brautpaare aus der Kutsche gestiegen waren und sich hinter der Musik und dem Hochzeitslader an die Spitze des Zuges gesetzt hatten.

Die Glocken läuteten wieder, und um diese Zeit fuhr auch die Moarin weg, in Richtung Rosenheim.

Es wurde eine Hochzeit mit allem schon langsam versinkendem Glanz vergessener Jahrzehnte. Bei dieser Hochzeit war noch alles dran: die Metzelsuppe vor der Kirche, das Hochamt und der Gräberbesuch hernach; wobei es Christine besonders dankbar empfand, daß man auch an das Grab ihres Vaters trat, auf das sie dann ihren weißen Nelkenstrauß legte.

Zuerst gab es für jeden der hundertundzwanzig Gäste an weißgedeckten Saaltischen drei Weißwürst' und frische Laugenbrezeln. Hernach wurde bereits zum Tanz aufgespielt, und da der »Schnukki«, trotz seines flotten Smokings mit einer schwarzen Fliege, nicht tanzen konnte, engagierte das »liebe Kind« den Stuffner Alois zum ersten Tanz.

Kurz vor dem Mittagessen kam dann der Herr Pfarrer und durfte zwischen den Brautpaaren sitzen. Als die großen Suppenschüsseln aufgetragen wurden – es gab Leberspätzlsuppe –, stand der hochwürdige Herr auf und sagte:

»Bevor wir uns nun den leiblichen Genüssen

hingeben, wollen wir Gott dem Herrn danken für Speise und Trank und wollen seiner auch nicht vergessen im Laufe des Tages und uns immer eingedenk sein, daß man nicht über den Durst trinken soll, wobei wir uns nur an das liebe Vieh erinnern sollten, das auch aufhört, wenn es genug hat.«

»Der kann leicht reden«, raunte der Alois seiner Monika zu, die als erste Kranzljungfrau neben ihm saß, »weil er es an der Leber hat.«

»Ich werd' schon aufpassen auf dich«, sagte die Monika. »Wenn du ein bissel viel hast, wirst immer gleich frech.«

»Später wird es dich einmal bitter reuen, daß du mich nicht frech sein hast lassen«, sagte der Alois und bestellte sich ein Kracherl.

Zum Mittagessen gab es Schweinsbraten mit Knödeln und vielen Salaten, weil sich in letzter Zeit herumgesprochen hatte, daß Salate recht gesund wären. Niemand wußte zwar dabei, wofür die vielen Salate gesund wären, man aß sie einfach. Und viele Salate blieben liegen und wurden dann den Schweinen vorgeworfen, was ja dann wieder auf der nächsten Hochzeit in fleischgewordener Form dem Wirt zugute kam.

Um drei Uhr gab es Kaffee und Kuchen. Kaffee konnte man sich aus großen Kannen einschenken, soviel man wollte, Kuchen gab es je Person zwei Stück.

»Den hätt' ich besser gemacht«, sagte die junge Probstbäuerin, die auf einer Klosterschule gewesen war und dort das Kochen gelernt hatte.

»Das Schweinerne war auch ziemlich fett«, antwortete die Haslacherin, die es mit der Galle zu tun hatte.

Worauf der Lachner herschrie: »So wär's allerweil! Frißt fett, stirbst, frißt nicht fett, stirbst auch.«

Um fünf Uhr gab es Aufschnitt, und davon wickelten einige schon das meiste in ihre mitgebrachten Tüchlein. Das gab am anderen Vormittag für »den Alten« eine gute Brotzeit, oder umgekehrt für »die Alte«.

Um sieben Uhr kam dann eine gefüllte Kalbsbrust, wobei das Gefüllte mehr war als das Fleisch. Aber die Soße war pikant, und viele tunkten sie noch mit einer Semmel heraus.

Und das alles für vierzig Mark Mahlgeld! Es wurden Kuverts herumgereicht, in die alle geladenen Gäste die vierzig Mark zu legen hatten. Meistens gab man ja fünfzig Mark, ganz Gute legten sogar einen Hunderter hinein und schrieben ihren Namen auf das Kuvert. Dann traten sie an den Brauttisch, gaben das Kuvert ab und durften dafür an einem Weinglas nippen und ein Plätzchen nehmen.

O ja, von dieser Doppelhochzeit würde man noch lange reden. Was da alles getrunken wurde und was man da alles erfahren konnte! Beim »Abdanken« nahm der Hochzeitslader kein Blatt vor den Mund und sagte in seinem Reim ganz offen:

»Und dann bedankt sich das Brautpaar beim Hochzeiter seinem Bruder Alois:

Den Alois freut 's Leben auch nimma alloa,
Drum hat er sich hing'macht an d'Monika
vom Moa.
Die Monika, sagt er, hat er narrisch gern,
Nur Geduld muß er hab'n, na werd's scho
was wern.
Die Monika hat ihn schon ganz fest in der
Hand.
Die Moarin wenn 's wüßt – guat Nacht beinand!«

»Was hat er gesagt?« fragte die Probstin ihre Nachbarin, weil sie den letzten Satz unter dem einsetzenden Gelächter nicht recht verstanden hatte.

»Daß der Alois mit der Moar Monika was hat.«

»Ja, das hab' ich schon mitkriegt. Und sie selber, die Moarin, ist gar nicht da. Ist auch allerhand! Die eigene Mutter! Daß man sich nicht einmal an so einem Tag versöhnen kann. Ich hab' gehört, sie hätte der Christa gar nichts mitgegeben.«

»Das sieht ihr gleich«, erboste sich die Probstin und trank wieder von ihrem Wein, um hernach festzustellen: »Der Margret ihrer, der gefällt mir schon. Ein strammes Mannsbild.«

»Ja, ja«, wußte die Haslingerin, »und Bildung hat er. Wenn ihm die Margret später nicht einmal zu wenig ist! Überhaupt – ich weiß nicht. Einen Städtischen heiraten, da weiß man ja nie, was dahintersteckt.«

»Da steckt eigentlich gar nichts dahinter«, sagte plötzlich heiter eine Stimme hinter den beiden. Das war der Stuffner. In seinem langen, schwarzen Flügelrock stand er ganz aufrecht da, obwohl er schon ziemlich viel Wein in sich hatte heineinrinnen lassen. »Da ist alles ganz klar abgemacht worden. Die Margret mag ihn, und er mag sie. Also, was kann man dagegen machen?«

»Freilich, freilich«, pflichtete ihm die Probstin bei. »Früher hätte man sich das halt gar nicht denken können, daß einmal eine vom Land in die Stadt hineinheiratet.«

»Wenn man nicht vergißt, woher man stammt, bleibt alles gut und recht«, sagte der Stuffner und ging weiter, bald dahin, bald dorthin. Er hatte seine Pflichttänze hinter sich und konnte nun so hingehen, von einem Tisch zum andern.

Zum Schwiegersohn sagte er: »Du gefällst mir. Und deine Frau Mutter auch.«

Das war kein billiges Lob, sondern die Wahrheit. Er setzte sich zur Christine, legte seine Hand auf ihren Arm und sagte: »Was hab' ich dir denn gesagt? Alles wird recht werden, hab' ich gesagt!«

»Aber bloß, weil ihr Stuffners alle so gut zu mir seid.«

»Dir muß man ja gut sein«, versicherte er, und auch das war keine Schmeichelei, das kam aus einem zufriedenen Herzen heraus, weil er doch damit allen bewies, wie sie hier beisammen waren, daß er mit seiner Güte und mit seinem Verstehen für junge Menschen weit über den Kleinlichkeiten seiner Nachbarin Therese Hellmayer stand. Er benahm sich an diesem Tag ganz so wie ein Vater, der Freude daran hat, an einem Tag gleich zwei seiner Kinder auszuheiraten.

Und zu dem dritten führte ihn jetzt sein Weg. Der Alois saß ganz sittsam neben der Monika. Der Stuffner legte bedachtsam die Flügel seines Rockes beiseite und nahm Platz.

»So, Alois, ist es recht. Nur nicht soviel hineintrinken. Und dir, Monika, danke ich, daß wenigstens du gekommen bist.«

Wenn schon die Mutter nicht gekommen ist, hätte er hinzufügen können. Aber er vermied es, etwas zu sagen, das einen Schatten hätte werfen können. Aber da sagte die Monika in ihrer unbedenklichen Art:

»Mich hätte die Mutter mit Ketten anbinden müssen, dann wäre ich ihr ausgerissen, um bei der Hochzeit zu sein.«

»Bei der Hochzeit deiner Schwester oder bei dem da?« fragte der Stuffner blinzelnd. Die Monika schaute den Alois ganz verliebt an.

»Beides, Stuffnervater.«

Der Stuffner hob die Brauen. »Wie sagst du zu mir?«

Hätte ich es nicht sagen dürfen?«

»Doch, doch! Es heißt immer noch nicht Schwiegervater.«

»Aber so wird es auch einmal heißen, gell, Alisi?«

Schmunzelnd betrachtete der Stuffner die beiden und stellte fest, daß sie von Tauben nicht schöner hätten zusammengetragen werden können. Die Monika sah entzückend aus in der schönen, kleidsamen Tracht. Die Taler an ihrem Geschnür klingelten bei jeder Bewegung. Den Alois strahlte sie an. Ihre Hand war gut und sicher, und das durfte sie schon sein, denn beim Alois gehörte ein bißchen Straffheit her, und man durfte dieser anderen Moartochter schon auch deshalb gut sein, weil sie den Alois bereits zu Besserem gewandelt hatte.

Dann stand der Stuffner wieder auf, ging an seinen Platz und unterhielt sich mit dem Pfarrer, der bereits vom Heimgehen sprach, sich aber gern noch zu einem Gläschen Wein überreden ließ. Man sprach vom Werdegang der Menschen und daß so eine Hochzeit der Kinder schon ein leises Anklopfen ans Altwerden bedeute.

»Sie und alt?« lachte der Pfarrer. »Stuffner, Sie werden hundert Jahre alt!«

»Möcht' ich gern, Herr Pfarrer. Enkel und Urenkel noch erleben dürfen. Bloß gesund müßte man dabei sein, sonst ist das Altwerden eine Qual.«

Nach einer Viertelstunde kam auch die Stuffnerin herbei, die zu berichten wußte, daß im Frühjahr gleich drei Hochzeiten fällig wären unter der Verwandtschaft, zu denen man gehen müsse. Und weil ja doch jetzt eine Junge ins Haus käme, könne sie endlich auch einmal daran denken, auf die eine oder andere Hochzeit zu gehen.

Der Stuffner schob ihr sein Weinglas zu.

»Trink, Mirl, damit du es gewöhnt bist, wenn du künftig auf Hochzeiten gehst.«

Ein bißchen spürte er jetzt den Wein schon, aber da es ein sehr guter, vom Schwiegersohn Werner ausgesuchter Wein war, sollte er am anderen Morgen kein Kopfweh haben, hatte man ihm versichert. Also kam es auf einen Schluck mehr nicht an, um in jenen Zustand der Heiterkeit zu gelangen, bei dem man dann so manches versprach, was man sonst sorgsam bedachte. Und so bekam die Mirl im Laufe der nächsten Stunde eine Fahrt in die Wieskirche versprochen und eine andere auf die Fraueninsel. Andere große Wünsche hatte sie nicht, an diesem Abend wären ihr auch die versprochen worden.

Dann war es für die Stuffners Zeit zum Heimfahren. Es dauerte aber noch eine gute halbe Stunde, bis sie überall Abschied genommen hatten, und als sie endlich weiterkamen, war es zehn Uhr.

Länger als bis zwölf Uhr sollte die Hochzeit sowieso nicht dauern. Aber die zwei Stunden von zehn bis zwölf Uhr genügten, daß der Alois doch noch zu einem ganz prächtigen Rausch kam, der ihn der Fähigkeit beraubte, die Kutsche mit den Brautpaaren heimzufahren. Ganz armselig und schlecht im Magen lag er vorne zu Füßen der Monika, die die Zügel hielt und sich manchmal ein wenig niederbeugte, um ihm über das erhitzte Gesicht zu streicheln und ihn zu trösten: »Morgen ist alles wieder gut, Alisi, wenn du deinen Rausch ausgeschlafen hast. Wie hab' ich das auch übersehen können!«

Ganz langsam zog das Gefährt zur Höhe hinauf. Der Nebel war so dicht, daß man kaum drei Schritte weit sah. Aber hier konnte man sich nicht verirren, und als man endlich ein rötlich schimmerndes

Licht durch den Nebel sah, konnten dies nur die Stubenfenster des Stuffnerhofes sein.

Am nächsten Tag ging mit der Arbeit auf dem Stuffnerhof nicht viel zusammen. Der Alois schlief seinen Rausch aus, durfte ihn auch großzügig ausschlafen, weil die Arbeit um diese Zeit nicht mehr so drängend war.

Die Stuffners saßen alle in der Stube, und die Stuffnerin weinte ein bißchen, so wie sie gestern schon bei der Trauung geweint hatte, denn um elf Uhr sollte die Margret wegfahren in die große Stadt.

Der Abschied kam auch den Stuffner nicht ganz leicht an. Er ließ sich bloß nichts anmerken, mußte aber seinem Schwiegersohn doch noch ans Herz legen: »Sei gut zur Margret.«

An Werners Statt antwortete seine Mutter: »Da könnt ihr ganz unbesorgt sein! Ich habe die Margret kennengelernt und weiß, welch prächtiges Menschenkind mein Sohn mir ins Haus bringt.«

Das »liebe Kind« gab auch noch seinen Senf drein und sagte, sie würde ihrem Bruder Werner schon kommen, wenn er es an der nötigen Aufmerksamkeit fehlen lassen sollte. »Nicht wahr, Schnucki?«

Der »Schnucki« nickte nur. Er hatte ein bißchen Kopfweh.

Man verlud noch das viele Gepäck in das Auto, dann war es soweit. Weil man ja nun in eine städtische Verwandtschaft gekommen war, wuchs das Abschiednehmen über die übliche Länge bäuerlichen Brauchtums hinaus, wo man sich nur die Hand drückt und einander in die Augen schaut. Hier umarmte man sich und drückte die Wangen aneinander oder küßte sich auf die Wange. Dem Alois imponierte das ganz gewaltig, und er nützte das beim »lieben Kind« gleich zweimal aus, indem er fragte: »Haben wir zwei uns schon verabschiedet?« Das »liebe Kind« wußte es nicht mehr genau, wollte ihm noch mal einen Kuß auf die Wange geben, aber der Alois drehte schnell das Gesicht herum, so daß sie ihn auf den Mund traf.

Der Stuffner stand mit hängenden Armen da, um seine Kinnlade zuckte es ein wenig, als die Margret ihn umhalste und schluchzend sagte: »Pfüat di Gott, Vater. Ein Vergelt's Gott für alles.«

»Ja, ja, ist schon recht, Dirndl. Bleib brav.«

»Ich vergess' euch schon nicht«, versprach die Margret und ging zur Mutter, die den Schürzenzipfel in der Hand hielt und in ihrer grenzenlosen Verlegenheit nichts anderes zu sagen wußte als: »Wenn du einmal Hammelfleisch machst, das muß ganz heiß auf den Tisch kommen. Und beim Gulasch darfst ruhig für ein Pfund Fleisch ein halbes Pfund Zwiebeln nehmen.«

Ach, sie hätte doch ganz etwas anderes sagen mögen, etwas ganz tief Mütterliches, aber es ging halt nicht heraus. Die Stuffnerin meinte, daß dies die schwerste Stunde ihres Lebens sei.

Sie waren nun alle eingestiegen bis auf das »liebe

Kind«, als der Stuffnerin noch einfiel: »Jesses, die Eier! Alois, im Flur steht noch ein Korb mit Eiern!«

Der Alois sprang und übergab den Korb der jungen Frau im Pelzmantel. Dabei sagte er: »Haben wir zwei uns eigentlich schon auf Wiedersehen gesagt?«

»Ich weiß nicht«, sagte das »liebe Kind«, wußte es aber doch, denn diesmal gab sie ihm nur noch die Hand, obwohl der Alois seinen Schnabel schon hingehalten hatte.

Der Wagen setzte sich in Bewegung und rollte langsam den steilen Weg hinunter.

Nacheinander gingen sie alle ins Haus. Die Stuffnerin weinte jetzt ungehemmt, der Stuffner schneuzte sich geräuschvoll, um seine Rührung zu verbergen, der Markus legte seinen Arm um Christines Schultern, und der Alois leckte sich mit der Zunge die Lippen.

Kaum war das Auto verschwunden und das Geräusch des Motors nicht mehr zu hören, kam von der anderen Seite der Postbote heraufgestiegen und hatte einen eingeschriebenen Brief für Frau Christine Niederegger.

»Für mich?« fragte die Christine ungläubig.

»Jawohl«, sagte der Postbote und buchstabierte langsam: »Frau Chri-sti-ne Nieder-egger – auf Stuffen vorm Wald. Und da mußt mir den Zettel unterschreiben.«

Die Christine sah ihren Markus unsicher an. »Wie kann denn das sein? Ich hab' doch meiner Lebtag noch keinen Einschreibebrief gekriegt.«

»Vielleicht übermittelt dir der Schober Jakob von Tretting schriftlich seine Glückwünsche«, witzelte der Alois.

Die Christine unterschrieb, der Postbote bekam seinen Schnaps und zog weiter.

Es war ein großes, grünes Kuvert, der Inhalt fühlte sich steif an, und der Absender war die Sparkasse in Rosenheim.

»Mach du es auf«, verlangte Christine, als hätte sie vor dem Inhalt Angst.

Markus zog sein feststehendes Messer und schlitzte den Umschlag auf. Zum Vorschein kam ein blaues Sparkassenbuch, auf das erst am gestrigen Tag dreißigtausend Mark für Frau Christine Niederegger, geborene Hellmayer, eingezahlt worden waren.

Der Stuffner stand da und schaute zunächst so, wie man ihn nur ganz selten schauen sah, ein bißchen dumm. Dann nickte er sachlich: »Ganz nobel, das muß ich sagen! Hast es gehört, Mirl? Die Moarin hat der Christa dreißigtausend Mark mitgegeben!«

»Siehst es«, meinte die Mirl, »sie ist gar nicht so unrecht!«

Darauf antwortete der Stuffner nichts. Er freute sich auch nicht für sich, sondern nur für die Christa.

»Verdient hast es«, stellte er sachlich fest, dann verlangte er nach seinem Flügelrock. Dort mußte die Schachtel mit den Virginias noch stecken.

Nach dem Mittagessen wollte der Anderl den Stuffner sprechen:

»Sei mir nicht bös, Bauer, aber ich möchte weg.«

Die Brauenbüschel schoben sich erstaunt in die Höhe. Der Stuffner betrachtete den Burschen nachdenklich und sehr lange, bis er fragte: »Hat dir was nicht gepaßt bei mir in diesem Jahr? Sag es ruhig. Bist du mit dem Lohn nicht zufrieden, oder ist sonst was?«

»Mir war alles recht, Bauer. Gewiß wahr, ich weiß nicht, ob es mir noch mal so gut geht wie bei dir. Aber – ich möchte fort.«

»Schön! Aufhalten soll man niemand. Zu wem gehst denn dann?«

»Ich möcht' in die Welt hinaus, möchte die Menschen und das Land kennenlernen.«

Das war nun doch eine sehr große Überraschung, und zum erstenmal gewahrte der Stuffner, daß der Anderl gar kein rechter Bub mehr war, sondern schon ein ganz stattlicher, sauber gewachsener junger Mann.

»Das ist was anderes, und ich bin der letzte, der so was nicht respektiert. Glaub aber ja nicht, Anderl, daß dir draußen in der Welt die gebratenen Hendl in den Mund fliegen!«

»Das weiß ich schon, aber es muß sein, Bauer.«

Der Stuffner überlegte ein wenig und erzählte dann: »Einmal – es ist schon etliche Jahre her –, da ist auch einer so vor mir gestanden und hat es besser machen wollen, ist in eine Fabrik gegangen. Nach einem Jahr ist er wiedergekommen, hat sich soviel wie gar nichts erspart gehabt und war voller Hunger. Er war dann noch drei Jahr bei uns, dann hat er in ein kleines Anwesen bei Sachsenkam geheiratet. Das wollte ich dir nur gesagt haben, Anderl. Aber wie gesagt –«

»Mach mir's nicht schwer, Bauer«, bettelte der Anderl.

»Nein, nein, Bub. Wenn du glaubst, daß du anderswo dein Glück findest, ich will dir nicht im Weg sein. Du hast mir's früh genug gesagt, und ich kann mich um einen anderen umschaun.« Er griff in seine Tasche, zog den Geldbeutel heraus und steckte dem Anderl einen Fünfzigmarkschein zu. »Da, du sollst auch nicht leer ausgehn. Bist immer fleißig und anständig gewesen. Und wenn dir da draußen der Wind um die Ohren pfeift und es sollte dir einmal schlechtgehen – auf den Stuffnerhof kannst jederzeit zurückkommen.«

»Dank schön, Bauer.«

»Ja, geh nur zu jetzt. Noch bist ja da, drei Monate noch, vielleicht überlegst es dir bis dahin doch noch anders.«

Vielleicht, dachte der Anderl, stand draußen im Flur und betrachtete besinnlich den Fünfzigmarkschein. Es hätte nicht viel gefehlt, und er wäre wieder wankelmütig geworden. Aber da hatte der Bauer von dem einen erzählt, der nach einem Jahr schon reumütig zurückgekommen sei, und das hat seinen Stolz aufgestachelt.

Dann ging' er in die warme Stube, nahm seine Zither herunter und spielte:

»Ach, wie ist ums Herz mir weh,
Wenn ich zu meinem Kinde geh ...«

Es konnte wohl nicht behauptet werden, daß die Moarin durch diese Hochzeit ihrer Tochter Christine mit einem Stuffner erst krank geworden war. Das mußte schon länger in ihr gesteckt haben. Aber sie hatte die oft wahnsinnigen Schmerzen mit jener Tapferkeit verbissen, die ihr trotz aller anderen Absonderlichkeiten nicht abzusprechen war. Niemand am Hof sollte sie jemals krank und schwächlich sehen dürfen. Das wäre ihr wie ein Verrat an sich selber vorgekommen.

Doch dann ging es eines Tages einfach nicht mehr, sie mußte sich niederlegen. Das sonst so makellose Weiß in ihren Augen hatte gelblichen Schimmer, auf ihrer Stirn stand jetzt oft kalter Schweiß, der Mund wurde vor lauter Verbeißen der Schmerzen ganz dünn, die früher so blühende Haut ihrer Wangen fahl.

An einem Nachmittag in der ersten Adventswoche legte sie sich hin und rief nach der Monika.

»Mach mir heiße Umschläge!«

»Heiße?«

»Ja, sonst hätt' ich ja kalt gesagt! Bring mir eine Schüssel mit heißem Wasser und ein Handtuch.«

Aber dann durfte die Tochter das ausgewundene Handtuch nicht auf die schmerzende Stelle legen, denn diese Frau hatte auch in dieser Hinsicht stets Abstand bewahrt, und keines ihrer Kinder hatte sie jemals unverhüllt gesehen. Sie selber schob das heiße Handtuch unter die Bettdecke und legte es auf die schmerzende Stelle unter den Rippen.

Dann lag sie ganz ruhig. Die gleiche Moarin, die seit dem Tod ihres Mannes mit hartem Willen über allen Dingen gestanden und wie eine zornige Rachegöttin oftmals den Streit gesucht hatte, die lag nun ganz still, mit geschlossenen Augen, ganz hilflos, die Hände über der Bettdecke gefaltet wie zum Beten, indessen es ihr dafür noch zu früh erschien, denn die Schmerzen mußten ja wieder vorübergehen, weil sie zum Kranksein keine Zeit haben durfte.

Für die Monika, als sie so tatenlos neben dem Bett saß, lag die Versuchung sehr nahe, der Mutter etwas Tröstendes zu sagen, und wenn der Trost empfangen wurde, dann könnte sie vielleicht auch von sich selber ein bißchen reden, den Weg wenigstens andeuten, den nun auch sie gegangen war. Aber dann hatte sie doch nicht den Mut dazu, und auch ihr Instinkt sagte ihr, daß es unanständig wäre, einen kranken Menschen vor so harte Tatsachen zu stellen. Dazu hätte sie mehr gebraucht als den liebenden Rückhalt ihres Alisi und die eigene Tapferkeit.

Und krank war die Mutter, daran war jetzt wirklich nicht mehr zu zweifeln, denn dieses Stöhnen aus halbgeöffneten Lippen war nicht gespielt.

Ratlos schaute die Monika zum Fenster hinaus. Schnee lag draußen, nicht viel, eine gleichmäßige, hartgefrorene weiße Decke. Drunten auf der Hangwiese hoben die Stuffnermänner den Grund aus für

Margrets Sommerhaus. Dort wölbte sich die Erde schwarz über dem weißen Schnee.

Wieder dieses Stöhnen aus dem Bett herüber. Entschlossen bestimmte jetzt die Monika: »Da muß der Doktor her, Mutter.«

Die Moarin schüttelte den Kopf. »Morgen ist es wieder vorbei. Der Hans soll kommen.«

Die Monika schrie über den Balkon hinunter nach dem Hans, den die Moarin damals eingestellt hatte, als ihr Mann gestorben war. Allein mit den beiden Dirndln hätte sie die Arbeit auf dem großen Hof nicht bewältigt.

Schwere Schritte kamen über die Stiege herauf. Die Pelzmütze in der Hand, trat Hans ein.

»Horch zu, Hans«, sagte die Moarin, »ich werde in den nächsten Tagen kaum hinaufkönnen in den Wald. Ihr schlagt den ganzen Streifen vom Drexlwald bis zum Wildbachgraben herunter. Daß ihr mir aber nicht über die Mark kommt. Du bist lang genug am Hof und kennst die Grenze.«

»Das ist viel Holz«, sagte die Monika, als der Knecht wieder draußen war.

»Dreißigtausend waren auch viel Geld, und das muß wieder 'reinkommen«, antwortete die Moarin. Dann drehte sie den Kopf wieder zur Seite und lag ganz still. Als es dunkler und dunkler wurde, bekam die Monika Angst und lief zur Schwester hinunter.

»Christa, die Mutter gefällt mir gar nicht. Ganz apathisch liegt sie da, und dann stöhnt sie wieder vor Schmerzen.«

»Den Doktor müßt ihr halt holen«, sagte der Stuffner, obwohl es ihn nichts anging.

»Wo hat sie denn Schmerzen?« fragte die Stuffnerin.

Die Monika hielt die Faust in die Gegend, wo die Schmerzen sitzen mußten.

»Gallensteine vielleicht? Da könnte der Hackl von Öd helfen, der hat allerhand so Sympathiemittel.«

»Sonst nichts mehr!« begehrte der Stuffner auf. »Bleib mir weg mit dem Quacksalber! Wenn ich was zu bestimmen hätte, dann den Doktor und sonst nichts.«

Obwohl er also nichts zu bestimmen hatte, wurde ihm doch gehorcht, und die Monika holte den Doktor. Der machte ein recht bedenkliches Gesicht, überhörte geflissentlich die Frage der Moarin, wer ihn denn gerufen hätte, befahl der Monika, daß sie ihm leuchten solle, und zerrte mit einem Ruck das Deckbett zurück.

»Gallensteine sind es«, stellte er nach einer Weile fest, deckte die Moarin wieder zu und setzte sich auf den Stuhl. »Ich kann Ihnen was verschreiben, daß die Schmerzen nachlassen. Aber die werden wiederkommen, und Sie werden nicht darum herumkommen, daß Sie sich operieren lassen.«

»Krebs ist es doch nicht?« fragte die Moarin, und ihre Augenlider flatterten dabei.

»Ach, woher denn! Gallensteine, hab' ich gesagt.« Er entnahm seiner Ledertasche ein Röhrchen mit Tabletten. »Da nehmen Sie jetzt alle drei Stunden eine. Und hier noch eine andere, daß Sie schlafen können. Morgen schau' ich wieder nach.«

Die Tabletten wirkten nach einer halben Stunde, und die Moarin stieß mit einem Stock, den sie neben dem Bett hatte, gegen die Holzwand. Die Monika kam und sah die Mutter jetzt aufrecht im Bett sitzen.

»Wer hat denn den Doktor geholt?« fragte sie.

»Ich hab' ihn geholt, Mutter.«

»Dann zahlst ihn auch! Kein Mensch hat es dir angeschafft! Und morgen steh' ich wieder auf! Muß in den Wald 'nauf, man kann sich ja auf keinen Menschen mehr verlassen.«

Sie ging aber am nächsten Tag nicht in den Wald hinauf und verlangte nun selber nach dem Doktor.

»Ich halt' es vor Schmerzen nicht mehr aus, Herr Doktor.«

»Ich weiß, ich weiß! Aber hier sind meine Mittel erschöpft, Frau Hellmayer. Ich muß Sie in ein Krankenhaus einweisen, bevor es noch schlimmer wird.«

Die Schmerzen hatten sie erschöpft, aber der Wille zum Widersetzen und die bäuerliche Knickrigkeit waren noch vorhanden und ließen die Moarin in die Tonart zurückfallen, die sie sonst immer peinlichst gemieden hatte.

»Du redest dich leicht! Wer soll denn das zahlen, meinst du?«

Den Doktor störte das »Du« überhaupt nicht, es kam ihm sogar recht gelegen, denn er wußte aus Erfahrung, daß sich auf diese Art eine Vertrauensbasis aufbauen ließ.

»Tja«, sagte er, »das ist bei euch immer das gleiche. Für eure Dienstleute müßt ihr in die Krankenkasse bezahlen, an euch selber denkt ihr nicht. Dann wird gejammert, wenn es einen Tausender kostet.«

»Einen Tausender gleich? Muß man denn da schneiden?«

»Wahrscheinlich. Soweit ich es übersehen kann, wird es das Vernünftigste sein. Da kriegst sonst nie eine Ruhe.«

»Auf einen Tausender lass' ich mich ein, wenn ich dann Ruh' hab. Die Schmerzen sind ja nimmer auszuhalten! Wenn eine Kuh so was hat, schüttet man ihr ein Trankerl ein. Aber bei unsereinem muß geschnitten werden. Und dann schreibt ihr eine Rechnung, die so gesalzen ist, daß einem die Augen übergehen!«

»Aber du«, antwortete der Arzt mit derselben Schroffheit, »bist keine Kuh, sondern die Moarbäuerin, die noch länger leben will und muß.«

»Da hast recht«, unterbrach sie ihn. »Da ging' ja sonst alles drunter und drüber. Noch dazu hab' ich für die Monika keinen Hochzeiter, keinen richtigen Bauern, der hier einmal weitermacht.«

Der Doktor hätte da schon etwas sagen können, weil er die Abdankungsverse auf der Hochzeit gehört hatte. Überhaupt weiß so ein Landdoktor viel und will nichts sagen, auch wenn solche Dinge nicht unter sein Verschwiegenheitsgebot fallen würden. Darum spann er den anderen Faden weiter:

»Und außerdem besteht die Gefahr, wenn das mit der Gallenblase – wahrscheinlich sind es auch Steine –, wenn das nicht beseitigt wird, daß es dann auch die Leber anpackt, weil Galle und Leber eng zusammenhängen und miteinander arbeiten.«

»Ah, so ist das? Also, einen Tausender, hast gesagt?«

Daß es etwa zehntausend Mark kosten könnte, verschwieg der Doktor lieber und ging auf ihre Frage nicht ein.

»Ich bestelle für heute mittag den Krankenwagen, weil alles andere keinen Sinn mehr hat.«

»Meiner Lebtag bin ich noch in keinem Krankenhaus gewesen. Aber wenn du meinst, daß es sein muß?«

»Jawohl, es muß sein!«

Immer noch überlegte es sich die Moarin und dachte daran, den Krankenwagen wieder wegzuschicken, wenn er kam. Aber als sie zu Mittag wieder die gräßlichen Schmerzen bekam, ließ sie sich von der Monika ein halbes Dutzend Unterröcke und wollene Nachtjacken einpacken und von den Sanitätern widerstandslos auf die Trage legen und hinuntertragen.

Der Hans und die Monika standen ganz bedrückt da. Der Monika sprangen sogar ein paar Tränen in die Augen, und der Hans, auf den die Moarin immer soviel gehalten hatte, sagte: »Was sein muß, muß sein.«

Dann griff er in seine Hosentasche, zog eine dunkelgebeizte Dose heraus und schnupfte.

Ein paar Tage später kamen zwei Herren zum Moarhof, blieben eine Weile beim Pflanzgarten stehen und schauten sich interessiert um. Die Monika sah sie vom Küchenfenster aus und fragte sich, was die wohl wollten. Der eine zog jetzt die Handschuhe aus, öffnete eine Aktentasche und nahm eine Skizze heraus. Der andere trug eine Brille und sah dem ersteren interessiert über die Schulter. Schließlich entschlossen sie sich, ins Haus zu gehen. Monika hörte, wie sie sich ihre Schuhe draußen abstampften, und kam aus der Küche.

»Sind wir hier richtig beim Moar?«

Die Monika nickte und wischte sich die Hände an der Schürze ab.

»Hellmayer ist wohl der richtige Name?«

»Aber beim Moar heißt man's. Beim Moar vorm Wald. Was möchten Sie denn?« Die Monika öffnete die Stubentür und bat, einzutreten. In der Stube zogen die beiden ihre Mäntel aus, und dann erfuhr Monika, daß ihre Mutter schon im Spätsommer einen Brief an die Überlandwerke geschrieben und sich erkundigt hätte, wie teuer es käme, wenn der Strom vom Stieberhof nach hierherüber gelegt würde.

Die Monika schaute ein bißchen dumm drein. Das sollte ihre Mutter geschrieben haben?

»Ich weiß davon nichts«, sagte sie dann. »Und die Mutter ist seit vorgestern im Krankenhaus.«

»Tja, was machen wir denn da? Wir sind hergeschickt worden, um die Vereinbarungen zu treffen. Es ist ja überhaupt kaum zu glauben, daß es hier noch keinen Strom gibt.«

»Das verstehe ich auch nicht. Ich weiß bloß, daß der Stuffner schon lang daran interessiert wäre, aber unsere Mutter hat nie mögen. Und jetzt hat sie selber an euch geschrieben?«

»Ja, bitte, Sie können es selber lesen.«

»Ich glaub' es schon. – Mögen die Herren vielleicht ein Glasel Schnaps?«

»Ja, gern. Selbstgebrannten vielleicht?«

Die Monika nickte und schenkte zwei Gläser voll, überlegte eine Weile und sagte dann: »Wissen Sie was? Wenn Sie doch schon da sind jetzt, gehen Sie doch auch zum Stuffner hinunter. Der ist ganz sicher daran interessiert.«

»Das hatten wir sowieso im Sinn. – Donnerwetter, der geht aber warm runter! Kann man denn da nicht eine Flasche kaufen von diesem Schnaps? Ist es Kirsche oder Zwetschgen?«

»Zwetschgen.«

Sie nahmen jeder eine Flasche mit, verabschiedeten sich und gingen zum Stuffner hinunter. Der Stuffner hatte gerade seine hohen Stiefel angezogen und wollte zur Baustelle hinunter, bei der man bereits die Kellerverschalung anbrachte. Wenn der Frost brach, wollte man gleich betonieren.

Der Herr mit der Brille meinte, den Stuffner bereits zu kennen. Als er dann sagte, daß sie von den Überlandwerken kämen, erinnerte sich auch der Stuffner.

»Bei Ihnen war ich doch vor ein paar Jahren?«

»Stimmt genau. Reger ist mein Name, und dies hier ist Vermessungsingenieur Mantl.«

»Soso. Aha. Nehmen Sie doch Platz. Was verschafft mir denn die Ehre?«

»Wir waren gerade oben beim Moar. Von dort hat man vor längerer Zeit einen Brief an uns geschrieben, wegen einer Leitung nach hier.«

»Wer? Die Moarin? Jetzt kenn' ich mich nimmer aus. Sie war es doch, die immer dagegen war! Jetzt hab' ich mich so halb und halb entschlossen, mir selber ein kleines Kraftwerk zu bauen.«

Zunächst höchstes Verwundern bei den Herren, dann ein skeptisches Lächeln. Dann mußte sich der Stuffner belehren lassen, daß dies zunächst auf erhebliche Schwierigkeiten stoßen werde, langwierige Verhandlungen mit der Baukommission. »Ganz abgesehen von den Arbeiten, die Sie allein niemals bewältigen können.«

»Ich hab' einen Schwiegersohn, der sich auskennt.«

»Das mag schon sein. Aber bei nüchterner Betrachtung müßte auch der einsehen, daß sie mit uns viel billiger wegkommen.«

Der Stuffner überlegte eine Weile, dann schob er das kleine Fenster zur Küche auf. »Christa, lauf schnell einmal 'nunter und sag, der Markus soll gleich heimkommen.«

Ja, so weit war er inzwischen schon, daß er ohne Markus, den »Vize«, wie der Alois ihn nannte, nichts mehr entscheiden mochte. Genauso wie die Stuffnerin ihre Schwiegertochter Christa manchmal fragte: »Was kochen wir denn morgen?«

Der Markus kam, und der Stuffner überfiel ihn gleich:

»Stell dir vor, Markus, die Moarin interessiert sich auf einmal fürs Elektrische!«

»Na, so was?«

»Ja, ich hab' auch grad' so geschaut, als die Herren es mir gesagt haben. – Also, meine Herren, wie schauen dann Ihre Vorschläge aus?«

Der Herr namens Mantl breitete die Skizze aus, und der andere stellte seine Berechnungen an.

»Wenn wir vom Stieberhof ausgingen und den kürzesten Weg nehmen würden, müßten wir durch den Waldstreifen. Wem gehört der Wald?«

»Der Wald gehört mir.«

»Die Moarin will aber daran vorbeigehen und weiter oben herkommen auf ihren Hof. Das wäre entschieden weiter. Wenn Sie sich aber entschließen könnten, Niederegger, eine kleine Schneise durch den Wald zu schlagen, nicht breit, vielleicht sechs Meter, könnten ungefähr zehn Masten gespart werden.«

»Und wie ist denn das, kann die Masten ich selber liefern und die Erdarbeiten leisten?«

»Darüber ließe sich reden. Wir würden dann in diesem Falle nur zwei Leute von uns zur Anleitung und zum Aufsetzen der Porzellanisolatoren herschicken.«

Der Stuffner sah seinen Markus an und dieser seinen Vater. Dann fiel die Frage, die jeden bewegte: »Und wieviel Masten bräuchte man von uns bis zum Moar hinauf?«

»Höchstens drei.«

»Schau einmal, wie billig sie dabei wegkäm'! Das hätte sie schon längst haben können, wenn sie nicht so bockbeinig gewesen wäre. Wann hat sie denn eigentlich den Brief an euch schon geschrieben?«

Man schaute nach. Der erste war vom 28. Juni, der zweite vom September.

»Dann muß sie den ersten gleich nach dem verlorenen Prozeß geschrieben haben. Aber das ist jetzt gleichgültig. Wann könnte die Sache denn starten?«

»Unseretwegen sofort, sofern für die Grabarbeiten der Boden nicht zu hart gefroren ist.«

»Wie weit geht die G'frier hinein, Markus?«

»Höchstens fünfzehn Zentimeter, und wie es jetzt herschaut, kriegen wir bald Föhn.«

Da fiel dem Stuffner noch ein: »Wir bauen da unten am Hang ein Häusel für unsere Tochter. Wo kann ich denn da den Strom anschließen?«

»Von hier wäre das viel zu umständlich. Wir haben die Baustelle vorhin schon gesehen. Von dort aus sind es doch höchstens noch dreihundert Meter zum Transformatorenhaus.«

Der Stuffner rieb sich vergnügt die Hände. Was war denn das nur? In letzter Zeit lief alles so glatt dahin, von nirgendher wurden ihm Prügel zwischen die Füße geworfen, und er glaubte nun selber, daß die Moarin schon seit längerer Zeit wirklich krank gewesen sein mußte.

Und diese versteckte Krankheit mußte ihr die Kraft zum Hassen genommen haben.

Nun war er unvermittelt der Erfüllung eines langgehegten, heißen Wunsches nahegekommen. Das war ihm eine solch tiefe Beglückung, daß er sich lachend auf die Schenkel schlug.

»Meine Herren, wenn Sie soviel Zeit hätten, Sie könnten zum Essen dableiben! Bis es soweit ist, könnten wir ’nunterschaun zum Wäldl und die Schneisen anzeichnen. Komm, Markus!«

Es war nur ein schmaler Streifen von etwa sechs Metern, den sie durchschneisen müßten. Nicht einmal besonders wertvolles Holz, außer einigen Bäumen, die man sowieso bald gefällt hätte, nur mannshohes Gestrüpp. Vom Wäldchen aus ging es steil hinunter zum Stieberhof, hinter dem ein Transformatorenhäusel stand.

Als sie das alles genau besichtigt hatten, fiel dem Stuffner ein:

»Jetzt ging’ ab, daß uns der Stieber nicht durch seinen Grund ließe.«

»Das kann er praktisch gar nicht verweigern«, meinte Herr Reger.

»Sagen möchte ich es ihm auf alle Fälle. Und das machst jetzt gleich am besten du, Markus. Du hast ja vom Strom schließlich viel mehr, als ich ihn noch ausnützen kann.«

Es war aber nicht so, daß der Stuffner sich um diese Unterredung drücken wollte, er stand mit dem Stieber auf gutem Fuß. Absichtlich schickte er den Sohn hin, seinen Vize. Das sollte sein Selbstbewußtsein ein bißchen steigern, er sollte das Gefühl bekommen, daß er bereits herausgestiegen war aus der Sohnesrolle, die bisher doch eine recht untergeordnete gewesen war. Der junge Bauer sollte ein bißchen in den Vordergrund geschoben werden.

Und da ja nun in dieser wichtigen Sache soweit

alles geklärt war, konnte am nächsten Tag schon mit den Arbeiten begonnen werden. Den einen Haken hatte es nur: Wer sollte die drei Löcher für die Masten zum Moarhof hinauf graben?

Der Hans schnaubte mit den Nüstern und hob abwehrend die Hände. »Ohne die Bäuerin mach' ich nichts!«

Er rührte tatsächlich auch keine Schaufel an, obwohl der Boden durch Regen und Föhn aufgeweicht war, ging stattdessen lieber in den Holzschlag und überließ die Verantwortung der Monika, die gemeinsam mit dem Alois am Samstagnachmittag die drei Löcher grub, einen Meter fünfzig tief und dreißig Meter voneinander entfernt.

Das Aufstellen der Masten war dann nur mehr ein Kinderspiel. In diesen Tagen kam von der Moarin ein Brief an ihre Tochter Monika. In ihrer steilen, aber sehr sauberen Schrift schrieb die Mutter:

»Liebe Monika! Muß Dir mitteilen, daß es mir gar nicht so gut geht, wie Du vielleicht meinst, und die Unterröcke und Nachtjacken hätte ich gar nicht gebraucht, weil sie mir hier ein langes Nachthemd gegeben haben, fast bis zu die Füß' hinunter langt es. Schmerzen hab' ich keine, weil sie mir gleich immer eine Spritze geben. Aber schneiden wollen sie noch nicht, sie sagen, sie müssen mich dafür erst vorbereiten, und das Herz ist schwach, und sie müssen es erst stützen und herrichten fürs Schneiden. Vielleicht komme ich vor Weihnachten gar nicht mehr dran, sagen sie, und sagst dem Doktor daheim, seinen Tausender hat der Fuchs gemessen, wo es doch hier im Tag dreihundert Mark kostet, zweiter Klasse! Wenn ich bei der Krankenkasse wäre, hätten sie mich in die dritte Klasse gelegt, aber wenn man privat zahlt, dann nützen die das aus. Liebe Monika, daß ich es nicht vergesse, wenn von den Überlandwerken wer kommen sollte, ich hab' jetzt kein Geld dafür, und sagst, daß ich geschnitten werde und daß das viel kostet. Ist so lang gegangen ohne Elektrisch, dann geht's jetzt auch noch. Wenn du einmal kommst und mich besuchst, nimm eine Flasche Schnaps mit, weil bei mir im Zimmer eine Frau liegt, der ihr Mann ist höherer Beamter und mag den Zwetschgenschnaps gern, wenn er direkt von der Quelle, also vom Erzeuger, kommt, weil da nichts verdünnt ist, sagt er. Und schaust einmal 'nauf in den Wald, wie weit die Mannsbilder schon sind mit dem Holzschlag. Sonst weiß ich für heute nichts, und es grüßt dich deine Mutter.

NB. Wenn die Scheckin kälbert und es ist ein Kühkaibl, dann mußt es aufstellen, weil das gute Rasse ist, und ein Stierkaibl gibst dem Metzger. Und überhaupt mußt Du Dich übern Hof gut annehmen, daß nichts runterkommt.«

Um den Hof annehmen, ja, das hatte die Monika so gut und recht getan, wie sie es verstanden hatte. Wenn sie aber in den Holzschlag hinaufgehen sollte? Sie bat den Alois, daß er mit ihr am Sonntagnachmittag hinaufgehe. Der Alois verstand zweifellos mehr, vor allem merkte er, daß da einige Stämme verschwunden waren. Davon sagte er aber der Monika vorerst noch nichts. Erst daheim sagte er zum Stuffner:

»Da gehen mindestens fünf Kubikmeter Holz ab.«

»Gestohlen, meinst?«

»Oder verkauft worden.«

»Wer soll es denn verkauft haben, wenn die Moarin gar nicht da ist?«

»Das werde ich schon 'rausbringen.«

Und der Alois fragte so lange umeinander, bis er es herausgebracht hatte. Auf halbem Weg nach Miesbach lag eine kleine Säge, und dorthin hatte der Hans die Stämme verkauft und das Geld dafür in seine Tasche gesteckt.

»Das muß ich gleich der Mutter sagen, wenn ich sie am nächsten Sonntag besuche«, empörte sich die Monika.

»Sag vorerst noch gar nichts«, riet der Alois. »Man weiß nicht, ob es ihr guttut, wenn sie sich aufregt.«

»Der verkauft ja noch mal eins, wenn ich ihn nicht zur Rede stell'! Und grad' auf den Hans hat die Mutter immer so viel gehalten.«

»Du sagst gar nichts, dir leugnet er es höchstens weg. Überlaß das nur mir.«

Am selben Abend, als der Hans vom Wald heimkam, saß der Alois droben in der Stube und tat so, als wäre er hier daheim. Der Hans stutzte für Sekunden, dann zog er eine spöttische Grimasse. Lang aufgeschossen stand er da, ein Mann von etwa fünfunddreißig, voll zäher Kraft.

»Wenn die Katz' aus dem Haus ist, traust du dich auch rauf, gell, Stuffnerbub?«

Der Alois lächelte recht freundlich. »Mir geht's da genau wie dir. Du traust dir auch allerhand, wenn die Katz' aus dem Haus ist.«

»Was meinst denn, was die Moarin sagen tät', wenn sie dich da sitzen sehen tät'?«

»Käm' grad' drauf an, was ich ihr sagen könnte, so nette Geschichten erzählen, weißt.«

Hans hatte seine wollenen Fäustlinge über die Ofenstange gehängt, die Monika war in der Küche und werkelte dort. Sie waren also ganz allein. Langsam stand der Alois auf und schüttelte den rechten Fuß ein wenig, geradeso, als ob er ihm eingeschlafen wäre.

»Wie schaut es denn aus, Hans? Möchtest mir nicht auch fünf Kubikmeter Holz verkaufen?«

Der andere wechselte die Farbe und kniff die Augen klein. Dann wandte er sich um. »So blöd kannst auch bloß du fragen«, sagte er.

»Und du bloß so blöd antworten. Willst es vielleicht leugnen, daß du dem Paulimüller fünf Kubikmeter Holz verkauft hast? Oder hat die Moarin dir das angeschafft? Dann wär' es nämlich was anderes.«

Wütend starrte der Hans den Alois an. Und dann verlor er die Beherrschung und schrie: »Schnüffler, verreckter! Was geht denn das dich an!«

Immer noch sanfter und freundlicher wurde der Alois.

»No ja, wie leicht könnte die Moarin auf den Gedanken kommen, daß wir es gestohlen hätten. Es war ja schon einmal so was Ähnliches.«

Bedächtig zog der Hans seine Schnupftabaksdose, schnupfte und sagte dann: »Zuzutraun wär' es euch ja.«

Nun war es am Alois, die Farbe zu wechseln, ganz schmal wurden seine Augen, die Nasenflügel blähten sich ein wenig, beide Schultern schob er etwas hoch.

»Du – sag das noch einmal!«

»Hundertmal sag' ich's noch! Euch Stuffners trau' ich –«

Weiter kam er nicht mehr, denn in der nächsten Sekunde schon traf ihn ein so fürchterlicher Schlag mitten auf den Mund, daß er zurücktaumelte und hart gegen den Tisch schlug. Dann reckte er sich hoch, die Augen rollten, die Arme breitete er weit aus wie ein Gorilla, ein Riese eigentlich gegen den viel kleineren Alois. Als ob er ihn zerquetschen wollte, so sah es einen Augenblick aus. Aber noch ehe seine riesigen Hände zugreifen konnten, duckte sich der Alois und rammte ihm den Schädel so hart in die Magengrube, daß er stöhnend in die Knie ging. Dann hagelte es knochenharte Schläge nieder, bis die Monika entsetzt aus der Küche gerannt kam.

»Alois, hör auf, erschlag ihn doch nicht ganz!«

Schnaufend richtete der Alois seinen aufgerissenen Hemdkragen.

»Der soll sich ein andermal überlegen, was er sagt!«

Angewidert schaute die Monika auf den Knecht, der sich stöhnend aufrichtete und die Hand vor den blutenden Mund hielt.

»Für dich wäre es besser, du gingst so bald wie möglich«, sagte sie. »Ich hab' dir eigentlich nie getraut, bloß die Mutter hat dir alles geglaubt, weil du ihr recht schön ins Gesicht getan hast. Die wird ja schaun, wenn ich's ihr sage.«

»Sag ihr, was du magst, du blöde Gans!« zischte der Hans.

Die Monika fiel dem Alois in den Arm, der die »blöde Gans« sofort handfest zurückzahlen wollte. Sie zog ihn mit hinaus in die Küche.

»Den hast ja ganz schön zugerichtet.« Sie strich dem Alois die Haare aus der Stirn und tätschelte seine Wange. »Bleib schön sitzen jetzt, ich richte dir eine Brotzeit her.«

Dann saß sie bei ihm und schaute ihm zu, wie er die fein hergeschnittenen Stücklein Rauchfleisch hinter seinen blitzenden Zähnen verschwinden ließ.

»Das ist gut«, lobte der Alois. »Habt ihr noch viel von dem?«

»Leider nein«, gestand sie. »Ich weiß gar nicht, was ich tun soll. Weihnachten hätten wir halt sonst eine Sau abgestochen. Aber jetzt ist die Mutter nicht da, und ich weiß nicht –«

»Abstechen!« sagte der Alois. »Nichts wie abstechen. Sie hat doch geschrieben, daß du auf den Hof schaun sollst.«

»Am Sonntag fahr' ich nach Rosenheim und besuch' sie, dann kann ich sie fragen.«

»Dann sag ihr nur das wegen dem Licht auch gleich. Morgen kommen die Monteure zu uns und richten im Haus die Leitungen ein. Da mußt schon gleich auch mitmachen, sonst müßten sie wieder extra kommen.«

»Du redest dich leicht, Alois, ich hab' ja gar nicht so viel Geld da.«

»Das tät' unser Vater schon auslegen, jetzt sind wir ja in der Verwandtschaft.«

»Wir schon, aber die Mutter nicht. Kennst sie ja. Mein lieber Alisi, mir wird direkt Angst, wir haben nämlich ein ganz schönes Packerl Überraschungen für sie.«

»Man muß es ihr halt grammweis beibringen, weißt, daß sie sich nicht verschluckt an den Neuigkeiten.«

»Wenn ich nur besser lügen könnte«, seufzte die Monika.

»Lügen brauchst ja nicht. Kannst ihr ruhig sagen, was der Hans für ein schlechter Kerl ist und daß ich ihm ein paar geschmiert hab'. So – jetzt bin ich satt und geh' heim.«

»Kommst auf d'Nacht noch ein bissel rauf?«

»Freilich, das muß ich doch ausnützen, solange wir allein sind.«

Die Monteure der Überlandwerke hatten die Drähte heraufgezogen, standen bei eisigem Wind mit ihren Steigeisen an den Masten und machten auf dem Moarhof noch den Dachständer fest, als es um halb vier Uhr nachmittags zu schneien anfing, zuerst langsam, dann in dichten Flocken, zwei Tage und zwei Nächte lang, bis der Schnee auf dieser Höhe einen Meter hoch lag.

Es blieb nichts anderes übrig, als gemeinsam einen Fahrweg ins Tal zu schaufeln, damit man mit der Milch hinunter konnte. Und was in den vielen Jahren nicht möglich gewesen war, jetzt ging es auf einmal: Vom Moar brachte man die Milchkübel zum Stuffnerhof herunter, dort wurden sie auf einen Wagen geladen und ins Dorf gefahren zur Sammelstelle.

Der Weg war also sauber geräumt, und die Monika fuhr am Samstagnachmittag nach Rosenheim, um die Mutter zu besuchen.

Als sie das Krankenzimmer betrat, erschrak sie. Die Mutter saß in einem Lehnstuhl, hatte eine dicke Wolldecke über den Knien und sah zum Fenster hinaus in den Schnee, der auf den Dächern lag. Ihr Gesicht war gelb, ein von Schmerzen gezeichnetes Gesicht. Das müde Lächeln, mit dem sie die Tochter begrüßte, blieb nur um die Mundwinkel und reichte zu keinem Aufleuchten der Augen.

»Grüß dich, Mutter«, sagte die Monika.

Wieder das müde Lächeln und ein Deuten mit der schwachen Hand auf das Bett, auf das die Monika sich setzen sollte. Dann die Frage:

»Wie geht's daheim?«

Die Monika zog zuerst ihren Mantel aus.

»Den Schnaps, wo du geschrieben hast, hab' ich mitgebracht und für dich ein paar Schmalznudeln.«

»Als ob ich Schmalznudeln essen dürfte! Wer

weiß, ob ich überhaupt noch mal so was Fettes essen darf. Und für den Schnaps ist es zu spät. Die andere ist gestern rausgekommen. Drum bin ich allein.«

»Wie geht's dir denn, Mutter?«

»Soso, lala. Den Schnaps kannst trotzdem dalassen. Da ist so ein junger Assistenzarzt, der schnapselt so gern. – Ich hab' dich gefragt, wie es daheim zugeht?«

»Soweit ganz gut, aber –«

»Was aber?«

»Der Hans ist fort.«

Wenn man der Moarin gesagt hätte, der Dachstuhl sei zusammengefallen, hätte sie auch nicht erschreckter dreinschauen können.

»Der Hansl? Ja – was fällt denn dem ein?«

»Ja, dem ist allerhand eingefallen, Mutter. Hat hintenrum fünf Kubikmeter Holz verkauft in seine Tasche.«

Eine lange Zeit war Stille. Die Moarin schaute auf die Eisblumen am Fenster. Grenzenlose Enttäuschung lag in ihrem Blick. Die Monika hatte aufrichtiges Erbarmen und dachte sich, mehr darf ich nicht erzählen.

»Wer ist ihm denn da draufgekommen?« fragte die Mutter schwach.

»Der Alisi«, platzte die Monika heraus und hätte sich die Zunge abbeißen können, daß sie es nicht verschluckt hatte. Ängstlich schaute sie in das Gesicht der Mutter. Es bewegte sich nichts, die Lider zuckten nicht, die gefürchtete Stirnfalte blieb aus.

Und die Stimme klang um keinen Ton erregter als vorhin: »Du meinst den Stuffner Alois?«

Die Monika gab keine Antwort, suchte in ihrem Körbchen nach dem Taschentuch und schneuzte sich. Dann wechselte sie abrupt das Thema:

»Sollen wir auf Weihnachten eine Sau abstechen oder nicht?«

»Wieviel Geselchtes ist denn noch da?«

»Höchstens noch zwei Rankerling.«

Zu anderer Zeit hätte die Moarin sicher gesagt: Ihr habt ja nicht schlecht gefressen. So aber sagte sie nur: »Die vom hinteren Barren laßt abstechen, die schwarze. Der Schienagl soll sie abstechen. Leber- und Blutwürst', weißen und schwarzen Preßsack soll er machen. Gib aber Obacht, daß er nicht zuviel Fleisch mit heimnimmt! Und was ich noch sagen will –«

Dazu kam sie aber nicht mehr, denn eine Schwester mit weiter, weißer Flügelhaube kam herein und sagte freundlich:

»Jetzt wollen wir wieder ins Bett, nicht wahr, Frau Hellmayer?«

Ergeben nickte die Moarin und ließ sich weich betten.

»Das ist meine Tochter Monika«, sagte sie. Die Schwester meinte, sie freue sich für ihre Patientin, daß sie endlich einmal Besuch bekommen habe. Natürlich solle er nicht zu lange ausgedehnt werden.

»Ich fahr' sowieso bald wieder«, antwortete die Monika, dann waren sie wieder allein.

»Was ich zuerst noch sagen wollt', Monika –

wenn du Geld brauchst, in meiner Kommode im zweiten Fach liegen zweitausend Mark. Der Schlüssel dazu liegt hinter der Muttergottes.«

»Wie lang mußt denn noch dableiben?« wollte die Monika wissen.

Die Kranke zuckte mit den Schultern. »Kann sein, daß sie mich vor Weihnachten noch operieren. Wenn man privat herinnen liegt, pressiert es ihnen ja nicht. Wir werden vielleicht noch fünfzig Kubikmeter mehr Holz schlagen müssen. Im Jochgraben droben das Eck vielleicht.«

»Als der Hansl fort ist, hab' ich den Menger Hausl derweil fürs Holzschlagen eingestellt.«

»Hast schon recht gehabt. Fahr jetzt wieder, Dirndl, sonst kommst in die Nacht hinein. Und kauf dir ein paar warme Würst und einen Tee mit Rum, das macht warm.«

Die Monika stand nun auf und reichte der Mutter die Hand.

»Behüt' dich Gott, Mutter. Und werd' bald gesund.«

»Ja, behüt' dich, Monika. Hat die Scheckin schon gekälbert?«

»Ja, das hätte ich bald vergessen. Leider ein Stierkaibl.«

»Gibst es dem Wirt von der Kreuzstraße, aber laß dich nicht übers Ohr hau'n mit dem Preis.«

Die Monika war schon bei der Tür, da erreichte sie nochmals die müde Stimme vom Bett her.

»Wie weit ist jetzt das eigentlich mit dem Stuffner Alois?«

Der Monika verschlug es die Stimme, heiß stieg es ihr in der Kehle auf, dann war sie wieder am Bett, kniete nieder und barg ihren Kopf aufschluchzend in das Deckbett. »Ich hab' ihn halt so gern.«

Keine Antwort darauf. Nur ein lindes Streicheln der weißgewordenen, mageren Hand über den Scheitel der Monika. Dann die umflorte Stimme: »Fahr jetzt heim, Monika.«

Draußen suchte die Monika noch nach der Schwester mit der Flügelhaube.

»Bitt' schön, was muß ich denn zahlen, wenn Sie mir gleich ein Briefl schreiben, wenn es mit der Mutter schlechter gehen sollt?«

»Gar nichts, mein liebes Kind. Habt ihr denn kein Telefon?«

»Ach wo, wir haben ja nicht einmal elektrisches Licht! Aber nimmer lang, dann haben wir's.«

Wie von einer schweren Last befreit, ging nun die Monika ins Flötzinger Löchl, bestellte sich fünf Dicke und einen Glühwein. Dann trat sie die Heimfahrt an.

Am nächtlichen Himmel stand ein schmaler Mond hinter grauem Gewölk. Immerhin schneite es nicht. Aber was war denn das auf einmal? Hing denn der Himmel mit seinen Sternen so tief? War er heruntergefallen mit seinen funkelnden Lichtern? Die Monika blickte nach rückwärts, da waren keine Sterne. Bis sie auf einmal erfaßte: Das, was da droben auf der Höhe so hell erstrahlte, das waren keine Sterne, das waren die elektrischen Glühbirnen auf Stuffen vorm Wald! Ganz deutlich sah sie jetzt den

Stuffnerhof, in dem die ganze lange Reihe Fenster vom Wohnhaus den Stall entlang erleuchtet war. Und etwas oberhalb die Lichter vom Moarhof, auf dem auch noch eine Hoflampe über der Stalltür strahlte, ganz hell wie der Abendstern.

Dieser Anblick war so schön, daß der Monika die Tränen kommen wollten vor Freude. So lange hatte man im Dunkeln gelebt, und jetzt war Licht geworden. Und nicht nur auf dies allein bezogen, nein, auch anders war es heller geworden, gerade als ob ein dunkles Tuch weggezogen worden wäre von der Vergangenheit, damit die Zukunft nun heller werde.

In so einem großen Krankenhaus hörte man allerlei. Manchmal ging die Moarin auf den Gang hinaus, wo auf den Bänken die Patienten saßen, Genesende und solche, die es noch vor sich hatten, eine Operation, irgendeinen Eingriff.

Jeder Eingriff in den menschlichen Körper sei mit Gefahr für das Leben verbunden, hörte die Moarin erzählen, wenn sie, in ihrem dunklen Lodenmantel über dem Nachthemd, dasaß, weil sie so etwas wie einen Morgenmantel nicht kannte. Es könne auch sein, daß man aus der Narkose nicht mehr aufwache, und das sei vielleicht der schönste Tod, weil er nicht ins Bewußtsein dringe. Wieder andere schilderten genau die Schmerzen, die sie erlitten hatten, so daß man bei allem, was da mit solch übereifriger Geschwätzigkeit geplaudert wurde, hätte Angst bekommen können.

Die Moarin hatte Angst, nicht die gewöhnliche Allermenschenangst vor Schmerzen oder vorm Sterben, sondern die Angst, daß sie alles, was sie verkehrt gemacht hatte in ihrem Leben, nicht mehr gutmachen könnte. Wenn es ihr passieren würde, daß sie nach der Narkose auch nicht mehr aufwachte, würde niemand mehr erfahren, wieviel Bereitschaft zum Gutmachen sich in ihr während des untätigen Daliegens in diesem Haus angesammelt hatte. Und doch, die Monika hätte es bereits erkennen können. Kein Vorwurf, als der Name des Stuffner Alois gefallen war. Oh, sie hatte es seit langem geahnt und hatte sich bezwungen, den Schrei nicht auszustoßen, dessen es bedurft hätte, wenn ihr Gewissen nicht vor der Krankheit schon angefangen hätte, in sie hineinzubohren und sie zu fragen: Meinst du, daß du ganz recht gehandelt hast in allem? Du siehst ja nun, daß die Liebe stärker ist als dein Haß!

Auch die Christine hätte es erkennen müssen durch die Überweisung der dreißigtausend Mark auf das Sparbuch. Daran mußten doch auch die Stuffners ihre Bereitschaft erkannt haben.

Sie hatte nun so viel Zeit, über alles nachzudenken, auch, daß der leichtfertige Jugendstreich des Stuffners längst einer Vergebung wert gewesen wäre. Er hatte ja damit ihr Leben nicht zerstört, sie war trotzdem auf die Höhe vorm Wald gekommen, und wenn sie es jetzt so überdachte, sie hatte einen guten Mann gehabt, hatte zwei Töchter, ihr Leben war immer erfüllt gewesen, aber was um ihr Dasein geleuchtet hatte, das hatte sie selber zerstört mit ihrem Hang zum Hassen.

Dann sagte man der Moarin unverhofft, daß sie morgen »drankomme«. Eine junge Schwester mit sanftem Gesicht bereitete sie darauf vor und versicherte ihr, daß sie Vertrauen in die Hand des Chirurgen haben dürfe, die zwar nicht Gottes Hand sei, aber von ihm geführt und gelenkt werde.

Am Abend schaute dann noch, wie bestellt, ein junger Kooperator herein, fragte, wie es ihr gehe und ob sie beichten wolle. Natürlich wollte sie das. Reinen Tisch machen. Jedoch hatte sich bei ihr seit Ostern nichts oder fast nichts angesammelt, und so sagte sie nur: »Ich habe im Haß gelebt.«

Ob sie selber dies als Sünde betrachte, fragte der Geistliche. So ein kurzer glühender Haß sei manchmal wie eine Reinigung.

»Glühend schon«, gestand sie, »aber nicht kurz. Das hat viele Jahre gedauert.«

»Hat gedauert? Ist also erloschen?«

»Was jetzt noch in mir ist, ist kein Haß mehr. Ist alles zerbröckelt, der Haß und die Feindschaft, und heute frage ich mich, warum ich eigentlich gehaßt habe.«

Lange unterhielten sich die beiden. Der Kooperator kam selber vom Land und kannte die bäuerlichen Gepflogenheiten recht gut. Dann sagte er, daß er morgen früh noch mal käme.

»Mit der letzten Ölung?« fragte die Moarin schnell, und in ihren Augen flackerte nun doch die andere Angst.

»Ach, woher denn! Wir tun noch recht schön kommunizieren und werden keinerlei Angst haben.«

An diesem Abend gab man ihr eine Tablette, auf die sie tief und lange schlief und sogar noch voller Schlaf war, als der Kooperator ihr Zimmer betrat. Und draußen schneite es, das sah sie. Dichte Flokken fielen am Fenster vorüber, legten sich sachte auf den alten Schnee und glitzerten dann im Morgenlicht wie Millionen kleinster Diamanten.

Am letzten Adventssamstag fuhr der Alois mit nach Rosenheim. Die Monika hatte ihn so lange gebeten, bis er nachgegeben hatte. Es war ein klarer, kalter Wintertag, die Sonne schien, wärmte aber nicht, weil der Ostwind wie mit tausend Nadeln daherwehte.

Jetzt, weil er sah, daß er in den sauren Apfel beißen mußte, übermannte den Alois wieder die wunderbare, leichtfertige Sicherheit, mit der er eigentlich allen unangenehmen Dingen in seinem Leben begegnet war. Vom Brief, den die Frau Oberin an die Monika geschrieben hatte, wußte er, daß die Operation schwer gewesen, aber gut verlaufen war, die Patientin sich leidlich wohl fühle, aber nicht aufgeregt werden dürfe.

Der Brief war vor zwei Tagen gekommen, in der Zwischenzeit mußte sich die Moarin nach Alois' Auffassung schon wohler fühlen. Wenn sie ihn nicht anschreien konnte, dann war das ganz gut, dann brauchte er auch nicht zu schreien und mußte seine ganzen Vorsätze über den Haufen werfen, denn er hatte es nie anders gesehen, als daß bei der ersten Begegnung mit der Moarin geschrien werden müßte, und zwar von seiner Seite gleich mit einer solchen Lautstärke, daß die Moarin in die Knie ginge.

Aber das brauchte es jetzt nicht mehr, denn die Moarin war krank, es ging ihr bloß leidlich, und einen kranken Menschen soll man nicht anschreien.

Die Läden waren, weil ja »langer Samstag« war, geöffnet, und die Monika konnte für die Mutter eine Flasche Sekt kaufen. Als sie dann an einem Blumenladen vorbeigingen und der Alois die roten Nelken sah, fiel ihm ein, daß ja auch der Werner Hank damals, bei seinem ersten Besuch auf dem Stuffnerhof, mit Nelken gekommen war und dabei gesagt hatte: »Ich habe mir erlaubt, ein paar Nelken mitzubringen ...«

So ähnlich wollte er auch sagen und die Moarin dabei mit dem lustigsten Gesicht anlachen, das er fertigbrachte.

»Meinst, daß sie Blumen mag?« fragte er die Monika.

»Sie wird sich sicherlich freuen darüber.«

Die junge Verkäuferin wollte ihm sieben Stück andrehen, aber der Alois sagte: »Fünf tun es auch. Seids ja sowieso so teuer, gleich zwei Mark für eine!«

»Es sind ja auch Treibhausnelken«, mußte er sich belehren lassen, und als ihm das kleine Fräulein das Wechselgeld herausgab, haschte er schnell nach ihrer Hand und flüsterte: »Du bist auch so eine kleine

Treibhausnelke, bist so blaß und müßtest viel an die frische Luft.«

Sie waren eigentlich ein schönes Paar, wie sie so nebeneinander hergingen, die Monika in einem dunkelbraunen Trachtenmantel, der Alois mit dem großen Gamsbart auf dem Hut. Ihre Gesichter waren von der Kälte gerötet, ihre Schuhe rutschten nicht auf dem festgefrorenen Schnee.

»Aber das sag' ich dir gleich«, meinte der Alois, als sie sich dem Krankenhaus schon näherten, »lang bleib' ich nicht. Ich geh' dann gleich wieder und warte auf dich im Duschlbräu.«

»Die Hauptsach' ist, daß du überhaupt mitgehst!«

»Nur dir zulieb', das sollst nie vergessen, Monika.«

»Nein, Alois, heut' wird sich alles entscheiden. Und wie ich dir schon gesagt hab', sei freundlich zu ihr.«

»Wie freundlich ungefähr?«

»So gut du es fertigbringst. Schaden kann es nie. Und vom Licht sagen wir also gar nichts?«

»Nein, das soll sie überraschen, wenn sie heimkommt.«

Sie betraten das Krankenhaus, in dem es zuging wie in einem Bienenstock, so viele Menschen hasteten über die Treppen und durch die Gänge.

»Wie es da nach Karbol riecht«, sagte der Alois und zog die Nasenflügel hoch.

»Wenn man länger herinnen ist, merkt man das nimmer«, wußte die Monika.

Dann standen sie vor der Tür. Der Alois wickelte die Nelken aus dem Papier, knüllte es zu einem Ballen und schob den in seine Joppentasche.

Die Moarin lag ganz flach da, wie auf einem Brett, und war erschreckend weiß im Gesicht, so weiß wie das makellose Leinen des Bettzeugs. Nur die Augen wandte sie nach der Tür, schloß sie noch einmal und öffnete sie wieder.

Nein, es war kein Spuk. Der Stuffner Alois stand wahrhaftig neben der Monika. Nur die Brauen zog sie ein bißchen zusammen, dann glättete sich ihre Stirn wieder. Dann ein tiefes Atemholen und ein ganz vages Lächeln um den Mund. Das nützte die Monika gleich aus und trat vor.

»Da hab' ich dir eine Flasche Sekt mitgebracht, und der Alois hat mich hereingefahren, weil –«

Die Kranke nickte nur, das müde Lächeln kam und ging. Dann trat der Alois vor, wollte eigentlich sagen: »Ein paar Blümerl für die Frau Mutter«, verhaspelte sich aber und legte die Nelken ganz einfach auf das Deckbett.

»Dank' schön«, sagte die Moarin matt und hob die Nelken gegen ihr Gesicht.

»Nichts zu danken, Moarin. Hat eine bloß zwei Mark gekostet, weil es Treibhausnelken sind, weißt. Und daß du bald gesund wirst, wünsche ich dir auch. Brauchst dich aber nicht abkümmern, dem Metzger von der Kreuzstraß hab' ich um zwanzig Pfennig fürs Pfund mehr abgehandelt, als er euch für das Stierkaibl geben wollt. Egidi, hab' ich gesagt, mit mir nicht. Die Moarin ist im Krankenhaus, und ich hab' die Verantwortung, hab' ich gesagt. Und das wäre ja noch schöner, hab' ich gesagt, so eine Krankheit ausnützen zu wollen.«

Nach dieser langen Rede trat der Alois etwas zurück und knöpfte seine Joppe auf, weil ihm so warm war.

»Ja, der Alois hat mir in allem gut beigestanden«, versicherte die Monika.

»Muß ich doch, oder? Soll ja alles in Ordnung sein, wenn die Frau Mutter heimkommt. Und stell dir vor, der Schienagl hätte fürs Sauschlachten gleich den ganzen Kopf mitgenommen, gleich bis zum Halsgrat hinter! Was, hab' ich gesagt? Drei Pfund stehen dir zu fürs Schlachten, aber nicht gleich die halberte Sau, hab' ich gesagt. Meinst, weil die Moarin nicht da ist, kannst du gleich den ganzen Kopf mitnehmen? Mei, der hat vielleicht blöd geschaut!« Der Alois zog seine schwere silberne Taschenuhr aus dem Westentaschl, daß die Taler an seiner Uhrkette leise klingelten. »Wie bloß die Zeit vergeht. Du wirst deiner Mutter noch mehr zu sagen haben, denk' ich, ich vertroll' mich jetzt wieder.«

Er hätte nicht den Mut gehabt, der Moarin die Hand zu geben, aber sie streckte ihm die ihre hin. Dabei rutschte ihr der Ärmel des Nachthemdes zurück, und man konnte sehen, wie mager ihr Arm geworden war.

»Recht schönen Dank für alles«, sagte sie und wollte lächeln, aber sie konnte nur mit einem Mundwinkel lächeln, so matt war sie.

»Schau, daß du bald gesund wirst«, sagte der Alois und verschwand nun sehr schnell.

Draußen atmete er befreit auf wie einer, der gerade noch dem Fegefeuer entronnen ist. Dann ging er, leise vor sich hinpfeifend, den Weg in die Innenstadt.

Die Straßen waren voller Menschen, gerade wie bei einem Volksfest. Alle trugen Pakete und hatten es furchtbar eilig. Der Alois hatte es nicht eilig, er schlenderte zum Duschlbräu. Auch da war alles gesteckt voll, fast lauter Bauernmenschen. Doch der Alois fand schon einen Platz.

»Wie wär's denn, wenn ihr ein bissel rucken täts«, lachte er und zwängte sich an einen vollbesetzten Tisch. Es dauerte auch gar nicht lange, bloß bis der Alois seine Schweinswürstl mit Kraut gegessen und die erste Maß Bier getrunken hatte, dann redete an diesem Tisch nur noch er. Und es war ihm gut zuzuhören, wie er seine Witze riß, keine schlechten, immer stubenrein, weil auch ein paar Frauen mit am Tisch saßen.

»Wenn einem die Mutter stirbt«, erzählte er soeben, »dann soll man ein ganzes Jahr trauern und ein breites Trauerband am Ärmel tragen. Wenn der Vater stirbt, trauert man ein halbes Jahr, und das Bandl braucht nicht mehr ganz so breit zu sein, und wenn die Schwiegermutter stirbt, dann langt leicht ein Zwirnsfaden.«

»Was tätet ihr Mannsbilder denn, wenn es keine Schwiegermütter gäbe?« fragte eine von den Jungbäuerinnen am Tisch. »Dann kämt ihr nie zu einer Frau!«

»Hast auch wieder recht«, lachte der Alois und streckte den Hals, denn er sah gerade die Monika zur Tür hereinkommen und neugierig Umschau halten nach ihm. »Jetzt kommt ja mein Schneckerl!«

Man rückte ein bißchen, und die Monika hatte noch leicht Platz. Ein paar andere wollten sowieso gehen, und die Monika konnte dann recht schön an der Stirnwand sitzen und sich anlehnen.

»Jetzt mag ich drei Wollwürst' mit Kartoffelsalat. Was hast denn du gegessen, Alisi?«

»Schweinswürstl mit Kraut.«

Die Monika nahm den Maßkrug und trank. Als sie ihn niederstellte, sah sie die drei Striche auf dem Bierfilzl.

»Was? Drei Maß hast du in der kurzen Zeit schon?«

»Es war ja auch ein langer Durst, den ich gehabt hab'.«

»Das ist aber die letzte, gell, Alisi?«

»Das sehen wir dann schon. Seit ich mit dir jetzt geh', hab' ich überhaupt keinen richtigen Rausch mehr zammen'bracht.«

»Was war denn dann das auf der Hochzeit?«

»Das war die einzige Ausnahme.«

Bald darauf gingen wieder ein paar andere, zum Schluß hatten sie den Tisch für sich allein. Der Alois war aufgelockert und unternehmungslustig. Er hatte sich die Begegnung mit der Moarin viel ärger vorgestellt, und nun war alles so gut abgelaufen. Die bekam er in die Hand, das wußte er jetzt.

»Jetzt könnten wir eigentlich noch in ein Café gehen«, schlug er vor.

Die Monika überlegte kurz, dann entschied sie: »Kaffee koch' ich dir daheim. Höchstens, daß wir noch ein paar Stückl Torte mitnehmen.«

Sie setzte sich doch immer wieder durch, diese Monika. Und der Alois gehorchte ihr. Oh, sie verstanden sich so gut in allem. Daheim war sie wieder ganz schmeichlerisches Kätzchen, kuschelte sich an seine Brust, und manchmal hob sie den Kopf und gab ihm einen Kuß.

»Da wirst schauen, wie schön das ist, wenn wir einmal verheiratet sind«, schwärmte sie ihm vor.

»Mach mir nur das Maul recht wäßrig«, sagte der Alois und meldete damit seine Ungeduld an auf das versprochene Schöne.

Die Moarin kam erst Ende Januar zurück, es hatte nach der schweren Operation noch einige Komplikationen gegeben und lange gedauert, bis Herz und Kreislauf wieder in Ordnung waren. Und doch kehrte nicht mehr die gleiche Moarin zurück, etwas hatte sich gewandelt. Sie wollte keine Zugeständnisse an ihre sechsundvierzig Jahre machen und war doch gezwungen dazu. Ihr Schritt war nicht mehr so federnd rasch, die zwei weißen Strähnen in ihrem Haar waren breiter geworden, das Feuer in ihren schwarzen Augen war einer müden Resignation gewichen, und sie konnte sich nicht mehr aufbäumen wie früher, wenn ihr etwas blank entgegenstieß, was gegen ihren Willen war. So wölkte sie eigentlich nur die Stirn, als sie heimkam und das elektrische Licht sah. Ihre erste Reaktion war nur: »Was hat das gekostet?«

Bevor sie Antwort bekam, ging sie schon um den Schlüssel zur Geldkassette, um nachzusehen, wieviel verbraucht worden war. »Sauber«, sagte sie, als sie die Leere entdeckte. Aber die Monika hatte über alles genau Buch geführt, die Rechnungen lagen da, den Lohn für den Menger hatte sie auch auszahlen müssen. Die Moarin konnte beim besten Willen nichts entdecken, das auf eine Mißwirtschaft hingedeutet hätte. Aber so ganz sang- und klanglos wollte sie das auch nicht schlucken und sagte: »Man braucht bloß einmal dem Haus den Buckel zudrehen, und schon geht das Geld'nauswerfen an.« Und dann schon wieder versöhnlich: »Warum hast du mir denn vom Licht kein Wort gesagt?«

»Es hat ja eine Überraschung sein sollen für dich, Mutter.«

»Eine nette Überraschung, auf meine Kosten! Hat dich dabei auch der Alois unterstützt?«

»Der Alois hat mit mir die Mastlöcher gegraben. Du mußt doch zugeben, Mutter, daß es in allem eine große Erleichterung ist. Du brauchst bloß mehr hindrücken, dann brennt es.«

»Und der Zähler läuft.«

Der Stuffner Alois kam die meisten Abende herauf und verstand es wunderbar, die Moarin in die Hand zu bekommen. Aber mit dem Spürsinn eines Menschen, der schon einmal den wehenden Flügelschlag des Todesengels verspürt hat, empfand die Moarin genau, daß der Alois es ehrlich meinte mit ihr und mit der Monika. Und wenn der Alois ihr erklärte: »Du mußt dich noch schonen, Frau Mutter«, und als sie sich nicht schonen und unbedingt in den Wald hinaufgehen wollte, da zeigte der Alois, daß er eben doch ein Stuffner war, und konnte ganz energisch werden:

»Du folgst jetzt ganz einfach, basta! Wir möchten uns hernach keinen Vorwurf machen, daß wir auf deine Gesundheit nicht geschaut hätten.«

»Wer wir?«

»Die Monika und ich.«

»Aha, ihr zwei! Schön langsam 'nausschieben, die Alte?«

»Geh, Frau Mutter, wie kannst denn so was glauben? Merkst du denn nicht, daß wir es nur gut mit dir meinen?«

»Doch«, gab sie in einer Anwandlung unbedingter Ehrlichkeit zu. »Ihr meint es gut mit mir. Man hat es vielleicht immer gut mit mir gemeint, aber ich habe es nicht erkennen wollen.«

»Die Hauptsach' ist, wenn man es einsieht.«

»Ja, Stuffnerbub, ich habe es eingesehen.«

So kam das Frühjahr heran, die Moarin erholte sich zusehends, aber das Starke, Schwingende kam nie wieder. Manchmal saß sie jetzt um die Zeit hinterm Haus, wo die Sonne so warm hinschien, sah auf die Wiesen, auf denen der Krokus blühte, hörte auf das Plätschern des Baches und auf den Gesang der Vögel und gab sich ihren Gedanken hin. Wenn sie die zwei jungen Menschen sah, den Alois und ihre Monika, taten sie ihr fast ein bißchen leid in ihrer Not, und es war doch wohl am besten, wenn sie die beiden heiraten ließ. Auf der anderen Seite konnte sie sich einfach nicht vorstellen, daß sie die Herrschaft abtreten sollte, nicht mehr die Moarin sein. Das Befehlen war ihr so sehr in Fleisch und Blut übergegangen, daß sie etwas vermissen würde. Und so sann und rätselte sie nach einem Ausweg, nach einem Weg, der für beide Teile gangbar war. Als sie dann meinte, ihn gefunden zu haben, wurde sie zusehends ruhiger.

An einem Nachmittag nun, als sie wieder so dasaß und sich überlegte, was das für ein Vogel sein könnte, der so herrlich in der Hollerstaude sang, sah sie plötzlich den Stuffner vom Wald herunterkommen. Wo dann der Weg nach unten abzweigte, blieb er kurz stehen, gerade als ob er darauf wartete, ob sie nun etwas sage oder nicht. Genau das gleiche dachte aber auch die Moarin, und es schien schon, als sei das Alte wieder da, der Haß, als beide zugleich nach der Brücke suchten.

»Geht's schon wieder?« fragte der Stuffner, und die Moarin sagte gleichzeitig: »Ganz schön warm macht's schon«, so daß sie einander eigentlich gar nicht verstanden hatten. Aber es war gesprochen worden, nicht mehr feindselig, sondern in einem ruhigen, freundlichen Ton, so daß der Stuffner sich dachte, es lohne sich schon, ein paar Schritte näher zu kommen. Und die Moarin dachte, wenn er doch schon vor mir steht, kann er genausogut neben mir auf der Bank Platz nehmen. Der Stuffner wiederholte dann seine Frage: »Geht's dir jetzt wieder besser?«

»Ja, schön langsam geht's jetzt wieder. Wie schnell etwas daherkommen kann!«

»Das sag' ich ja allweil! Drum soll man sich das Leben so schön machen, wie es geht.«

»Das hab' ich schon im Sinn. Was ist denn das für ein Vogel, der so schön singt?«

»Eine Amsel.«

»Denkt hab' ich mir's.«

Dann entstand eine Stille. Der Stuffner zog eine kurze Pfeife aus seiner Tasche, und die Moarin schaute einem frühen Zitronenfalter nach. Auf einmal sagte sie ohne jede andere Einleitung:

»Dein Alois möchte meine Monika heiraten.«

»Das hat er mir auch schon gesagt.«

»Wer hätte das einmal gedacht?«

»Was gedacht?«

»Daß ich nachgeben und ja sagen könnte. Mußt wissen, so eine Krankheit, wie ich sie hinter mir habe, die läßt einen über vieles nachdenken, und man sieht so manches ein, was man verkehrt gemacht hat, und daß es manches gar nicht gebraucht hätte.«

Der Stuffner wartete ein bißchen, nahm dann die Pfeife aus dem Mund und schaute die Moarin an.

»Glaubst du nicht, Resi, daß es gut wäre, wenn wir alle zwei das Vergangene vergessen täten?«

»Ich hab' es vergessen, Thomas.«

»Bloß hast du dich noch nicht überwinden können, deine Christine einmal bei uns drunten zu besuchen.«

»Hat sie mich besucht?«

»Wir haben ihr sogar zugeredet, daß sie es tun soll, aber ich glaube, sie hat Angst.«

»Dein Alois hat keine Angst. Sag ihr, sie soll einmal raufkommen zu mir.«

»Das wird sie ehrlich froh machen. Im August kriegt sie übrigens was Kleines.«

Ein heller Schein flog über das Gesicht der Moarin. In ihrem Herzen blühte längst Vergessenes auf, und sie segnete diese Stunde, auf die sie innerlich so lange gewartet hatte.

»Dann bist also zufrieden mit der Christa als Schwiegertochter?«

»Eine bessere hätte uns der Markus gar nicht bringen können.«

»Aber übergeben hast du noch nicht?«

»Aber ich werde es mir nicht mehr zu lange überlegen. Wenn einmal Enkelkinder daherkommen, hat das einen faden Geschmack, wenn man immer noch Herr und Bauer sein will.«

»Da hast recht. Und ich hab' mir auch schon was überlegt.«

Sie sagte nicht, was sie sich überlegt hatte, aber nachdem nun diese friedsame, versöhnende Stunde eingeleitet war, konnte sie ruhig und ohne Gewissensbisse fragen: »Kommst nicht mit 'rein, Stuffner, auf ein gutes Glaserl Wein?«

Bei diesem Glaserl Wein wurde nun alles ausgesprochen, was auszusprechen war im Hinblick auf eine Zukunft, die von dem Vergangenen nicht mehr belastet sein sollte. Aber dies gelang ihnen erst nach dem ersten Anstoßen. Da fiel dem Stuffner plötzlich seine Jugendsünde ein, und er senkte die Stirn. Wahrscheinlich fiel der Moarin das gleiche ein, weil auch sie die Augen senkte und auf das Tischtuch niedersah, das sie in der Eile über die eichene Tischplatte gelegt hatte, um der Stunde der Versöhnung etwas Feierliches zu verleihen.

Was sich die Moarin überlegt hatte, das sollte man bald erfahren. Man lächelte zwar darüber, aber sie wußte schon, was sie wollte. Sie kaufte drunten im Tal recht billig ein altes Bauernhäusel mit vier Tagwerk Grund, baute es von Grund auf um, richtete sieben Fremdenzimmer ein, die sie an Sommerfrischler zu vermieten gedachte, die immer mehr in diesen abgelegenen Landstrich kamen. Nur eine einzige Kuh wollte sie sich halten, um Milch fürs Haus zu haben.

Wie geschäftig da der Alois in allem tat! Sobald er eine Stunde Zeit hatte, war er da drunten beim Umbau, trieb die Maurer an und werkelte selber bis in die sinkende Nacht hinein. Die Moarin lächelte still dazu und sagte einmal: »Ich glaub', du kannst es gar nicht erwarten, bis ich hier wegkomme?«

»Das glaubst doch selber nicht«, sagte der Alois und machte sein unschuldigstes Gesicht. »Mir wärst du gut am Hof, denn so eine liebe Schwiegermutter hab' ich mir immer gewünscht.«

Die Moarin blinzelte ein bißchen ungläubig, denn manchmal war beim Alois nicht zu erkennen, ob er es ehrlich meinte oder nur spöttelte.

Ehrlich auf alle Fälle meinte er es mit der Erfüllung des Auftrags, den die Moarin ihm gegeben hatte. Mit Verbissenheit fuhr er sonntags Hunderte von Kilometern und suchte nach dem Zimmermann Hias. In der Hinterriß gabelte er ihn endlich auf und nötigte ihm das Versprechen ab, im Spätherbst zu kommen und für immer im Haus Alpenblick bei seiner Schwester Therese Quartier zu beziehen.

Bis dahin war zwar noch eine Weile. Ein ernteschwerer Sommer ging über das Land, und Ende August legte sich Christine hin, um dem ersten Stuffner der neuen Generation das Leben zu schenken. Und weil dies nicht so leicht ging, wie man es gedacht hatte, rief Christine in ihrer Not nach der Mutter. Die Moarin ließ sich nicht anmerken, wie glücklich sie war, gerufen zu werden, legte der Tochter ihre kühle Hand auf die heiße Stirn und sagte: »Eine Moartochter muß auch in dieser Stunde tapfer sein, so tapfer, wie du gewesen bist, als du dir über mich hinweg einen Stuffner in den Kopf gesetzt hast. Und denke immer, Christa, so ein Kind ist viele Leiden wert.«

Es wurde ein Knabe, der dann auf den Namen des verstorbenen Moar, Ludwig, getauft wurde. Die Taufe wurde auf dem Stuffnerhof ausgerichtet mit allem, was so ein Hof an Speis' und Trank zu bieten hatte. Und es kam die ganze Verwandtschaft zusammen.

Nur die Margret konnte nicht kommen, denn sie hatte selber vor acht Tagen erst in einer Münchner Klinik ein Mädchen zur Welt gebracht.

»In zehn Jahren haben wir schon ein ganz schönes Schüppel Kinder beieinander«, orakelte der Alois, der sich an diesem Tag wieder einmal, nach langer Zeit, recht schön vollaufen ließ und sich noch leichter redete als sonst, denn er sagte dem Pfarrer zwischen Kaffee und Abendessen geradeheraus, daß er in spätestens vier Wochen mit der Monika vor den Altar treten wolle.

Die Moarin hob nur ganz kurz, wie in schmerzlicher Betroffenheit, den Kopf. Dann lächelte sie, sah den Pfarrer an und nickte.

Vier Wochen lebte die Moarin mit dem jungen Paar noch zusammen, dann war ihr neues Heim fertig. Vom Moarhof nahm sie nur eine Fuhre alter Bauernmöbel und eine Kuh mit und die Gewißheit, daß der Hof mit dem Stuffner Alois in die besten Hände kam, die sie sich denken konnte.

Ja, es war merkwürdig, diesen Schwiegersohn hatte sie mehr in ihr Herz geschlossen, als sie es nach außen hin zeigte. Kam er einmal sonntags nach der Kirche nicht zu ihr, ging ihr sofort etwas ab.

O ja, er war rührend besorgt, der Alois, brachte ihr im Oktober schon das kleingemachte Winterholz, brachte ihr Selchfleisch und was ihr sonst abging. Aber es ging ihr nicht viel ab. Milch hatte sie selber, Hühner hielt sie sich auch, und was dabei an Arbeit anfiel, das besorgte ganz unauffällig und still ihr Bruder Matthias, der Zimmermann Hias, von dem manche nicht glaubten, daß er ihr Bruder sei. Vielleicht eine verflossene Liebe, dachten sie, ein Mann aus ihren jungen Jahren, der nun in diesem schönen Haus Heimat und den Frieden des Alters gefunden hat.

Die Zeiger der großen Jahresuhr drehten sich weiter. Die großen und kleinen Dinge gelangten von selber in ihren Ruhepunkt zurück. Die alten Stuffners machten im kommenden Frühjahr wirklich ihre erste große Reise von Passau mit dem Schiff nach Wien. Alles war so einfach jetzt und voller Friedsamkeit.

Die ersten Sommergäste kamen und füllten das Haus der Moarin. Sie war nun wieder ganz in ihrem Element, nur viel freier und leichter im Gemüt, weil sie von keinen bösen Gedanken mehr bedrängt wurde und alles Hassen sich in Verstehen und Güte verwandelt hatte.

Und wenn sie am Abend zuweilen auf der Hausbank saß, die Hände müde im Schoß verschlungen hielt und hinaufschaute zu den beiden Höfen vorm Wald, die jetzt den gleichen Familiennamen trugen, dann kam es schon manchmal vor, daß ihre Augen feucht wurden, aber nicht vor Leid, sondern vor Glück, denn sie wußte, was sich da oben begab, war alles besiegelt durch die Kraft der Liebe, die alles aufwog, was einmal schattend über den Höfen gelegen war.